D1498743

Les Éditions du Boréal
4447, rue Saint-Denis
Montréal (Québec) H2J 2L2
www.editionsboreal.qc.ca

LA DAME
À LA JUPE ROUGE

L'Île au piano, Boréal, 2003

L'Homme des silences, Boréal, 1999

Ainsi que plusieurs titres destinés aux enfants dont :

La Bergère de chevaux, Boréal, 2006

Mordus de télé, Boréal, 2006

Le Grand Péril blanc, Boréal, 2008

Jomusch et le trésor de Mathias, Dominique et Cie, 2005

La Nuit des mystères, Les 400 Coups, 2004

Julia et le chien perdu, Boréal, 2004

Mister Po, chasseur, Boréal, 2001

Dans la série « Voyage au pays du Montnoir »

La Ville sans nom

L'Énigme des triangles

Christiane Duchesne

Voyage au pays du Montnoir

LA DAME
À LA JUPE ROUGE

Boréal

Les Éditions du Boréal reconnaissent l'aide financière du gouvernement
du Canada par l'entremise du Programme d'aide au développement
de l'industrie de l'édition (PADIÉ) pour ses activités d'édition et remercient
le Conseil des Arts du Canada pour son soutien financier.

Les Éditions du Boréal sont inscrites au Programme d'aide aux entreprises
du livre et de l'édition spécialisée de la SODEC et bénéficient du Programme
de crédit d'impôt pour l'édition de livres du gouvernement du Québec.

Illustration de la couverture : François Thisdale

© Les Éditions du Boréal 2008
Dépôt légal : 1er trimestre 2008
Archives et Bibliothèque nationale du Québec

Diffusion au Canada : Dimedia
Diffusion et distribution en France : Volumen

*Catalogage avant publication de Bibliothèque et Archives nationales du Québec
et Bibliothèque et Archives Canada*

Duchesne, Christiane, 1949-

    La Dame à la jupe rouge

    Tome 3 de la trilogie Voyage au pays du Montnoir

    Suite de : L'Énigme des triangles

    Pour les jeunes de 10 ans et plus.

    ISBN 978-2-7646-0580-6

    I. Duchesne, Christiane, 1949- . Voyage au pays du Montnoir. II. Titre.

PS8557.U265D35   2008   JC843'.54   C2008-940282-0
PS9557.U265D35   2008

A Christophe

— *Je n'ai jamais vu de géant.*
— *Mais si, tu en as vu. Quand tu étais petite, tu vivais au milieu d'eux. Tu les connais très bien.*

HENRI BAUCHAU, *Œdipe sur la route*

SAMEDI

1

Pierre ouvrit les yeux bien avant le lever du soleil. Trois heures de sommeil, sans doute pas plus. Ils s'étaient tous couchés très tard.

Puis il ouvrit la main. La coquille de noix était toujours là. Les mots s'étaient gravés dans sa mémoire, il n'eut pas besoin de dénouer le fil blanc pour relire le message.

Mon petit,
Je sais que tu vas trouver. Ne parle à personne, à personne!
Continue seul, fais-moi confiance. Nous y arriverons.

Julius

Pierre éprouva soudain un fulgurant besoin de voir la mer. Il en profiterait pour aller chercher la brioche.

— C'est toi qui viens chercher les munitions! s'exclama joyeusement le boulanger quand il le vit entrer. Julius est malade?

Pierre baissa la tête.

— Julius ne viendra plus, dit-il, la voix brisée. Il a choisi de disparaître, ajouta-t-il trop rapidement.

— Oh, non ! Non ! gémit Laredon.

Du coup, la brioche s'écrasa sur le plancher dans un bruit mou. Pierre hocha la tête, incapable d'en dire plus.

Dans sa tête, une petite voix disait : *Il va revenir, tu le sais bien, il ne peut pas t'avoir fait ça !*

— Il a choisi…

Incrédule, le boulanger se frotta les yeux.

— Tu veux dire… Tu me dis que Julius a disparu ? Qu'il ne reviendra plus ? Alors, vous devrez être bien braves, tous les quatre. Va, Pierre, va ! Si vous avez besoin de moi, tu le sais, je… je suis là.

La vie se mit tout à coup à tourner au ralenti : le geste de Laredon offrant une nouvelle brioche à Pierre, son signe de la main, la manière dont il secoua la tête, dont il se dirigea vers l'escalier en colimaçon qui montait chez lui, la farine en suspension, un sillage tout blanc dans les premiers rayons de soleil qui entraient par la fenêtre de la boulangerie.

Sa brioche à la main, Pierre monta sur les remparts et fixa l'horizon pendant un long moment.

Plus de Julius.

Plus de radeau pour s'évader.

Il était seul, prisonnier au pays du Montnoir, un pays minuscule dont il ne sortirait pas. Il était seul pour toujours, il ne reverrait ni ses parents, ni Bibi, ni le lac, ni l'école, rien. Jeanne faisait maintenant partie d'un passé qui ne lui appartenait plus.

Il était condamné à vivre pour toujours du mauvais côté de la pierre fendue.

Continue seul, fais-moi confiance. Nous y arriverons.

Il rentra vite à la maison et monta réveiller les garçons.

Personne n'avait faim.

Aucun des frères du Montnoir n'ouvrit la bouche, ni pour manger, ni pour parler. Une famille d'automates.

La brioche resta intacte au milieu de la table.

Mathias et Casimir avaient les yeux rouges et les paupières gonflées. Blaise était pâle comme un linge.

— Il faut aller voir Antonin, dit enfin Mathias.

— J'irai, moi, dit Blaise. Ce sera mieux ainsi ; il est inutile que nous y allions tous les trois. Ou tous les quatre, corrigea-t-il en posant les yeux sur Pierre.

Le ton était autoritaire.

Dans la clarté brumeuse de ce samedi matin, Romaine se leva d'un bond comme si elle venait de voir un fantôme. Bien réveillée, et pourtant…

Des voiles flottaient devant ses yeux, oui, elle crut distinguer des voiles. Et si c'était Noé qui rentrait ?

Un espoir absurde. Non, Noé ne rentrerait jamais.

Mais elle sentit, là, tout au fond d'elle-même, qu'il se passait quelque chose.

Elle prit son ouvrage, un chandail qu'elle tricotait pour Matricule.

Alors que d'ordinaire elle ne regardait même pas ses doigts, elle compta ses mailles, les yeux rivés à son tricot :

— Une pour Pierre, une pour Julius, une pour Mathias, une pour Blaise qui a sauvé Matricule, une pour Casimir, et une pour Marin, tiens !

Blaise avait passé la nuit à chercher comment parler au chef des prud'hommes. Il n'avait finalement dormi qu'une petite heure et, dès son réveil, il avait encore essayé de trouver la façon d'annoncer la nouvelle.

Cher Antonin, Julius vous cède le pouvoir. Il a disparu et refuse qu'on entame une procédure de recherche, vous savez ce que cela signifie.

Non, cela n'allait pas. Il savait qu'il éclaterait en sanglots malgré toute la maîtrise qu'il avait d'ordinaire sur lui-même et qu'il braillerait comme un enfant.

Le chef des prud'hommes fut bien étonné de voir le fils aîné de Julius du Montnoir traverser son jardin d'aussi bonne heure.

— Que me vaut ce plaisir ? s'exclama-t-il sur le pas de sa porte, rayonnant dans la douce lumière du matin.

— Antonin, Julius n'est plus…

Blaise fut incapable de dire autre chose.

— N'est plus quoi ? demanda le chef des prud'hommes.

Au regard de Blaise, il comprit.

— Oh, pardon, murmura-t-il d'une voix étranglée par l'émotion.

Antonin tirait sur sa courte barbe blanche.

— Je…, commença-t-il.

Blaise tenta de réprimer le sanglot qui montait malgré toute sa détermination à ne pas craquer. Monsieur le chef des prud'hommes ne posa pas de questions : depuis des jours, le monde tournait à l'envers, et voilà que le pire survenait comme s'il s'agissait d'un enchaînement fatal de catastrophes.

Il se mit à pleurer lui aussi.

Puis, essuyant tous les deux leurs larmes, ils entrèrent dans la maison.

Ils décidèrent rapidement de la procédure à suivre : ce samedi serait journée de silence, chacun porterait le brassard blanc des grands deuils. Demain, dimanche, le pays tout entier serait invité à venir déposer des fleurs devant le manège du parc des Après.

Lundi, la vie reprendrait avec le premier interrogatoire de Simon le gros.

Blaise devenait chef de famille, et Antonin chef du pays en attendant les élections, inévitables. Ils se serrèrent la main sans un mot, et Blaise rentra à la maison.

Un peu avant neuf heures, les carillonneurs sonnèrent le glas aux quatre coins de la ville. Pendant une minute, seuls les bourdons résonnèrent.

Des messagers furent envoyés à dos d'âne ou à cheval dans la plaine, dans la montagne, au campement de Marin-le-long et jusque chez les bûcherons d'antibois.

La nouvelle fit rapidement le tour du pays.

Partout on suspendait des draps blancs aux fenêtres, les enfants étaient sages, les adultes recueillis.

À dix heures, la ville entière s'était déjà mise en grand deuil.

Zénon vint offrir ses services et ses condoléances aux quatre garçons. Mat passa un peu plus tard apporter des tartes, des biscuits, un grand chaudron de soupe aux salsifis et deux oies fumées.

Chacun portait un brassard blanc, comme celui que Casimir avait donné à Pierre le matin.

— Blanc ? avait demandé Pierre.

Blanc, couleur du deuil ? C'était bien mieux que noir.

Un matin immobile.

Dans sa chambre de jardin, Pierre s'efforçait de se convaincre que le grand Magistère avait disparu, et seulement disparu, et que sa disparition n'avait rien à voir avec la mort. Sinon pourquoi lui aurait-il laissé ce message plein d'espoir ?

Jour 15

Je m'appelle Pierre Moulin. J'habite à deux kilomètres du village de Lorelle. Mon père s'appelle François Moulin, ma mère s'appelle Raphaëlle Bujold. Mon frère s'appelle Christophe, mais on dit Bibi. Je suis en première secondaire à l'école Cartier. J'ai peur de devenir fou. Je ne sais pas ce que je fais ici.

Ici, au pays du Montnoir. Le grand Magistère, Julius, vient de mourir, mais je n'y crois pas. J'habite temporairement dans la maison du grand Magistère, avec ses fils, Blaise, Mathias et Casimir.

Je suis arrivé ici le jour de mon treizième anniversaire, le 13 septembre. Je suis arrivé ici parce que je suis passé entre les deux moitiés d'une pierre géante dans la forêt près de chez moi. J'ai très peur de devenir fou, il faut que je sorte d'ici.

Il avait deux vies, celle du pays de Julius et celle de chez lui.

Aujourd'hui, il était prisonnier dans la première, et son esprit arrivait mal à voguer jusque là-bas, près des siens.

Ne parle à personne !

Il rangea le papier avec ses autres notes, sous son lit.

— Pierre ? appela Mathias. Viens qu'on te dise comment ça va se passer...

Il se frotta les yeux. Ce n'était pas le temps de penser ni à chez lui, ni à son évasion. Dans cet étrange pays, tout était constamment remis à plus tard. Maintenant plus que jamais.

La mort de Julius prenait toute la place.

Désormais, il devenait en quelque sorte le quatrième fils du Montnoir, orphelin de Julius comme les trois autres.

— Demain, expliqua Blaise, le pays tout entier est invité à venir déposer des fleurs au parc des Après, devant le manège.

— Pourquoi là ? demanda Pierre.

— Parce que Julius a toujours dit qu'il n'y a pas d'âge pour rêver, assis sur un cheval de bois, pendant qu'un âne le fait tourner et que la musique vous fait fermer les yeux. Depuis que nous sommes petits, il nous encourage à faire des tours de manège, même à notre âge.

— Demain, dit Casimir, le manège tournera. Et nous écouterons la musique.

— Il n'y aura que Marinette, sa musique, et les cloches des carillonneurs.

— Et nous lèverons les yeux vers la Lune en espérant que Julius…

Blaise se tut. Ils parlaient trop. Les larmes prirent le dessus. Pierre souhaita que Bérangère le rejoigne après la cérémonie funèbre.

Non, il n'y croirait jamais, à la mort de Julius, il ne pouvait y croire, le mot *Impossible !* lui cognait encore dans la tête. Il aurait voulu en parler à Bérangère sans qu'elle lui resserve sa théorie des Luniens.

Il était désormais seul ici pour percer les mystères. S'il n'y arrivait pas, il vivrait ici, il mourrait ici, il aurait des enfants qui vivraient ici, et ce serait ainsi jusqu'à la fin des temps. Fichu temps ! La Fracture ne servirait plus à rien.

Il allait s'acharner à découvrir tout seul le mystère des deux « M » et celui des sabliers. Il arriverait bien à coincer Morbanville.

S'il n'avait plus le moyen de profiter de la Fracture du Temps, il en profiterait du temps, tout simplement.

Demain, il embrasserait Bérangère sur la bouche.

Il traiterait Morbanville de tous les noms si celui-ci s'avisait de ternir l'image de Julius.

Demain, il appartiendrait véritablement au pays du Montnoir.

Je n'avais plus que vous, Julius, je continuerai seul.

C'est la tête haute qu'il marcherait demain aux côtés de Mathias, de Blaise et de Casimir, lui, le plus jeune des quatre, son brassard blanc au bras.

Il ne parlerait pas. Ni à Pépin. Ni même à Bérangère. Il obéirait à Julius jusqu'à ce qu'il revienne.

Il ne parlerait à personne.

« C'est donc ainsi quand on est mort et qu'on arrive sur la Lune ! se dit Julius en ouvrant les yeux. À moins que je n'y sois pas encore arrivé ? Je n'ai pas senti mon corps m'abandonner ! Je ne l'ai pas senti se défaire, ni se refaire non plus. Diablement étonnant ! C'est vraiment ainsi que les choses se passent ? À notre insu ? »

Il eut beau essayer de lever la main, de bouger les orteils ou de tourner la tête, il n'y arrivait pas et, surtout, il ne sentait plus rien.

Pas la moindre sensation, ni de bien-être ni de souffrance, simplement rien. Il savait qu'il avait ouvert les yeux, mais n'avait pas senti bouger ses paupières,

Il savait qu'il avait ouvert les yeux parce qu'il voyait au-dessus de lui un entrelacs de lignes noires parsemées de points gris. Puis des lignes grises parsemées de points gris.

Tout cela bougeait comme au gré du vent, se déplaçait dans un même mouvement ondulatoire, soit vers la gauche, soit vers la droite. Un bruissement, celui du vent qui se lève dans la cime des arbres, en longues vagues, avant la tempête.

Si Julius avait pu appeler, il l'aurait fait, et à tue-tête.

« Moi qui pensais qu'on était reçu par un grand comité d'accueil ! »

Élisabeth n'était pas là ! Ni ses parents, ni ses grands-parents, ni même l'aïeul Auguste ! On ne débarquait tout de même pas sur la Lune tous les jours !

Dès qu'il avait compris que sa vie avait fini de s'enfuir de son corps et que son dernier souffle avait franchi la barrière de ses lèvres desséchées, il avait aussitôt souhaité la voir, son Élisabeth, aussi belle qu'avant, aussi drôle, aussi jeune, aussi tendre.

Elle n'était pas venue à sa rencontre ! Julius eut subitement envie de pleurer comme si tous ses espoirs venaient de s'écrouler.

Il avait vraiment cru qu'il aurait retrouvé, en plus d'Élisabeth, toute sa famille, son père et sa mère, le clan du Montnoir au grand complet. Surtout cet Auguste qu'il n'avait pas connu mais qui, durant les deux dernières semaines, avait fait partie de sa vie.

Il n'avait vu personne, même pas d'inconnus, même pas d'autres défunts, comme lui, cherchant leur famille au milieu des brouillards. La rencontre se faisait probablement lors d'une autre étape, beaucoup plus tard. Sans doute laissait-on aux nouveaux arrivants, fraîchement décédés, une plage de temps neutre à passer dans la plus parfaite solitude, pour l'acclimatation.

Ou alors on attendait d'eux qu'ils fassent leurs preuves, qu'ils se comportent en bons défunts capables de passer un moment transitoire sans gémir, sans appeler au secours tous les membres de leur famille.

Sur la Lune, tout était noir et gris, sans le moindre trait de lumière comme repère, rien que des ombres molles dont il n'y avait rien à espérer. Toujours dans l'impossibilité de bouger, ne fût-ce que le bout d'un doigt, Julius prit son mal en patience et se dit qu'il ne tarderait pas à pouvoir se lever et explorer les alentours. Il finirait bien par croiser quelqu'un.

Chaque citoyen du pays du Montnoir, même les enfants, avait enfilé un brassard blanc. Après le départ de Blaise, monsieur le chef des prud'hommes avait ordonné au premier carillonneur de sonner le glas.

Depuis très tôt le matin, Morbanville s'occupait des chauves-souris qu'il avait délaissées à la suite de ce qu'il appelait « les folies » du gros Simon.

Ce fut en entendant gémir ses voisins et sonner les bourdons que Morbanville, cloîtré dans sa maison, finit par comprendre qu'il s'était passé quelque chose de grave : quelqu'un était mort, mais qui ? Il fallait aller aux nouvelles.

« Encore un malheur ! » se dit-il, curieux d'apprendre ce qui, cette fois, faisait pleurer le quartier. Il sortit sur le pas de sa porte.

— Comment, vous ne savez pas ? lui dit, étonnée, la belle Anatolie qui passait dans la rue, un panier de pains tout frais au bout du bras.

— Non, je ne sais pas, répondit-il de sa voix de serpent. Encore un mort dans ce fichu pays ?

— Oh, vous ! lui lança-t-elle au visage, comme si ce « vous » constituait à lui seul une insulte.

Il lui prit le bras. Anatolie se débattit furieusement. Les voisins accoururent.

— Lâchez-moi, vieux fou ! cria-t-elle.

— Répète un peu ! grommela Morbanville.

— Vieux fou ! répéta aussitôt Anatolie qui, malgré son air angélique, n'avait pas la langue dans sa poche.

Le Prince finit par la lâcher ; Anatolie recula vivement.

— Si vous ne le savez pas, apprenez que notre grand Magistère est mort !

Les voisins, les passants, tous se rangèrent derrière Anatolie dans un parfait silence.

Morbanville éclata d'un rire mauvais.

— Que tentes-tu de me faire avaler ? C'est une nouvelle tactique de Julius ?

C'est le père Lobel qui s'avança, la mine sombre ; il se planta aux côtés d'Anatolie.

— Essayez donc de voir si vous n'auriez pas une petite réserve de compassion cachée quelque part derrière votre affreux voile ! Julius du Montnoir est mort hier, ayez un peu de respect !

Cette fois, le Prince ne répondit rien. Julius mort ? Vraiment mort ?

L'Ange passa en courant, les mains plaquées sur les oreilles. Il s'arrêta brusquement, tendit un doigt accusateur vers Morbanville, replaça lentement les mains sur ses oreilles et reprit sa course.

— Vous n'avez pas entendu sonner le glas ? demanda le père Lobel, excédé.

— J'ai entendu, justement, et je suis venu aux nouvelles.

— Vous n'auriez pas quelque chose à voir là-dedans ? Tout

le monde sait que vous êtes allé le menacer avec votre bande de fous voilés, le traiter de chiffe molle, d'irresponsable et de couard ! Et ensuite, vous lui avez fait quoi ? Vous ne seriez pas un peu responsable de sa disparition, monsieur de Morbanville ? ajouta le père Lobel, menaçant, en s'avançant tout près de lui.

Le Prince rentra chez lui à reculons et claqua vivement la porte.

Julius était mort !

Tout à coup, il se mit à rire doucement, puis plus fort, son rire enfla, enfla, et résonna dans toute la maison.

— Simon ! Venez vite !

De sa chambre, Simon avait entendu le son lugubre du glas. Le rire de Morbanville lui fit tellement peur qu'il n'osa se montrer.

— Simon ! cria Morbanville, s'étouffant entre deux accès de rire.

Il monta à la chambre de Simon et se mit à tambouriner à sa porte.

— Mais ouvrez donc, gros abruti ! J'ai une nouvelle extraordinaire à vous annoncer !

Le gros Simon entrouvrit timidement la porte ; Morbanville s'engouffra dans la chambre et se laissa choir sur le lit, hoquetant, tentant de reprendre son souffle.

« Pourvu qu'il ne décide pas de fouiller sous mon lit ! » songea le gros homme.

Simon ne bougea pas, n'ouvrit pas la bouche. L'ordre de garder le silence, il allait le respecter plus que jamais : ne comprenant rien au comportement extravagant de son patron, il préférait se taire.

Quelqu'un d'important venait de mourir, le glas le disait clairement, l'heure n'était pas à la rigolade.

C'était Julius, c'était certainement Julius. Simon n'aurait su dire pourquoi, c'était l'intuition qu'il avait eue en entendant résonner les bourdons.

— Oubliez votre interrogatoire ! Votre convocation sera annulée d'une minute à l'autre, j'en mettrais ma main au feu. Finies les répétitions ! Congé de procès, mon Simon !

Simon ouvrit de grands yeux effarés.

— Pourquoi ? articula-t-il enfin.

— Parce que Julius est mort !

En prononçant ces mots, Morbanville s'écroula sur le lit dans un grand râlement, à la renverse, le voile de travers. L'espace d'une seconde, Simon crut qu'il valait mieux le laisser crever.

Il éclata en sanglots pendant que le Prince étouffait.

Dans la tête du gros, tout tournait trop vite ! Julius mort, et pourquoi pas Morbanville ?

Il bondit toutefois sur le lit et, sans pouvoir ravaler ses sanglots, entreprit de ramener le patron à la vie. Il appuya fortement sur la maigre poitrine du Prince et relâcha sa pression. Il appuya encore, encore et encore jusqu'à ce qu'un souffle passe enfin entre les lèvres du vieil homme.

Il remit doucement le voile en place, laissant les yeux recouverts et la bouche bien dégagée, puis continua d'exercer des pressions moins fortes, mais régulières. Cela lui sembla durer une éternité.

Soudain, le souffle de Morbanville s'accéléra. Le Prince essayait de parler, ses lèvres remuaient, Simon se pencha vers lui.

— Mou… mourir de rire, chuchota Morbanville d'une voix très faible. Ce serait magnifique !

— Justement, patron, vous n'êtes pas mort…

— Mais Julius, oui, murmura-t-il.

— Vous permettez que je parle ? demanda Simon.

— Que faites-vous, sinon parler ? hoqueta le Prince.

— Reposez-vous, ne dites rien. Je vais vous dire que je trouve que c'est une bien mauvaise chose, la mort de Julius. Mon interrogatoire, ça, c'est tant mieux qu'on l'annule. Mais un pays sans grand Magistère, c'est grave. Maintenant que Julius est mort, vous allez vouloir devenir roi ?

Morbanville poussa un soupir d'exaspération. Décidément, ce gros innocent ne comprendrait jamais les choses dans le bon sens. Il secoua la tête.

— Non, non, Simon. Je suis trop vieux. Même si j'en ai grande envie, je ne régnerai pas sur ce pays.

— Ce n'est pas ce que vous disiez aux gens, cette semaine, du haut de l'estrade de la Grand-Place ! rétorqua Simon.

— Bah ! Je les fais rêver…

— C'est un mensonge ! Vous les faites espérer pour rien.

Le Prince voulut se relever et toussa encore un peu. Simon s'empressa de l'aider à s'asseoir et le maintint contre lui. Il aurait pu l'étrangler comme un poulet.

— Ne bougez pas, restez tranquille. Quand vous aurez repris votre souffle, je vous ferai monter doucement à votre chambre.

Le Prince ferma les yeux et s'appuya contre Simon.

— Des mensonges, murmura Morbanville. Vous me reprochez de mentir ! Et vous, que faites-vous ? Vous mentez, vous avez menti toute votre vie !

« Plus de Julius ! » se disait Simon en essuyant ses larmes. Pourquoi est-ce que le destin venait toujours déjouer les plans qu'on mettait des jours à échafauder ? Pourquoi fallait-il que la mort vienne tout démolir sans prévenir ?

— C'est bon, Simon, je me sens mieux. Je remonte à ma chambre sans vous. C'est fini, tout ira bien, vous pouvez vous taire, maintenant. Nous reprenons le silence obligatoire.

Simon eut envie de le laisser s'écrouler sur le parquet, mais quelque chose le retint. Il avait encore besoin du patron s'il voulait mener à bien tout ce qu'il mijotait depuis les derniers jours.

— Avant de me taire complètement, je vous pose une question, patron. Pourquoi la mort de Julius a-t-elle failli vous faire mourir de rire ?

— Cela ne regarde que moi, répondit Morbanville d'un ton qui glaça les sangs du gros Simon.

2

Julius commençait à trouver le temps long. Tout à coup, il crut apercevoir une lueur entre les traits noirs qui bougeaient toujours, loin là-haut, au-dessus de lui. Il essaya de lever la main droite, puis la gauche, rien à faire, c'était comme de ne pas avoir de mains du tout.

Il répéta l'exercice avec ses deux jambes, mais ce ne fut pas plus concluant. Il ne sentait plus ses membres, seulement la conscience d'exister, et c'était extrêmement troublant.

Il croyait voir des lueurs, il croyait penser, mais il était mort. Voilà pourquoi il ne sentait ni ses bras, ni ses jambes, ni rien ; son corps ne répondait plus, il avait terminé son travail de corps vivant. Il ne lui restait que la conscience des morts, apparemment semblable à celle qu'il possédait avant.

« C'est ma première idée qui était la bonne, songea-t-il. Tout le monde doit se retrouver ici après son trépas. Ce doit être le passage, l'endroit de transition avant l'arrivée sur la Lune, le temps que l'âme sorte complètement du corps. Sauf que… »

Ses idées s'effilochaient, il avait du mal à les rassembler, il les sentait filer comme des comètes.

« Sauf que pour ceux qui, comme moi, n'ont jamais véritablement cru que les choses se passaient ainsi, pour les vieux mécréants à la tête dure, la métamorphose est probablement plus longue. Je devrai peut-être attendre des jours avant de pouvoir bouger à nouveau, me lever et entreprendre de découvrir le chemin qui mène au centre de la Lune, là où se trouvent nos morts. Misère, que c'est long ! »

Il ferma les yeux — ou crut fermer les yeux — sans percevoir le moindre mouvement de paupières. Enfin disparurent les lignes noires piquées de points gris qu'il voyait depuis sa mort. Il conclut que ses yeux s'étaient enfin fermés.

Il eut une pensée pour ses fils qui devaient se faire bien du souci, pour ce cher Antonin qui en avait certainement plein les bras. Tout à coup, il sentit quelque chose le piquer au milieu du crâne, comme si un moustique s'était glissé entre les deux hémisphères de son cerveau.

Pierre Moulin ! La panique s'empara de Julius. Le petit, son petit ! Qu'allait-il devenir, seul, sans personne pour l'aider à rentrer dans son monde ? Il n'eut pas le loisir de chercher plus avant la réponse, il sentit ses idées s'enfuir comme des oiseaux affolés.

Pierre n'y croyait pas, il refusait d'y croire. Quelque chose ne tournait pas rond. C'était trop bête ! Comment est-ce que tout le monde, à commencer par les frères du Montnoir, pouvait conclure que ces quelques lignes écrites par Julius annonçaient sa mort ?

Parti très loin ! Même si tous les gens de ce pays prétendaient savoir ce que cela signifiait, Pierre, lui, n'y croirait jamais. Julius était parti très loin et il allait revenir, à preuve la coquille de noix et son court message.

Blaise l'avait poliment écouté lorsque, vers trois heures du matin, il s'était mis à poser des questions.

Ensuite, il s'était tout à coup emporté, tentant de

convaincre Blaise, Mathias et Casimir que l'on ne pouvait pas accepter aussi facilement la mort de quelqu'un, à plus forte raison celle de Julius.

— C'est stupide ! Il vous écrit qu'il s'en va mourir et vous décidez qu'il est déjà mort ! Peut-être qu'il va mourir dans deux jours ou dans une semaine ! Qu'est-ce qui vous dit qu'il est déjà mort ?

Il bafouillait, trépignait d'impatience, de colère et d'indignation, tentant de convaincre les trois frères du Montnoir qu'il était stupide d'ajouter foi aussi rapidement à une réalité qui n'en était peut-être pas une !

— Il peut avoir décidé d'aller réfléchir à quelque chose, loin d'ici. Il avait peut-être rendez-vous avec mes parents, on ne sait jamais. Si leur mission était achevée, hein ? Je ne sais rien de la mission que leur a confiée Julius, mais ils avaient peut-être un rapport à lui faire ! Il y a des tonnes de possibilités et vous, vous sautez sur la première, la plus épouvantable !

Comme s'il n'allait plus jamais s'arrêter de parler, Pierre multipliait les hypothèses.

Finalement, Blaise avait tranché, éliminé les arguments de Pierre en disant simplement :

— Je ne sais pas comment c'est, dans ta forêt, mais ici, chez nous, c'est comme ça. Il nous l'a clairement signifié en nous demandant de ne pas le rechercher après sa disparition. Il ne nous en faut pas plus, nous comprenons. C'est ainsi qu'on dit les choses. C'est ce qu'il a voulu nous dire et rien d'autre, Pierre, mets-toi ça dans la tête. Et il confie le pouvoir au chef des prud'hommes, ce n'est pas assez clair pour toi, ça ?

Le ton était sans réplique, ce même ton que prenait Julius lorsqu'il signifiait que la conversation était terminée. Pierre n'avait pas aimé la manière dont Blaise insistait sur le « ici, chez nous », mais il l'avait excusé étant donné les circonstances.

— Vous allez lui faire des funérailles ? avait encore demandé Pierre.

— Bien sûr que oui.

— Même sans qu'il soit là… je veux dire : même sans corps ?

— Des funérailles nationales, précisa Casimir. Sans corps, comme tu dis.

— Tout le pays y sera, avait renchéri Mathias.

Pierre fulminait.

— Tant que je ne l'aurai pas vu, je n'y croirai pas.

— Fais comme tu veux, crois ce que tu veux, lui avait dit fermement Blaise. Nous, c'est ainsi qu'on fait. Nous respectons les volontés de celui qui choisit de disparaître, et c'est exactement ce qui s'est passé dans ce cas-ci.

Pierre s'était alors demandé combien de personnes avaient ainsi disparu sans que personne fît quoi que ce fût pour les retrouver.

— Et si moi, je disparaissais ? avait-il crié au comble de l'énervement.

— Calme-toi, avait dit Mathias. Tu finiras bien par comprendre. Si toi, tu disparaissais, si n'importe qui disparaissait sans avoir au préalable laissé un mot écrit de sa main pour en avertir ses proches, bien sûr qu'on se lancerait à sa recherche. Tu devrais le savoir ! La preuve, tu l'as eue lorsque Attina t'a enlevé. L'équipe des Urgences s'est lancée à tes trousses, autant en ville qu'à travers la montagne et la plaine de Bagne.

C'était vrai, Mathias avait parfaitement raison.

Une fois dans sa chambre, Pierre avait fini par s'endormir en se disant qu'il valait mieux ne pas s'obstiner, les funérailles nationales allaient avoir lieu de toute façon, et il ne servait à rien de vouloir changer le cours des choses.

Lorsqu'il arriva au Parlement, les gardes lui offrirent leurs condoléances. Comme le lui avait demandé Blaise, il pria le garde en chef de transporter le grand portrait en pied du grand Magistère au parc des Après.

Il revint vite à la maison pour aider Mathias et Casimir à préparer quantité de bouchées pour le lendemain car, après la cérémonie, les amis les plus proches et les membres du gouvernement étaient invités à passer à la maison.

Blaise était retourné chez monsieur le chef des prud'hommes pour rencontrer Anne l'Ancien qui s'occuperait de gérer la succession du grand Magistère, d'ouvrir le testament, de conseiller les frères du Montnoir et de veiller au respect des dernières volontés de Julius.

Ils travaillaient tous les trois dans le plus grand silence, chacun dans ses souvenirs, dans sa douleur et dans sa peine. « Ces choses-là, songea Pierre, on a beau dire, ça ne se partage pas, surtout pas quand on ne fait partie ni de la famille, ni du pays, ni de rien. »

Ne parle à personne, à personne ! Continue seul, fais-moi confiance. Nous y arriverons.

— Mais quand, Julius, quand ? murmura Pierre.
— Quand quoi ? demanda brusquement Casimir.
Pierre le regarda, étonné. Il parlait tout seul, c'était mauvais signe.

Romaine pleurait, toute seule dans sa petite maison. Elle avait à peine eu le temps de se réjouir de la guérison de Matricule que, une fois de plus, la mort frappait.

Quoiqu'il fût grand Magistère, Julius avait toujours été

pour elle plus que cela. Ses titres, elle s'en moquait. Pour elle, cet homme était l'incarnation de l'improvisation et des surprises…

Qu'allait devenir le petit Moulin ? Ses parents allaient-ils poursuivre leur mission ? Comment les joindre ?

Romaine songea qu'en attendant elle devrait peut-être offrir de veiller sur l'enfant. L'enfant ! À treize ans, Pierre Moulin n'avait plus rien d'un enfant, il était grand et costaud. « L'enfance est parfois si courte ! » se dit-elle.

Un grand gaillard, avec ses cheveux si blonds qu'on dirait des épis de blés à leur meilleur, ses yeux noirs, ce regard qui fondait sur vous dès qu'il vous adressait la parole…

Qu'allait-il devenir tant que ses parents ne seraient pas rentrés de mission ? Habiter chez Marin, peut-être ? À moins que les frères du Montnoir décident de le garder avec eux.

— Oh, Julius, Julius, qu'as-tu fait là ! gémit Romaine.

Les larmes coulaient, sans qu'elle fît rien pour les retenir.

Longtemps, elle avait cru ne plus jamais pouvoir pleurer. Toutes ses larmes, elle pensait les avoir versées après la mort de Noé. Pourtant, s'étonnait-elle, il en restait encore.

Pour Julius.

Fabre Escallier avait longuement hésité avant d'annoncer la nouvelle à Attina.

— Qu'est-ce qu'on sonne, le Berger ? avait demandé celle-ci la veille en entendant le glas. Quelqu'un est mort ? Ou est-ce l'anniversaire d'un décès ?

Le Berger avait envoyé chercher le docteur Méran pour une courte consultation. Il ne se sentait pas capable d'assener un pareil coup à cette femme qui pouvait aussi bien éclater de son rire dément que fondre en larmes ou fracasser les meubles de sa chambre.

Méran avait pris sur lui de parler à Attina.

— Madame, avait-il dit sans prendre la peine de refermer la porte de la chambre de la prisonnière, vous allez devoir être courageuse.

Sans lui laisser le temps de poser de question, il avait enchaîné :

— Notre grand Magistère est mort.

Attina avait levé sur lui de grands yeux embués et, se levant dignement, avait tendu la main au médecin.

— Qu'est-ce qui est prévu ?

— Une cérémonie silencieuse au parc des Après.

— Je pourrai y aller ?

— Je ne sais pas, madame, il faudra que j'en demande l'autorisation.

— Qui assure l'intérim ?

— Il semble que ce soit monsieur le chef des pru-d'hommes, secondé par Anne l'Ancien.

— C'est un bon choix, un très bon choix.

Dès qu'il avait appris la nouvelle, Marin-le-long avait invité les vieux et les petits à se recueillir un moment en mémoire de Julius du Montnoir. Allongé au centre de la clairière où on l'installait l'après-midi, Matricule leva la main pour demander la parole.

— Julius a pris ma place. Pensez à lui très fort. Ç'aurait pu être moi. Venez, approchez-vous.

Les enfants entourèrent le lit de Matricule qui, d'un doigt tremblant, traça un petit cercle sur le front de chacun.

— Nous descendrons à la ville demain, commença Marin.

— Moi, j'y vais tout de suite, murmura Bérangère.

Marin ne fit rien pour la retenir.

— Je resterai avec Matricule, dit la vieille Lorca.

Marin lui adressa un sourire reconnaissant.

« Tu peux être fier de toi, pauvre grand Magistère ! songeait Julius, amer. Tu as tout raté, mon Julius ! Ils doivent déjà être en train d'organiser les funérailles ! Si seulement ils savaient que cette lettre à mes fils était un leurre, s'ils savaient que j'ai fait semblant d'aller mourir… Oh, comme les choses peuvent parfois mal tourner ! C'était un leurre ! C'était la seule manière d'avoir la paix pendant quelques jours sans qu'on s'inquiète de moi, sans qu'on me réclame au Parlement, sans que j'aie besoin de m'occuper de l'interrogatoire de Simon le gros, sans que j'aie à justifier mon absence même si elle se prolongeait. »

Il tenta de remuer les doigts.

« L'idée était bonne, pourtant ! Je montais chez Hermas pour trouver les réponses à toutes mes questions, j'y passais le temps qu'il fallait, des jours, même ! Une fois mes recherches achevées, je serais rentré à la ville, ç'aurait été la surprise générale, j'aurais fait interrompre les préparatifs des funérailles, et tout le monde se serait réjoui ! Quel malheur que je sois ainsi mort par erreur. Mort par erreur ! Ce n'était pas au programme, pas du tout. Pierre Moulin a raison, il a tellement raison lorsqu'il m'accuse de trop de légèreté… Tu n'as pas réfléchi assez longtemps, pauvre Julius. Pas un instant tu n'as pensé que la mort te sauterait dessus ! Et voilà, elle l'a fait ! »

Julius laissa dériver ses pensées pendant un long moment.

S'il ne sentait ni ses jambes ni ses bras, ni sa tête ni rien, cela n'empêchait pas l'angoisse de l'envahir atrocement. Et cela lui faisait plus mal que la pire des blessures. De quoi avait-il bien pu mourir ?

« J'ai voulu plaisanter avec la mort, et elle s'est vengée ! On ne devrait sans doute pas jouer au plus fin avec elle. On ne devrait jamais faire semblant d'aller mourir. »

— Pierre…

Il sursauta violemment malgré la douceur de la voix. Il ralentit le pas. Qu'est-ce qu'elle faisait dans la rue de la Porte ? Elle l'avait suivi.

Bérangère était là, dans son dos. Il se retourna sec, prit son visage fin entre ses mains et colla ses lèvres sur les siennes.

Un moment d'éternité.

— Pourquoi tu fais ça ? dit-elle.

Elle ne pouvait donc rien accepter simplement ? Il aurait fallu lui demander la permission avant de l'embrasser, peut-être ?

Bérangère vit passer l'étrange lueur violette dans les yeux de Pierre et souhaita recommencer à zéro, oublier les dernières secondes et recommencer.

Le soleil venait de disparaître derrière les montagnes, la mer était encore rose.

— Tu poses des questions inutiles, répondit-il, fâché.

— Excuse-moi.

— Trop tard.

— C'est la première fois que…

— Moi aussi.

Elle avait l'art de tout gâcher, de transformer un moment

d'éternité en regrets. Des excuses ! Il n'en avait rien à faire, de ses excuses.

— Je rentre. Bonne nuit.

L'Ange passa en courant comme à son habitude, agitant les bras dans l'air du soir, poussant des gémissements d'enfant.

Pierre le suivit, sans se retourner.

— Je couche chez Romaine ! lança Bérangère.

Il ne répondit pas et rentra à la maison. Les frères du Montnoir n'étaient pas revenus. Il fila directement dans sa chambre.

Jour 15, deuxième partie
Bérangère Canet est la seule personne qui sait que j'ai essayé de partir par la pierre fendue. Bérangère Canet est ma complice, même si elle ne veut pas. Bérangère Canet est belle, même si elle a l'air d'un garçon. Bérangère Canet va être obligée de rester ma complice. Bérangère Canet n'a pas le droit de faire comme si rien ne s'était passé. Bérangère Canet n'a pas le droit d'oublier que je l'ai embrassée…

Il prenait plaisir à écrire à répétition *Bérangère Canet*.

L'image de Jeanne passa devant ses yeux. Jeanne sur les galets noirs dans son petit maillot jaune. Ce jour-là, peut-être à cause de son petit maillot jaune, il avait eu envie de l'embrasser et ne l'avait pas fait.

Bérangère Canet est la seule qui sait. Bérangère Canet a peur de ce qu'elle sait. Bérangère Canet a mauvais caractère. Bérangère Canet a les plus beaux yeux du monde. Bérangère Canet est un mystère. Bérangère Canet est un immense mystère…

Lorsqu'il entendit rentrer Blaise et Casimir, il souffla la lampe à huile et se glissa sous la couverture.

Quand il ferma les yeux, brutalement lui apparut l'œil blanc, l'œil vide de Morbanville. Non !

Il se cacha la tête sous l'oreiller, mais l'œil ne disparut pas pour autant.

Il se mit à pleurer sans pouvoir s'arrêter, de rage, de tristesse et de désespoir.

DIMANCHE

1

Les carillonneurs commencèrent à jouer si délicatement qu'on aurait cru entendre des pétales sonores portés par le vent plutôt que les notes de vraies cloches.

Lentes, égrenées çà et là au-dessus de la ville, les notes s'installaient dans l'air frais du matin.

À chaque heure, il avait été prévu que toutes les cloches de la ville se tairaient, le temps de laisser la petite cloche fêlée de Bagne participer, de loin, à leur hommage.

Pierre s'était réveillé la bouche sèche, ses cheveux blonds trempés de sueur. Les rêves ne lui avaient pas laissé de répit ; c'est de cauchemar en cauchemar qu'il avait vogué toute la nuit.

Dans chaque rêve, Julius revenait, passant au loin et murmurant comme une interminable chanson : *Pensez à moi*, comme il l'avait écrit dans son message.

Entre deux rêves, l'œil de Morbanville le poursuivait.

Pensez à moi. Pensez à moi…

Il ne faisait que cela, penser à Julius, à chaque instant, à chaque minute, à chaque seconde de la journée et de la nuit s'il fallait inclure les cauchemars.

Du plus profond de lui-même, Pierre appelait Julius, l'implorant de revenir le plus vite possible pour l'aider à résoudre la série de mystères qui s'épaississaient sans qu'il eût les moyens de les attaquer de front.

Celui de la pierre fendue, le plus important bien sûr, celui du téléphone portable au Trésor, celui des messages anonymes…

Celui qui se tait connaît déjà la sortie et *Tu ne partiras pas sans moi.*

Tant de questions sans réponses. Il n'y en aurait plus, de réponses. À qui, sinon peut-être à Blaise, Pierre pourrait-il tout raconter ? À Marin peut-être ? À Romaine ?

Il lui faudrait attendre que la poussière retombe, que la vie reprenne son cours normal après ce grand deuil national. Ce serait long, Pierre le savait.

Casimir vint le tirer de ses pensées.

— Blaise voudrait qu'on l'accompagne au parc des Après pour voir si tout s'organise comme il l'a demandé.

Ils partirent tous les quatre dans le petit matin. Déjà, quelques personnes s'étaient rassemblées devant le manège qui tournait lentement, actionné par Molin, l'âne de Méthode, sous l'œil attentif de Marinette.

— Finalement, c'est mieux comme ça, fit remarquer Mathias.

— Mieux comment ? souffla Pierre.

— Sans la musique. Rien que de le voir tourner, ça suffit.

L'esprit vide, Pierre regardait tourner les chevaux de bois. Il eut tout à coup l'impression de sombrer dans une sorte de gouffre. Comme si la terre se défaisait sous ses pieds. Un grand moment de vertige, et l'impression soudaine de tomber à des mètres plus bas que le sol. De plus en plus étourdi, il fit signe à Mathias qu'il rentrait à la maison.

— Ce doit être la chaleur…

Le soleil tapait déjà trop fort.

— On te rejoint ! dit Casimir.

Attina demanda au Berger de l'aider à boutonner ses jolies bottines noires, car l'émotion la faisait trembler. Fabre Escallier fut impressionné par la finesse des chevilles d'Attina.

— Je sais que je vais pleurer, dit-elle, la voix émue. Je le sens.

— Oh, ne vous en faites pas, répliqua le Berger avec un bon sourire.

— Vous croyez que ça ira, mon châle blanc ?

— Ce sera parfait. N'oubliez pas votre bonnet.

— Julius était un grand homme, souffla-t-elle à l'oreille du Berger.

— Je suis de votre avis, madame. Mais pourquoi le dire si bas ?

— Je ne sais pas… Au cas où il nous entendrait ?

Fabre Escallier retint un soupir. Attina Niquet l'étonnerait toujours.

Elle tendit le pied gauche.

— Allons, dépêchons-nous. Je ne voudrais pas arriver lorsqu'il y aura foule ! Combien de gardes aurons-nous ?

— Trois ! C'est assez, n'est-ce pas ? dit le Berger, moqueur. Vous n'essaierez pas de vous enfuir ?

Pour toute réponse, Attina passa une main légère dans la tignasse de son gardien. Escallier en ressentit d'abord une immense surprise, puis un curieux bonheur.

Julius avait beau s'efforcer d'ouvrir les yeux, il n'y voyait pas plus clair. Étaient-ils même ouverts, ses yeux ? Il n'en avait aucune idée.

« Je n'aurais jamais cru qu'il faille des lunettes après la mort... »

Quelque chose lui disait qu'il avançait depuis des heures, mais il ne sentait toujours pas son corps. Il eut l'impression de passer entre des murailles étroites, où s'en allait-il donc ainsi ?

Marchait-il, même ?

La vie sur la Lune lui sembla de plus en plus incompréhensible, surtout lorsqu'il eut l'impression de reconnaître vaguement les environs et de distinguer, entre ces murs noirs et gris, dans ce décor sans lumière, une maison dont la façade lui rappela l'arrière de la sienne. Est-ce que, sur la Lune, chaque mort avait une maison semblable à celle qu'il avait habitée de son vivant ?

Mat s'inquiéta de ne pas voir revenir Zénon. Il avait tenu à faire sa tournée de très bonne heure, même si c'était dimanche, son jour de congé hebdomadaire. Il était convaincu que plusieurs enverraient des messages de sympathie aux frères du Montnoir, et il jugeait qu'il était préférable de les leur offrir aujourd'hui.

Même si Mat avait insisté pour lui dire que c'était non seulement dimanche, mais jour de deuil national, Zénon avait insisté pour partir dès l'aurore lever le courrier que les gens auraient pu déposer la veille dans les boîtes de poste restante dans l'après-midi ou dans la soirée.

De la main, Mat recoiffa rapidement Lill et Babi, jeta un coup d'œil dans le miroir pour voir si elle n'avait pas mis trop de rouge sur ses joues, ajusta les trois brassards blancs et sortit, non sans avoir laissé un mot tendre à Zénon.

Lorsque Pierre entra dans la maison, il entendit un souffle étrange, comme si une bête tapie dans une niche respirait bruyamment.

« Non seulement j'ai des vertiges, mais j'entends des voix ! » se dit-il, le cœur battant.

Là, sur la chaise ! Non, ce n'était pas possible !

Pierre sentit ses mains se mettre à trembler plus que jamais, son cœur battre encore plus fort.

Là, sur la chaise… la veste de Julius !

Il voulut sortir en courant, crier, hurler… *Courage, Pierre Moulin, courage !* fit la petite voix au fond de sa tête. Il mit la main dans sa poche et serra la coquille de noix.

Une odeur de fumée planait dans la maison.

Sur la pointe des pieds, il s'avança lentement vers la porte du bureau, d'où semblait venir l'étrange ronflement.

La veste de Julius, surtout, lui faisait peur.

Quelqu'un était venu en leur absence apporter la veste de Julius, le matin même de la cérémonie funèbre. Qui l'avait trouvée, la veste, et où ?

Il passa les mains dans ses cheveux, secoua la tête. « Non, non, la veste, Mathias ou Casimir l'aura sortie du placard, se dit-il, pour le souvenir… »

Il entra dans le bureau attenant à la chambre de Julius, les mains de plus en plus moites, le cœur battant comme un régiment de tambours. Il percevait de plus en plus nettement le souffle terrifiant. Tout à coup, un gémissement le fit reculer.

Puis ce fut le silence.

Une impression fugitive le laissa glacé de la tête aux pieds : il se passait quelque chose dans la chambre de Julius.

Alors, il entrouvrit la porte…

Étendu en travers de son lit, Julius respirait péniblement, une main posée sur sa poitrine.

Pierre entra dans la chambre sur la pointe des pieds.

Le grand Magistère était sale, la figure maculée de noir. Sa joue gauche était vilainement écorchée, on aurait dit de profondes griffures. L'œil était fermé, enflé, gros comme une orange. Sa chemise, tachée du rouge terne du sang séché, était déchirée, lacérée, comme si la patte d'une énorme bête avait tenté de la lui arracher. Dessous, la peau était noire.

Ses vêtements humides dessinaient déjà des cernes sur le couvre-pied immaculé.

— Julius, dit doucement Pierre. Julius, c'est moi…

Les paupières du grand Magistère remuèrent à peine.

Pierre s'approcha encore, se pencha au-dessus du blessé.

Julius respirait, c'était ça, l'important. Les blessures ne saignaient pas, des croûtes s'étaient formées.

Il courut dans sa chambre chercher sa couverture, revint la poser sur le corps de Julius. Il sursauta lorsque, une fois de plus, Julius laissa échapper une série de gémissements aigus et saccadés, aussi terrifiants que ceux d'un chien qui agonise.

Pierre quitta la chambre aussi silencieusement qu'il y était entré et sortit de la maison en se composant une tête, pour avoir l'air le plus calme possible.

Puis, au risque de troubler la paix qui émanait de toute la ville en ce magnifique matin de deuil, il prit ses jambes à son cou et s'en fut retrouver les frères du Montnoir au parc des Après.

Blaise le vit venir de loin et le toisa d'un œil sévère. Casimir et Mathias lui firent signe de remuer moins d'air. Pierre se résolut alors à marcher plus calmement et s'avança vers eux le cœur battant, ne sachant comment leur annoncer la nouvelle.

Blaise remarqua qu'il tremblait comme une feuille et qu'il était livide, les yeux remplis d'effroi. Pierre le tirait frénétiquement par la manche.

— C'est Julius, haleta-t-il.

— Quoi, Julius ? demanda Blaise.

— Il est… Il est dans son lit. Viens, Blaise, viens ! Sa veste… Sa veste sur la chaise, bredouilla-t-il, sa veste sur la chaise et lui dans son lit. Je te jure, il est…

Blaise n'hésita pas une seconde.

— Vous restez ici, ordonna-t-il à ses deux frères.

Pierre perdait l'esprit, c'était évident, la situation lui pesait trop. « J'aurais dû lui faire prendre un calmant, il ne supporte plus rien ! » se dit Blaise. Se retenant pour ne pas courir à toutes jambes, il saisit fermement la main tremblante de Pierre.

Ils gardèrent le silence jusqu'à la maison, en marchant rapidement et en passant par les petites rues.

Pierre fut pris de tremblements encore plus violents lorsqu'ils arrivèrent à proximité de la maison. Il avait beau se raisonner, se dire qu'avec Blaise il ne risquait rien, qu'il arriverait à comprendre, rien n'y faisait, les tremblements étaient de moins en moins contrôlables, il ne sentait plus ses jambes, ses mâchoires s'engourdissaient, il entendait des moteurs d'avion vrombir au fond de ses oreilles.

— Vas-y, toi, souffla-t-il à Blaise.

— Suis-moi, répondit Blaise d'une voix qu'il voulait apaisante.

Blaise entra le premier.

— Dans… Dans sa chambre, chuchota Pierre.

Pierre avait dit vrai ! On aurait dit que Julius avait été jeté sur le dos, en travers de son lit.

— Va chercher de l'eau bien chaude et des serviettes, ordonna Blaise. Tu trouveras dans la cuisine un pot d'arnica. Apporte-le-moi.

Pierre sortit de la chambre à reculons, lentement, comme un somnambule, regardant Blaise ôter délicatement les chaussures de son père.

Julius est là, Julius est revenu, reprends-toi, Pierre Moulin.

C'est lui qui avait eu raison ! Julius n'était jamais parti pour mourir. Il était blessé, c'est tout.

Il trouva sans peine le pot d'arnica, soigneusement étiqueté, remplit une grande casserole d'eau très chaude et prit sous son bras trois serviettes. Ses tremblements s'atténuaient un peu, mais il entendait toujours les avions bourdonner à l'intérieur de son crâne.

Lorsqu'il revint dans la chambre, Julius grimaçait, geignait et respirait bruyamment. Blaise avait ouvert sa chemise, examinait sa poitrine, palpait son cou, surveillant de près ses réactions.

— Julius, on t'a frappé ? demanda doucement Blaise. Tu es tombé ?

Julius tentait à grand-peine de bouger la tête. Il ouvrit la bouche. Difficile de dire si ces mouvements de tête signifiaient un oui ou un non.

— Ne dis rien, dit Blaise.

Il entreprit de laver les blessures. Julius serrait les dents sous l'effet de la douleur.

Pierre ne parlait pas, observant les gestes précis de Blaise. On aurait dit que Julius avait été attaqué par des griffes très acérées, qui lui avaient déchiré la joue. Tout le côté gauche du visage était marqué d'ecchymoses, mais le crâne chauve de Julius était lisse, absolument intact.

« Merci d'être vivant, merci, Julius, merci ! » eut-il envie de lui murmurer à l'oreille.

Soudain, la terreur qui s'était emparée de lui se métamorphosa en une étrange paix, un bonheur blanc, une sorte de lumière laiteuse qui l'enveloppait et ralentissait tous ses mouvements. Comme la veille au matin, chez Laredon.

Il n'entendait plus rien, les avions s'étaient tus, de grands pans de silence flottaient comme des murailles molles. Pierre avait l'impression d'être… nulle part, et heureux. Julius n'était pas mort, c'était la seule chose au monde qui comptait pour lui.

Il prit la peine de déglutir plusieurs fois de suite comme on le fait pour se déboucher les tympans et, tout à coup, il retrouva le sens de la réalité.

— Blaise, la cérémonie…

— La cérémonie, c'est fini, dit Blaise à voix très basse. Écoute, tu vas aller rejoindre Mathias et Casimir. Tu en es capable ?

Pierre hocha la tête.

— Tu vas leur expliquer ce qui nous arrive, et vous allez me ramener Antonin mine de rien. Ensuite, nous verrons. C'est une histoire de fou ! s'exclama-t-il en s'essuyant le front. C'est… Ah, Pierre ! Va vite !

— Tu ne veux pas que j'aille chercher un médecin ?

Blaise leva la tête.

— Bien sûr, un médecin… Préviens Poclain. Discrètement. Il est aux Après, en tout cas, il y était tout à l'heure.

Pierre hocha la tête et partit chercher Mathias, Casimir, Poclain et monsieur le chef des prud'hommes.

Blaise continua à soigner son père avec des gestes tendres et efficaces. Il n'arrivait pas à comprendre ce qui leur arrivait : Julius n'avait jamais été mort, mais gravement blessé.

Pierre avait eu raison de ne pas croire les frères du Mont-noir.

2

Depuis qu'il avait imposé le silence à Simon, Morbanville avait pris l'habitude de parler à voix haute pour rendre moins funèbre l'atmosphère de la maison.

— J'y vais ou pas ? Si je n'y vais pas, on dira que je suis un monstre. Si j'y vais, on me jettera des pierres. Alors, c'est le gros qui ira.

Cette nouvelle manie exaspérait Simon qui, entendant Morbanville parler et marmonner toute la journée, était toujours prêt à répondre, sauf qu'il n'en avait pas le droit. Il construisait donc les réponses dans sa tête et poursuivait le dialogue à sa manière.

— Simon ! appela Morbanville.

Le gros apparut sur-le-champ.

— Vous étiez donc tout près ? Vous m'espionnez ? demanda Morbanville.

Simon demanda la permission de parler.

— Oui, parlez donc, ce sera plus clair !

— Patron, je ne veux pas y aller !

— Aller où ?

— Je vous ai entendu dire que vous m'envoyiez à la cérémonie de…

— Tu lis dans mes pensées maintenant ?

— Pas du tout, c'est vous qui l'avez dit ! Et vous avez dit « le gros ».

— Dit à qui ?

— Mais à vous, patron ! dit Simon.

— Tu veux dire que je parle tout seul ?

— Toute la journée, patron !

Morbanville lâcha un grognement d'ours en colère.

— Mais il ne faut pas vous fâcher pour autant, commença Simon.

— Il y a de quoi se fâcher, justement ! hurla Morbanville, s'emportant brusquement. Ce sont les vieux gâteux qui parlent tout seuls et qui radotent.

Simon eut envie de répondre au patron qu'il l'était, vieux, et qu'il avait le droit de radoter, mais Morbanville ne l'entendrait pas ainsi.

— Quoi qu'il en soit, vous allez cueillir toutes les fleurs blanches du jardin et les porter au parc des Après.

— Toutes ?

Simon s'occupait avec amour du jardin, qu'il imaginait mal délesté de toutes ses fleurs blanches.

— Faites-en une grosse brassée, arrangez-vous comme vous voudrez.

— Et je dis quoi, une fois là-bas ?

— Vous allez présenter mes hommages à Blaise du Montnoir, uniquement à lui. Je ne crois pas qu'il serait bien vu que vous vous inclinez devant Mathias.

— Je n'irai pas, patron, déclara Simon d'une voix étonnamment ferme. Non, je n'irai pas, je vais vous désobéir effrontément, vous allez détester ça, mais je n'irai pas. Je ne veux pas voir Mathias. Je ne veux voir personne.

— C'est un ordre, Simon.

— Eh bien, je refuse, c'est tout. Tout le monde va me sauter dessus. Je n'ai pas le droit de sortir, et c'est mieux ainsi. Ils pourraient me tuer, patron, ils me détestent tous, c'est certain. Vous voulez ma mort ?

Morbanville enrageait sous son voile, mais il savait mieux que quiconque que Simon avait raison.

— Vous mettez ma vie en danger, patron. Je ne sortirai pas de la maison. Pourquoi n'y allez-vous pas, vous ?

— Simon, fit le Prince, exaspéré, vous le savez parfaitement.

— Alors qu'est-ce qu'on fait ?

— J'y vais, mais vous venez avec moi.

— Pas question, répliqua Simon. Même avec vous, je n'y vais pas.

Simon avait une peur bleue de rencontrer Pierre en présence de Morbanville. Si, devant le Prince et devant tout le monde, Pierre disait l'avoir mordu l'autre soir, ce serait la catastrophe.

— Il n'y a pas de solution, grogna Morbanville. J'irai. Mais préparez-vous à me voir revenir en piteux état.

— Quelle idée, aussi, vous avez eue, d'aller lui faire la leçon !

— Mêlez-vous de ce qui vous regarde ! tonna le Prince. Je ne pouvais pas savoir qu'il mourrait, imbécile !

— Qu'il *en* mourrait ! osa préciser Simon.

Morbanville se retourna vivement.

— Dans votre chambre immédiatement, Simon. Vous avez déjà trop parlé.

— Alors, si j'ai déjà trop parlé, je peux parler encore plus. Si vous, vous dites que vous ne pouviez pas savoir que Julius en mourrait, dites-vous que moi non plus, je ne pouvais pas savoir, pour Mathias…

Là-dessus, il se retourna, laissant le Prince bouche bée, et claqua la porte derrière lui.

Le cœur tout à coup léger comme une prière, Simon conclut que la liberté était une notion bien étonnante. Dans la rue, libre, il se serait senti enchaîné par le regard des gens. Ici, à l'abri, mais prisonnier dans la maison, il pouvait faire absolument ce qu'il voulait tant qu'il gardait le silence. « Est-ce que le silence, ce serait ça, la liberté ? » se demanda-t-il.

Il y avait là de quoi réfléchir pendant des heures ; il décida d'en profiter pour faire la lessive.

Quand Morbanville sortit, hésitant sur le pas de sa porte, la frayeur le prit à la gorge. Lui qui disait n'avoir peur de rien se sentit tout à coup traqué : si on le tenait responsable de la mort de Julius à cause de cette cabale qu'il avait montée, il ne pourrait jamais plus sortir de chez lui sous peine de se faire huer, malgré son titre de Prince, par une bonne partie de la population.

D'être le père adoptif de celui qui avait décoché une flèche en direction du fils du grand Magistère n'arrangeait en rien la situation.

Tout le monde devait croire au complot !

Morbanville referma la porte. Il n'irait pas au parc des Après.

Casimir entra le premier.

— Comment est-ce que…

Blaise lui fit signe de se taire.

Mathias, Pierre, Poclain et monsieur le chef des prud'hommes s'approchèrent à leur tour.

Le tableau était saisissant. Même si Blaise avait lavé les plaies, les blessures étaient impressionnantes, l'œil surtout, rouge et violet, gonflé. Sous la chemise déchirée, Blaise avait glissé des compresses.

La lumière du matin dorait les murs de la chambre, Blaise avait ouvert la porte donnant sur le jardin, et le parfum des fleurs entrait, délicat.

Sans un mot, Poclain se pencha sur le malade.

— Laissez-moi seul avec lui, murmura le médecin.

Blaise fit signe aux autres de le suivre dans la grande pièce.

— Ne me demandez pas ce qu'il y a à comprendre, dit-il, je n'ai pas la réponse.

— L'important, c'est qu'il soit vivant, soupira Casimir.

Monsieur le chef des prud'hommes se dandinait d'un pied sur l'autre.

— Mes enfants, dit-il, il est de mon devoir de retourner immédiatement au parc des Après et d'annoncer la nouvelle. Je ferai aussi afficher de nouveaux édits à la place de ceux qui annonçaient depuis hier le décès de votre père.

— Vous reviendrez ? demanda Mathias.

— J'ai beaucoup de travail qui m'attend, dit le chef des prud'hommes avec un sourire gêné. Il faut que je m'y retrouve dans les documents de votre père.

Aussitôt qu'il fut parti, Blaise retourna rejoindre le médecin dans la chambre de son père.

Pierre décida de préparer un repas familial avec les bouchées prévues pour le goûter qui aurait dû avoir lieu après la cérémonie.

Il mit la table sans bruit. Il fallait qu'il s'occupe, sinon sa tête allait exploser sous l'effet des questions qui s'y formaient comme des bulles et allaient exploser les unes après les autres sans laisser aucune réponse.

Mathias et Casimir tournaient en rond, impatients de connaître le verdict du médecin.

Blaise et Poclain parurent enfin.

— Vous avez fait ce qu'il fallait, Blaise. Tenez-moi au courant.

Le médecin n'en dit pas plus, tortilla sa moustache et salua les garçons de la tête.

— Alors ? demanda Casimir.

— Alors, rien. Des coups, une chute.

Au parc des Après, les fleurs déposées devant le manège exprimaient tout l'amour que le peuple portait à son grand Magistère, témoignage silencieux et sincère.

Sur un geste de Marinette, l'âne de Méthode s'arrêta de tourner dès que monsieur le chef des prud'hommes prit la parole. C'est avec un sourire touchant qu'il prononça ces mots :

— Le manège peut cesser sa ronde silencieuse puisque la vie a repris la sienne. J'essaie ainsi de vous dire que… que… Oh, c'est si difficile, pardonnez-moi. J'essaie de vous dire que… que notre grand Magistère est de nouveau parmi nous.

Le pauvre Antonin observait la petite foule, stupéfaite. Dans les regards, la surprise, des questions.

— Je vous demande de rester discrets, calmes et respectueux, car il nous est revenu, certes, mais très malade. En de telles circonstances, je devrais demander aux carillonneurs de sonner les réjouissances, mais je préfère que la ville reste paisible. Monsieur notre grand Magistère est vraiment très, très mal en point.

On murmura dans la foule. Le chef des prud'hommes crut remarquer quelques sourires satisfaits et il en fut choqué ; bien sûr, tout le monde n'aimait pas le grand Magistère, mais ce n'était pas le moment de l'afficher.

Il expliqua que la vie reprenait à partir de tout de suite comme à l'ordinaire. Il souhaita bon dimanche à tous et s'en fut au Parlement préparer le travail du lendemain, dont l'interrogatoire de Simon le gros.

La foule se dispersa rapidement, chacun allant annoncer la bonne nouvelle à d'autres.

Sur le chemin du Parlement, monsieur le chef des prud'hommes se dit qu'il ne s'en était pas trop mal tiré. Les travaux dans le salon des Incarcérations seraient terminés le lendemain à la mi-journée, et madame Niquet pourrait réintégrer son local de réclusion.

La réunion avec les chefs de quartier serait remise à plus tard, et l'interrogatoire de Simon aurait lieu à l'heure prévue.

La première chose qu'il fit en entrant, mal à l'aise dans le bureau de Julius, fut de rédiger un nouvel acte de convocation pour Simon, qu'il fit aussitôt livrer par l'un des jeunes messagers du Parlement.

Il invita ensuite Anne l'Ancien et deux des autres prud'hommes à le rencontrer, à deux heures le jour même, afin qu'il leur indique comment ils allaient travailler ensemble.

Puis il se mit en frais de passer en revue les piles de documents qui encombraient la table de travail du grand Magistère.

3

La bande de Marin-le-long profita de cette visite à la ville maintenant bien joyeuse pour aller soit à la plage de la Gravette, soit au Trésor, ou simplement pour se promener dans les rues, de plus en plus animées.

Lorsqu'ils descendaient en ville, les orphelins de Marin avaient l'air d'une troupe de petits sauvageons heureux. Pour des enfants élevés dans la montagne, une journée au bord de la mer était un cadeau du ciel. Ils n'y venaient pas souvent, et rarement tous ensemble.

Marin les laissa organiser leur journée comme ils l'entendaient, ils remonteraient au campement dans l'après-midi. Il s'inquiéta de la vieille Lorca qui, toute seule là-haut avec Matricule, ne pouvait se douter que plus personne ne pleurait la mort de Julius.

Il aurait souhaité la prévenir le plus rapidement possible, mais c'eût été priver les autres de leur journée de plaisir.

Il n'existait malheureusement aucun signal de corne pour annoncer la résurrection de quelqu'un. Il souhaita que les messagers, en passant près du campement, aient la présence d'esprit d'avertir Lorca.

Romaine dansait toute seule dans sa maison quand Marin entra. Une joie paisible les habitait tous, des plus jeunes aux plus vieux. Personne n'aurait osé crier de joie, car il fallait respecter le repos du grand Magistère, mais ce n'était pas l'envie qui manquait.

À voir la tête que fit son fils, Romaine se douta qu'il hésitait à lui demander quelque chose.

— Vas-y donc, au lieu de me regarder comme un enfant de trois ans ! lança-t-elle en riant.

— Quelle histoire de fou ! dit-il simplement.

— Elles s'enfilent, les histoires de fou, comme des perles, l'une derrière l'autre, fit remarquer Romaine.

— Ce qui m'intrigue, et avoue qu'il y a de quoi être intrigué, c'est qu'on ait pris la peine d'annoncer le décès de Julius alors qu'il était vivant.

— Mais il l'avait annoncée lui-même, sa mort !

— Ça, c'est ce qu'on nous dit.

— Ce qui compte, mon fils, c'est qu'il soit vivant. On dit qu'il est blessé, mais on ne sait ni comment ni par qui. Tu ne trouves pas qu'avec Mathias, c'était déjà assez ?

— Sans parler de Pierre.

— Et de la chute de Matricule, ajouta Romaine. Nous saurons ce qu'il y a à savoir lorsque le temps sera venu. Dis-moi plutôt ce que tu caches.

Jamais, depuis qu'il était tout petit, Marin n'avait réussi à camoufler grand-chose à sa mère. Elle avait l'œil vif et savait deviner chacun de ses états d'âme. Il aurait beau tenter de lui cacher quelque chose, elle finirait toujours par le découvrir.

— C'est bien toi qui as montré à Pierre les papiers qui…

— Je te l'ai déjà dit, oui, c'est moi. Tu y vois quelque chose de mal ?

— Pas du tout. Non, non, mais c'est que…

— Parle donc !

— Il a reçu, peu après son arrivée en ville, un message anonyme qui reprenait une partie du texte. *Celui qui se tait connaît déjà la sortie.* Ces mots-là, exactement. Sans signature, écrits par une main malhabile comme celle de quelqu'un qui ne veut pas qu'on reconnaisse son écriture.

— Tu l'as vu, ce papier ? demanda Romaine.

— Oui.

Romaine comprit sur-le-champ les craintes de Marin.

— Et lorsque je lui ai montré les papiers et ta traduction, dit-elle, il a immédiatement conclu que c'était toi qui lui avais envoyé le message ! Pauvre enfant ! Et c'était toi ? demanda-t-elle.

— Mais non ! répliqua Marin. Pourquoi est-ce que j'en voudrais à ce garçon ?

— À cause de Bérangère, répondit franchement Romaine.

— Je n'irais jamais jusque-là, même pour Bérangère. Non, ce n'est pas moi, je te le jure.

— Nul besoin de jurer, je te crois. Alors qui ?

— Il a même pensé que c'était toi ! murmura Marin.

— Pauvre garçon ! Ce n'est pas moi, pas plus que toi, mon fils. Ni toi ni moi n'aurions jamais agi de la sorte !

— Alors, explique-moi. Maman, tu es vraiment sûre que tu ne les as jamais montrés à qui que ce soit ?

— Jamais ! s'exclama Romaine. À part Julius et Pierre, je te jure que non, sur la tête de ton père.

Marin savait que sa mère disait la vérité, et cela le troublait d'autant plus qu'il ne voyait pas comment quelqu'un aurait pu s'introduire chez elle, découvrir la cachette et subtiliser les papiers pour les copier.

— Je sais à quoi tu penses, dit soudain Romaine. Quelqu'un serait entré ici…

Marin sourit. Elle devinait à chaque fois. Elle le prit par la main et le mena vers la porte d'entrée.

— Écoute-moi bien, mon fils. Personne ne peut entrer

chez moi sans que je le sache car, lorsque je sors, ne serait-ce que pour peu de temps, je coince toujours un bout de laine juste au-dessus de la penture. Une manie de vieille, sans doute ? Si quelqu'un ouvre, la laine s'envole. Ainsi, je peux te jurer que jamais personne n'est entré ici à mon insu.

Attina fut bien déçue de ne pas avoir à sortir. Dès que le Berger avait ouvert la porte, une bande d'enfants lui avaient chuchoté la nouvelle. Obéissant à la demande de monsieur le chef des prud'hommes qui exigeait qu'ils contiennent leur joie, ils couraient de porte en porte, mi-sérieux, mi-rieurs, annonçant à mi-voix : « Monsieur le grand Magistère est vivant ! Monsieur le grand Magistère est vivant ! »

— Voulez-vous bien me dire, dit Attina en entrant dans sa chambre, ce qui a bien pu se passer ?

— Aucune idée ! répondit le Berger. On a pourtant dû lui faire la croquette !

— Pas nécessairement, corrigea Attina. Peut-être qu'il avait *choisi* de mourir et, dans ce cas, on ne cherche pas le corps. Pas de corps, pas de croquette ! Et il faut pouvoir le mordre, l'orteil du défunt !

— Vous avez raison. Mais pourquoi est-ce que monsieur du Montnoir aurait décidé de mourir ? insista le Berger.

— Ça, c'est l'affaire de chacun, et personne n'a le droit d'en juger. Moi, vous le savez bien, quand je vais mal, je disparais en moi-même, c'est beaucoup moins énervant pour les autres. Il est vraiment incroyable, ce cher Méran ! Je lui déclare un jour que je veux disparaître, et il m'explique tout simplement comment je dois m'y prendre. Vous ne pensez pas que Julius aurait mieux fait de le consulter ?

— Je n'en sais rien, madame. Si vous me permettez de changer de sujet, je vous annonce que nous pourrons dès demain réintégrer le salon des Incarcérations où l'on a percé, pour votre confort, une fenêtre qui donne sur la cour et sur les jardins.

Attina battit des mains comme une petite fille. Fabre Escallier se réjouit de voir se rapprocher les jours où elle ne s'égarait pas dans des crises de fureur aiguë.

La vie reprenait son cours, là aussi.

Morbanville n'avait pas gravi la moitié de la volée de marches qui le menait à l'étage de la cuisine qu'il entendit frapper à la porte.

Péniblement, il redescendit.

On frappa encore, plus fortement. Où était donc Simon ?

— Ça va, ça va ! cria-t-il. J'arrive !

Le Prince traversa le vaste vestibule, défit la barre et ouvrit le battant de gauche.

— Monsieur de Morbanville ? demanda un jeune garçon aux cheveux très noirs.

— Lui-même.

« Est-ce que quelqu'un, dans ce fichu pays, se dit Morbanville, peut douter de mon identité ? Il est bien bête, ce garçon ! »

— Monsieur le chef des prud'hommes m'envoie vous livrer cette missive.

Il lui tendit une enveloppe.

— Que me veut-il ? grommela le Prince.

— Je n'ai pas à vous répondre, fit le jeune garçon.

— Je ne vous ai pas parlé ! gronda Morbanville.

— Veuillez m'excuser.

« Il est vraiment de mauvais poil ! » se dit le jeune messager.

Le Prince referma la porte et fit immédiatement sauter le sceau, même si l'enveloppe était adressée à Simon. Morbanville n'en tint pas compte et parcourut rapidement la missive.

— Ils n'ont donc aucun respect, ces gens ! C'est bien à l'image de feu notre grand Magistère !

Morbanville rageait. Le chef des prud'hommes convoquait Simon pour le premier interrogatoire — aussi bien dire le procès — à l'heure prévue le lendemain matin !

— Simon ! hurla-t-il, frémissant de rage.

Le gros déboula pratiquement à ses pieds.

— Lisez-moi ça !

Simon fit signe qu'il n'avait pas le droit de parler mais, d'un geste, Morbanville lui répéta son ordre, Simon approcha le papier de ses yeux et lut en ânonnant :

Au nom de Julius du Montnoir, notre grand Magistère miraculeusement revenu à la vie…

— Cessez vos blagues stupides ! dit Morbanville.

— Mais je ne fais pas de blague, patron, j'essaie de lire, et c'est difficile !

Morbanville lui arracha le papier des mains… *notre grand Magistère miraculeusement revenu à la vie…*

Il avait lu trop vite ! D'un geste rageur, il froissa le papier et le jeta par terre.

— Il meurt, il ne meurt pas, pesta le Prince, il faudrait se faire une idée ! Et ces funérailles tant attendues, et la journée de deuil ? Il est mort, ou pas, ce vieux sot ?

Simon n'osa répondre, ramassa le papier, le lissa tant bien que mal et le lut en entier.

Si Julius était ressuscité, nul n'y pouvait rien. L'embêtant, c'était qu'on le convoquait comme prévu au Parlement le lendemain matin très tôt. Simon avait cru s'en tirer, mais non !

On viendrait le chercher, c'était écrit. Il se mit à trembler de tous ses membres.

Écartelé entre l'angoisse et l'insouciance, Simon le gros ne souhaitait qu'une chose : en finir !

En finir avec le procès, en finir avec le patron, avec cette vie d'asticot impuissant dans laquelle il n'avait fait que se complaire. En finir avec sa mère, la disparue, lui régler son compte au fond de son propre cœur : où qu'elle fût, il ne devait plus penser à elle, il devait l'oublier, cesser de chercher sans relâche des images, même floues, de se forcer à inventer des souvenirs inexistants. Une jupe rouge, c'était tout ce qu'il lui restait d'elle, et pourquoi, pourquoi cette image-là, précisément ? L'avait-il inventée, celle-là aussi ?

Il était bien trop petit lorsqu'elle avait disparu, il ne pouvait pas garder ainsi, tapie au fond de sa tête, l'image d'une jupe rouge. Sauf qu'elle existait, cette image !

En plus, Simon voulait en finir avec Pierre Moulin, et ça, ce serait un énorme travail. Il s'y était mal pris, il avait seulement voulu lui expliquer qu'ils étaient peut-être amis. Il devait à tout prix le convaincre d'être de son côté.

Il avait quelque chose en commun avec lui, il le sentait et il avait maladroitement tenté de le lui dire.

Simon l'avait perçu dès sa première rencontre avec le garçon : il venait de loin, c'était certain. Il venait de plus loin que la grande forêt, il venait peut-être de chez les bûcherons d'antibois, il venait, il venait… d'où ? La belle excuse, des parents en mission !

Julius du Montnoir était beaucoup plus futé qu'il n'y

paraissait. Le patron ferait bien de se méfier de lui plutôt que de le traiter de « vieux sot ».

« Heureusement qu'il est ressuscité ! songea le gros Simon. La vie va reprendre son cours là où elle était. Est-ce que j'ai besoin de tels chambardements, moi, dans ma vie actuelle ? Non, la réponse est non ! »

Avec le grand Magistère et l'éventuelle collaboration de Pierre Moulin, Simon parviendrait peut-être à se défaire de l'emprise de Morbanville.

Il ne souhaitait que cela, mais pour y arriver, il avait besoin d'aide, de beaucoup d'aide, d'une aide constante, d'un secours de tous les jours.

Et, auparavant, il devait comparaître.

Le lendemain matin.

Une fois de plus, il en vint à souhaiter que Morbanville meure, lui, dans son sommeil, calmement et sans un soupir. Qu'il s'éteigne doucement, sans résurrection possible !

— Une répétition, Simon ? fit, de loin, la voix narquoise du Prince qu'il n'avait même pas vu sortir de la pièce.

« Oh, non ! Pas ça ! » se dit le gros, affolé.

Il entendit claquer une porte et, sur la pointe des pieds, s'en fut se réfugier dans sa chambre, bien décidé à n'en pas sortir avant qu'on vienne l'y chercher.

Morbanville monta dans ses appartements et sortit sur la terrasse. La ville, à ses pieds, était silencieuse : pas de rires, pas de musique, pas d'éclats de voix.

Tout allait de travers, tout l'indisposait. Ce qui lui pesait le plus, c'était de vivre dans le silence ! Il parlait à tort et à travers, le gros Simon, mais au moins, il parlait.

Le Prince n'en pouvait plus de ce silence qu'il avait lui-même imposé. Il ne reviendrait pas sur sa décision, mais cela devenait de plus en plus difficile à supporter ; jamais un son, jamais une bêtise énoncée avec un rire niais. Il devait se rendre à l'évidence : l'imbécillité du gros lui manquait.

Il avait passé quarante ans de sa vie à tenter d'élever dignement ce garçon, quarante ans à lui apprendre la vie, le goût des choses et une certaine élégance, quarante ans à se priver de tant de choses pour le bien-être de Simon ! Et tout cela s'achevait bêtement : Simon attendait le jugement du prud'homme pour avoir attenté à la vie de Mathias du Montnoir.

Après la réception de la lettre, Simon resta terré dans sa chambre, ne répondit plus aux ordres, attendit que vienne la nuit pour aller manger à la cuisine sans risquer de croiser Morbanville.

Il écrivit de sa grosse écriture ronde un mot pour expliquer qu'il avait besoin de préparer ses réponses puisque, au procès, c'est lui, et lui seul, qui serait interrogé.

Lorsque Morbanville rentra de la terrasse, il vit le papier, glissé sous sa porte. Il se pencha péniblement, souffrant de plus en plus. Le papier était plié en quatre.

Mon cher patron,
Ne me dérangez pas, j'ai besoin de calme. Je suis prêt pour demain, dormez tranquille. Vous m'avez enseigné toute ma vie qu'un mensonge ne faisait de tort à personne, vous avez menti vous-même au chef des prud'hommes. Demain, je mentirai comme vous n'imaginez pas, vous pourrez être fier de moi. Bonne nuit.

Votre Simon

Morbanville sortit de sa chambre et descendit à la chambre de Simon. Il eut beau frapper, il n'obtint pas de réponse. Il ouvrit doucement la porte, même pas fermée à clé. Personne, pas de Simon.

Sa hanche le faisant terriblement souffrir, il eut besoin de tout son courage pour descendre à la cave aux chauves-souris, présumant que Simon aurait pu aller s'y réfugier un moment.

Il fallait bien qu'il fût quelque part, il ne pouvait pas avoir décidé de partir, de s'enfuir à la veille du procès, il devait être là lorsque les prud'hommes viendraient le chercher. Dans la cave aux chauves-souris, personne non plus. Le Prince referma doucement la porte.

— Simon! tonna-t-il. Simon, où êtes-vous?

Dans la grande maison, sa voix demeura sans écho. Alourdi par la souffrance et la vieillesse, il remonta pesamment à sa chambre en passant par la cuisine où il attrapa deux prunes.

Simon jouait avec le feu. Il ne devait pas être bien loin puisqu'il avait glissé le papier sous la porte quelques minutes auparavant.

Morbanville avait chaud, il savait qu'il dormirait mal, il prendrait ce soir double ration de gouttes. Une lampe à la main, il alla de nouveau s'étendre sur la terrasse.

4

Fébrile, affreusement inquiet, Pierre sentit de nouveau la colère monter en lui. La vie n'avait plus de sens, c'était un constat stupide, mais c'était ainsi. Impossible de rester calme quand on passait ses jours à sauter d'une émotion à une autre.

Et Bérangère qui ne donnait pas signe de vie ! Un petit mot, quelque chose, des condoléances !

— Je n'en peux plus, déclara-t-il le plus calmement possible avant de se retirer dans sa chambre.

Les trois fils du Montnoir le regardèrent sortir.

— C'est vrai que c'est trop ! dit doucement Casimir.

Pierre l'entendit, mais ne se retourna pas. Il allait tout bonnement exploser. Il traversa le jardin avec au cœur une folle envie de donner des coups de pied dans les fougères et entra dans sa chambre.

Tous les jurons qu'il connaissait lui traversaient l'esprit comme une horrible chanson, la plus médiocre, la plus absurde et la plus méchante qu'il eût pu inventer. Ce n'était plus de la colère, c'était la rage pure qui l'habitait.

Il fut pris d'une incontrôlable envie de crier, comme on est pris de haut-le-cœur. La fureur bouillait dans ses veines.

— Je n'en peux plus, répéta-t-il à voix haute.

La seule pensée de s'asseoir ou de se coucher l'énervait ; tout lui semblait ridicule.

Il tournait en rond dans sa chambre de jardin en respirant comme une bête enragée.

Le vertige, encore une fois, cette atroce impression de déséquilibre… Il s'étendit sur son lit.

Il lui prit encore une fois l'envie de crier à tout le pays du Montnoir sa détresse, sa rage, sa haine même, l'envie de saccager ce petit pays, de l'éliminer de sa forêt à lui, parce que c'était bien dans sa forêt qu'existait ce pays absurde.

Il fixait le plafond de sa chambre, cultivant ces pensées mauvaises avec un réel plaisir.

Brusquement, ce flot de colère cessa : il venait d'entrevoir, parmi cent images et comme une illumination, Bérangère sortant de l'eau et marchant vers lui sans sourire.

Il se releva, s'étira, se secoua comme un jeune loup et retourna dans la maison. Un reste de colère lui collait à la peau, comme des lambeaux que l'image de Bérangère n'était pas parvenue à arracher.

Il trouva Casimir dans la cuisine, en train d'éplucher des pommes de terre. Une casserole bouillait sur le feu.

— Ça me calme, dit Casimir, tout bas.

— Mais il y a tout ce qu'on a préparé !

— Je t'ai dit que ça me calme, répéta Casimir.

— Alors, je t'aide, dit Pierre.

— Besoin de te calmer aussi ?

Pierre ne répondit pas, prit un couteau dans la niche aux couverts et vint s'asseoir à ses côtés.

Casimir, l'air excédé, serrait et desserrait nerveusement les mâchoires. Pierre n'osait parler, de peur de laisser éclater tout ce qu'il avait ruminé dans sa chambre.

— On dirait que ça te dérange, tout ça, fit remarquer Casimir.

Autant c'était d'une voix compatissante qu'il avait dit plus tôt à ses frères que, pour Pierre, c'était vraiment trop, autant le ton qu'il prenait maintenant était glacial.

Il leva la tête et regarda le garçon.

— Oui, ça me dérange, répondit froidement Pierre.

— Et tu n'as jamais pensé, enchaîna Casimir, que *toi,* tu pouvais nous déranger ?

Pierre serra le manche du couteau dans le creux de sa main. Les mots de Casimir le frappaient comme une gifle en pleine figure. Il faillit riposter. Œil pour œil ! Un couteau dans la main au mauvais moment…

Il laissa là les pommes de terre. C'était un affreux dimanche, il lui fallait aller réfléchir.

Il sortit dans la rue et courut vers les remparts.

Il regarda le ciel, espérant voir la lune.

C'est un violent coup de vent qui réveilla Morbanville, endormi sur la terrasse. Les rafales balayèrent les feuilles mortes que Simon n'avait pas pris soin de ramasser. Il faisait froid tout à coup. Il entra vite dans le salon. Où était-il, le gros imbécile ? Morbanville l'appela une fois, deux fois.

Il en avait par-dessus la tête des bêtises de Simon, de ses comportements ridicules, de ses bourrelets adipeux, de son visage, de ses gestes, de sa manière de pencher servilement la tête quand il disait « oui, patron ». Il en avait assez de se faire appeler « patron », surtout par écrit.

Si Simon avait choisi de se cacher, il ne le chercherait pas. Même s'il avait juré de veiller sur le gros jusqu'à sa mort, Morbanville doutait ce soir de la nécessité de poursuivre sa tâche.

La méchanceté l'envahissait doucement, comme le froid

qui s'infiltrait jusque dans sa chambre. Morbanville referma les portes, d'un coup de pied replaça le boudin, puis tira le rideau et s'étendit sur son lit en retenant un gémissement de douleur.

D'un geste vif, il arracha son voile. Méchanceté ou colère, il ne savait plus trop, les sentiments mauvais s'entremêlaient, il allait sombrer dans une nuit cauchemardesque.

Il eut tout juste le temps de se dire que les gouttes qu'il prenait depuis des années étaient peut-être inutiles.

Il s'endormit d'un coup.

Sur la pointe des pieds, Simon sortit du placard de la cuisine. Il était là depuis des heures à se morfondre, souhaitant de tout son cœur que le patron ne le découvre pas.

Il ne devait pas l'avoir cherché bien longtemps, le patron ! Simon l'avait entendu traverser la cuisine, avait retenu son souffle, s'était pincé le nez pour éviter d'éternuer.

La nuit venait de tomber, la maison était sombre, on n'y voyait guère, mais il n'allait certainement pas allumer les bougies. Le patron pouvait toujours décider de se lancer une fois de plus à sa recherche.

Ce qui étonnait Simon, c'était que Morbanville se fût contenté de l'appeler deux fois, pas plus, sans s'affoler, sans même user du tutoiement qu'il utilisait chaque fois qu'il s'emportait contre lui.

Si le mot qu'il avait écrit au Prince ne soulevait pas plus d'intérêt, cela constituait pour Simon la preuve qu'il avait eu raison d'agir ainsi.

Pour une fois dans sa vie, Simon refusait d'obéir, d'exécuter ses tâches quotidiennes, d'obtempérer aux ordres du patron. Et le patron ne réagissait pas !

Peut-être souhaitait-il, lui aussi, que Simon agisse de manière autonome ?

Tout cela était d'un compliqué ! L'important, c'était d'avoir la paix, de ressentir une immense quiétude jusque-là inconnue, de décider de ne pas dormir dans sa chambre, mais plutôt sur la maigre paillasse dans la cave aux chauves-souris.

C'est là que Simon allait passer sa dernière nuit avant le procès.

⚜

Mat n'arrivait pas à s'endormir. Lorsqu'elle était rentrée du parc des Après avec les petits, elle avait trouvé Zénon couché, le front brûlant, frissonnant dans son lit, les yeux hagards.

Aux questions que Mat lui posait tendrement, il n'avait pas voulu répondre. Il s'était contenté de secouer la tête en ouvrant des yeux égarés. C'était une forte fièvre qu'il fallait couper tout de suite pour éviter que les enfants soient malades à leur tour.

Dans la maison maintenant silencieuse, Mat s'était couchée dans la pièce commune pour ne pas troubler le sommeil de Zénon. Elle l'entendit parler, se leva pour la troisième fois et vint s'asseoir auprès de son mari.

Il était encore agité, malgré la médication. Lorsqu'elle se pencha pour déposer un baiser sur son front, il lui saisit la main et murmura :

— Attention, attention aux loups, Mat ! Ils sont pleins de sang…

Mat n'aimait pas voir son Zénon dans un état pareil. La fièvre le faisait délirer, elle devrait peut-être aller chercher le médecin au cours de la nuit. Elle laissa la porte de leur chambre entrouverte pour l'entendre s'il l'appelait, et s'en fut préparer des compresses.

Se faufilant sans bruit de ruelle en ruelle, Pierre se rendit jusqu'au jardin de Julius et entra dans sa chambre sur la pointe des pieds. Il n'avait envie de parler à personne, surtout pas à Casimir.

Un dimanche raté au cours duquel il était passé du désespoir à la joie de revoir Julius vivant, de l'angoisse d'avoir été abandonné au plaisir de ne plus l'être… Un dimanche fou, qui s'achevait sur une mauvaise note : il ne serait jamais plus chez lui, ni là, ni ailleurs, Casimir avait tout gâché.

Devant la mer, sous les premières étoiles qui, une à une, venaient se ficher dans le bleu presque noir, il s'était dit que Casimir n'avait pas tort de lui déclarer qu'il dérangeait.

Jamais, depuis qu'il était arrivé, il ne s'était vraiment posé la question. Il dérangeait, oui, il dérangeait la vie de tout le monde. Le grain de sable dans l'engrenage, c'était lui.

Désormais, il allait les déranger pour toujours s'il ne découvrait pas le secret du sablier et le chemin de la sortie.

La nuit serait longue et peuplée de cauchemars, il les sentait fondre sur lui avant même de s'endormir, les imaginant à l'avance. L'œil blanc reviendrait le hanter cette nuit-là aussi.

Il se prit la tête à deux mains en tentant de ne penser qu'à Bérangère, mais cela ne fit qu'aggraver les choses : il ne parviendrait jamais à la comprendre et, pourtant, il ne rêvait que de rentrer chez lui avec elle.

Il s'efforça de penser à Jeanne.

Le premier rêve le saisit d'effroi et le fit s'éveiller en sueur : son père le cherchait, l'appelait dans la forêt obscure tandis que lui, Pierre, tentait désespérément de lui répondre. Il s'éveilla avec un goût de fin du monde dans la bouche.

Une fois dans son lit, Mathias laissa enfin couler ses larmes. « Julius est vivant ! » ne cessait-il de se répéter. Brisé par trop d'émotions, il n'arrivait pas à dormir.

Le chef des prud'hommes l'avait fait prévenir que, la vie reprenant son cours, le procès — tout au moins le premier interrogatoire de Simon — allait débuter le lendemain comme prévu. Le gros Simon ayant décidé de se présenter sans témoin, Mathias devait faire de même, ce qui évitait à Blaise d'avoir à le suivre au Parlement.

Ce soir-là, avant de monter dans sa chambre, Mathias avait dit à ses frères :

— Je vous l'ai déjà dit, mais je vais vous le répéter : je suis convaincu que Simon le gros a décoché sa flèche en sachant très bien que c'était moi qu'il atteindrait. Morbanville a eu beau fournir son explication biscornue, traiter son protégé d'innocent, d'incapable, d'irresponsable, moi je soupçonne le gros Simon de l'avoir fait exprès. Et il aurait pu me tuer. Ça, je n'arrive pas à l'oublier.

Blaise lui avait conseillé de se coucher tôt pour être d'attaque au petit matin et ne pas perdre son calme pendant l'interrogatoire, car ce serait mauvais pour lui.

— Comment, mauvais pour moi ? avait riposté Mathias. C'est moi qui me fais assassiner et je dois rester calme ?

Blaise était allé s'étendre sur des coussins, à côté du lit de Julius. Casimir viendrait prendre la relève. Mathias, lui, avait sa nuit pour lui.

— Et Pierre ? demanda Blaise. Il est rentré ?

— Il y avait de la lumière dans sa chambre.

— Alors, ça va. Bonne nuit, murmura Blaise à ses frères.

LUNDI

1

La cloche fêlée de Bagne sonna six heures du matin. Déjà, Méthode parcourait avec son âne les rues de la ville endormie. Il s'arrêta un moment chez Laredon qui, sur le pas de sa porte, prenait le frais.

— La chaleur qu'il fait ! s'exclama le boulanger en essuyant son bon visage, les joues rouges et le front ruisselant de sueur. Je viens tout juste de sortir les brioches, tu en prendras bien une ? demanda-t-il à Méthode.

— Ou deux ? répondit l'éboueur en souriant. Qu'est-ce qui va se passer ce matin, tu en as une idée ? C'est une bien curieuse histoire, le procès de Simon. Tu y comprends quelque chose ?

— Pas plus que toi. Et Julius qui est malade ! Il paraît que c'est Morbanville qui a pris la défense du gros et qui a parlé pour lui. C'est le genre de chose que monsieur le chef des prud'hommes n'apprécie pas. Moi, j'ai l'impression qu'il veut entendre la version de Simon, et seulement celle-là. Même si le Prince assiste à la comparution, car rien ne lui interdit d'y venir, il n'aura pas droit de parole. Simon devra se défendre tout seul. D'ailleurs, il n'a pas choisi de témoin.

— Comment voudrais-tu ? Personne ne veut être le

témoin de Simon, expliqua Méthode. Étant donné que Simon a refusé d'avoir un témoin, Mathias n'en aura pas lui non plus.

— C'est la parole de l'un contre celle de l'autre.

— Tu te souviens, toi, d'un procès où quelqu'un risquait d'être accusé de tentative de meurtre ?

Méthode mordit dans une deuxième brioche. Il restait pensif, le regard aussi vague que celui de son âne.

— Il faudrait demander à Antonin. Mais je pense que jamais, de mémoire d'homme, on n'a eu affaire à une telle accusation. Ni du temps de nos pères, ni de celui de nos grands-pères… Celui qui pourrait nous le dire, c'est Anne l'Ancien.

— Ou Julius, dit Laredon. Et cette fausse mort ?

Méthode inspira profondément.

— Difficile à dire. Un instant, on dirait que oui, je comprends et, ensuite, mes hypothèses s'écroulent. Je pense qu'il a attrapé une vilaine maladie, peut-être celle des Canet. Dans ce cas, personne ne veut en parler. C'est normal.

— La maladie des Canet, ça ne te tombe pas sur la tête comme ça !

— Il avait tout de même l'air fatigué, ces derniers jours…

— Pas du tout, il rayonnait !

— Tu vois, nos versions diffèrent. C'est déjà louche. Parfois, il avait l'air en forme, et, à d'autres moments, épuisé. C'était un peu ça, pour les Canet, non ?

— Je ne suis pas certain de ce que tu avances, dit Laredon. Toi, moi, n'importe qui peut rayonner un jour et avoir l'air fatigué le lendemain, ce n'est pas une maladie !

— En tout cas, c'est bien étrange. Ils nous l'ont bel et bien annoncée, sa mort.

— On ne sait même pas s'il était mort dans sa maison ou au Parlement…

— Dans sa maison, qu'est-ce que tu penses ! Sinon, on aurait vu passer son corps !

— Est-ce qu'il a eu la croquette ? Sans doute pas. Alors, il a eu l'air mort, seulement l'air, et ses fils se sont affolés. La croquette, ça ne ment pas ! Si le mort réagit quand on lui mord l'orteil, c'est qu'il n'est pas mort.

— Tu dérailles, dit Méthode en fronçant les sourcils. Tu ne penses tout de même pas que Blaise du Montnoir pourrait se tromper à ce point !

— Il n'y est pas encore, à la Grande École, répliqua Laredon.

— Mais il y sera bientôt. Et c'est lui qui a sauvé Matricule !

À sept heures moins le quart, lorsque les deux assistants du prud'homme arrivèrent chez Morbanville, Simon le gros patientait déjà devant la maison.

Il était vêtu avec élégance, tout en sombre, des pieds à la tête. Il était sorti sans faire de bruit, attendant sereinement ces hommes qui venaient le chercher. La nuit avait été bonne.

Il les salua d'un signe de tête, auquel ils répondirent en s'inclinant tous les deux. Simon n'opposa aucune résistance et les suivit sans dire un mot.

Levant la tête vers le dernier étage, il crut voir remuer le rideau de la fenêtre de Morbanville. Simon le gros savait que le patron viendrait assister au procès. Incapable de rester indifférent à sa lettre et, juste pour le plaisir d'entendre Simon mentir, il y serait avant tout le monde. Le gros avait bien préparé son coup.

À huit heures tapantes, lorsque le chef des prud'hommes

donnerait le premier coup de maillet, le Prince ferait son entrée, il en était convaincu.

— Est-il besoin de vous soutenir, monsieur Simon? demanda l'un des prud'hommes.

— Pas du tout, je vous remercie. Je me porte à merveille.

Les prud'hommes échangèrent un regard étonné. Le Simon qu'ils emmenaient n'avait rien de commun avec l'être affolé, en larmes, bégayant, bafouillant et tremblant de tous ses membres qui s'était roulé par terre aux pieds de leur chef.

Il semblait sûr de lui, détendu, pas le moindrement incommodé par le fait de traverser la ville encadré par ces hommes de loi.

Lorsqu'ils arrivèrent au Parlement, Simon fut invité à passer dans une pièce où l'on avait préparé pour lui un petit-déjeuner. Brioches, thé de la montagne, figues fraîches, œufs brouillés, crêpes de sarrasin, mustiflet séché. Simon sourit comme un enfant heureux; si c'était ainsi qu'on traitait les accusés, qu'est-ce que ce devait être pour les victimes!

Il ne s'aperçut pas qu'un œil le surveillait par une minuscule ouverture de la porte. Simon prit ses aises et mangea de bon appétit.

On vint le rejoindre vingt minutes plus tard. Les prud'hommes s'assirent avec lui pour lui expliquer la procédure.

Il ne devait prendre la parole que lorsque monsieur le chef des prud'hommes le lui demanderait. Il devait rester sobre dans ses réponses, mais clair.

Serait-il capable de conserver cette attitude sereine? Sentait-il qu'il aurait besoin d'un remontant? Avait-il quelque souhait à émettre? Toutes ces questions qu'on lui posait pour s'assurer de son bien-être, c'était excessif, Simon n'avait pas été habitué à ce genre de traitement.

C'est avec un sourire détendu qu'il suivit les prud'hommes

jusque dans la salle d'audience. La clepsydre indiquait huit heures moins le quart.

Les gardes ouvrirent les hautes portes, et la salle apparut dans toute sa splendeur.

Simon en eut le souffle coupé. On aurait dit le plafond d'un château. Il ne connaissait qu'un seul château, celui des Morbanville où le patron l'avait emmené quelques fois. Jamais Simon n'avait oublié ce lieu délabré.

Sur le plafond de la salle d'audience, très haut, était peinte une scène de chasse. « Au sanglier ? se demanda Simon sans perdre sa belle assurance. L'endroit est bien choisi ! »

D'étroits vitraux laissaient filtrer la lumière du matin ; des rayons colorés tombaient en oblique sur la longue table qui devait être celle de monsieur le chef des prud'hommes.

On indiqua à Simon un pupitre de bois et un fauteuil dont les bras étaient joliment sculptés, le siège et le dossier recouverts de velours d'un vert presque noir. À l'opposé, pupitre et fauteuil identiques « pour Mathias », se dit Simon.

— Vous restez debout jusqu'à ce que monsieur le chef des prud'hommes vous demande de vous asseoir.

Derrière Simon, des rangées de chaises attendaient le public. Un garde fit entrer Mathias, qui ne leva même pas les yeux.

Arrivèrent ensuite d'abord la vieille Romaine, puis Bérangère, Marin-le-long et le vieux Matricule, ce dernier installé au Refuge depuis le matin.

Le premier interrogatoire de Simon le gros, Matricule n'allait manquer ça pour rien au monde. Encore très affaibli, amaigri mais le teint vif, il était fermement soutenu par Marin.

Monsieur et madame Bon, monsieur Clarque, Titien le Bourdon, les parents Procope, la belle Anatolie, le père et la mère Lobel, tous affichaient le même ébahissement : la salle des Audiences était magnifique, et impressionnante !

Certains étaient venus de la montagne, avertis par leurs proches, plusieurs de la plaine de Bagne. Il y avait foule dans la grande salle.

Mathias avait convaincu Pierre de l'accompagner. Casimir, lui, ne voulait rien savoir de cet interrogatoire jugeant qu'il en apprendrait bien assez quand il en entendrait le compte-rendu.

Pierre n'avait pas songé un instant que Bérangère aurait souhaité assister au procès. Lorsqu'il la vit derrière le vieux Matricule, il faillit retourner sur ses pas, mais des gens qu'il ne connaissait pas se pressaient derrière lui et il lui fut impossible de faire demi-tour.

Bérangère posa sur lui un regard appuyé, sans un sourire, juste un signe de la main qui aurait pu signifier bien des choses... Pierre choisit de comprendre qu'elle entendait par là que tout allait bien.

Il aurait préféré un clin d'œil, l'esquisse d'un sourire, mais non, aujourd'hui, mademoiselle Canet affichait son air sérieux.

La bande de Pépin arriva à son tour. Pépin vint immédiatement s'asseoir à côté de Pierre et lui souffla à l'oreille :

— Je n'ai pas osé passer chez toi, avec toute cette histoire...

— Je n'ai pas osé non plus aller te chercher, j'étais trop à l'envers.

— Tu viens quand tu veux, tu sais.

— Je sais.

— Moi, je ne peux pas arriver comme ça, chez le grand Magistère malade... Au fait, qu'est-ce qu'il a ?

— On ne sait pas, mentit Pierre.

Julius avait été affreusement mutilé, n'avait pas encore parlé, mais même ça, il n'était pas question d'en faire part à la population. Pierre savait bien que, même s'il lui jurait le silence, Pépin pourrait tout de même lâcher le morceau sans penser à mal.

— Comment est-ce que tout ce monde a appris la tenue du procès ? demanda Pierre à Pépin.

— Une fois l'avis de convocation livré à chacune des parties, expliqua son ami, on affiche la date et l'heure du procès sur la Grand-Place. Tout le monde a le droit de venir, à moins que le prud'homme ait décidé de tenir le procès à huis clos.

— À quoi ? murmura Pierre en se penchant encore plus vers Pépin.

— À huis clos. Sans que personne puisse entrer dans la salle des Audiences.

Dans son dos, Pierre sentit le parfum de fougère et de fumée qui le troublait comme la première fois. Bérangère se rapprochait.

Tout à coup, toutes les têtes se retournèrent sauf celle de Simon.

On entendait venir Morbanville, annoncé par le claquement sec de sa canne contre les dalles. Pierre fut pris de frissons de la tête aux pieds.

À huit heures pile entra monsieur le chef des prud'hommes, très élégant dans sa redingote noire. Il passa derrière la longue table, prit son maillet dont il donna trois grands coups et, d'un bref mouvement de tête, pria l'assemblée de s'asseoir.

— Monsieur Simon, veuillez rester debout. Monsieur Mathias, vous pouvez vous asseoir.

Simon sourit largement, fier de ce « monsieur » dont le gratifiait le chef des prud'hommes.

— Monsieur Simon, reprit le chef des prud'hommes, veuillez nous expliquer dans quelles circonstances vous avez blessé Mathias du Montnoir, ici présent. Je vous prierai d'être clair et de ne pas vous égarer dans des explications inutiles. Tenez-vous-en aux faits.

— Monsieur le chef des prud'hommes, je vais vous expliquer, commença Simon. Et c'est beaucoup plus simple que vous pouvez le penser, vous allez voir, c'est même limpide parce que…

— Je vous ai demandé de vous en tenir aux faits, gronda le chef des prud'hommes.

— Bon, fit Simon avec un sourire détendu. La battue au sanglier était déjà commencée depuis plusieurs jours quand je me suis rendu compte d'une chose très grave. Le Prince de Morbanville, mon patron, est très âgé et passablement malade, je ne sais pas combien de temps encore il pourra résister à cette maladie qui le ronge et…

Le chef des prud'hommes tentait à grand-peine de rester impassible. L'audience allait traîner en longueur, sans doute entrecoupée de nombreux rappels à l'ordre.

— Monsieur, pouvez-vous nous éviter ces réflexions sur la santé du prince de Morbanville ?

— Non, monsieur le chef des prud'hommes, car tout part de là.

Dans la salle, personne n'osa se tourner vers Morbanville, mais l'étonnement se lut sur tous les visages.

— Ça sent la soupe chaude, souffla Bérangère à l'oreille de Pierre.

Il se retourna vivement.

— Ça va ? lui demanda-t-il.

— Ça va.

Le vieux Matricule donna de légers coups de coude à Romaine, sans tourner les yeux vers elle, un léger sourire aux lèvres. Morbanville transpirait sous son voile ; où cet imbécile de Simon voulait-il en venir ?

— Poursuivez, monsieur Simon, dit le chef des pru-
d'hommes. Je vous le répète, soyez clair.

— Si vous voulez que ce soit clair, ce le sera, soyez-en sûr !
déclara Simon d'une voix ferme, le sourire aux lèvres. J'ai tiré
une flèche en direction de Mathias du Montnoir seulement
pour le blesser gravement, pas pour le tuer.

Dans la salle, les murmures montèrent comme des fume-
rolles. Simon ne bronchait pas.

— Je vous l'ai dit, mon patron se fait vieux. Qui prendra la
relève ? Qui prendra le pouvoir ? Julius du Montnoir ne fait pas
le bonheur de tout le monde, vous le savez comme moi. Il a
intérêt à passer le relais. Il y aura des élections, et Mathias du
Montnoir se présentera à la tête du pays. Et ça je ne le veux pas,
c'est simple. Le pouvoir doit revenir aux Morbanville.

« Il est malade ! se dit Mathias, frétillant sur son siège, se
retenant à deux mains pour ne pas se lever et hurler à la tête
de Simon, et Julius qui est à demi-mort ! » Il tenta d'accrocher
le regard de Pierre, mais celui-ci fixait ses chaussures, bouillant
lui aussi de colère.

— Monsieur le chef des prud'hommes, tonna Morbanville d'une voix qui fit sursauter toute l'assemblée.

— Vous n'avez pas la parole, monsieur le Prince. Continuez, Simon.

Simon le gros aurait bien aimé que le chef des pru-
d'hommes continue à lui donner du « monsieur Simon ».

— En liquidant temporairement Mathias du Montnoir, je
dis bien temporairement, se donna-t-il la peine de préciser,
je devenais celui qui prendrait la relève, le pouvoir, je serais
prince et puis roi, ajouta-t-il avec un sourire humble, puisqu'un prince peut devenir roi, et…

— Puis-je vous faire remarquer, monsieur Simon, que
vous n'avez aucun droit de prétendre au titre de prince de

Morbanville. Vous n'êtes pas le fils de monsieur le Prince, pas même son fils adoptif puisqu'il n'y a jamais eu adoption officielle. Ainsi, toutes vos démarches…

— Pardonnez-moi de vous interrompre, monsieur le chef des prud'hommes, mais je suis le fils du Prince. Permettez-moi de vous en donner la preuve.

Ce disant, Simon sortit de sa veste un papier qu'il tendit au garde qui se tenait à côté de lui.

On n'entendit plus dans la salle que le souffle saccadé de Morbanville ; chacun tendait l'oreille.

Le garde présenta le document au chef des prud'hommes qui, tirant de sa poche intérieure un monocle cerclé d'or, déplia le papier. C'était une grande feuille, visiblement jaunie par les flammes et à demi déchirée, qu'il prit le temps de lire par deux fois.

Le silence pesait.

Morbanville respirait de plus en plus fort ; il s'épongea sous son voile. La tension montait pendant que le chef des prud'hommes lisait et relisait le document.

— Monsieur de Morbanville, veuillez vous approcher, je vous en prie. Gardes, aidez monsieur le Prince à se lever.

Les gardes prirent doucement Morbanville sous les bras et voulurent l'aider à se soulever de sa chaise. Le Prince les repoussa durement, se redressa du mieux qu'il put et vint se planter devant le chef des prud'hommes.

— Reconnaissez-vous avoir rédigé ce document ?

Morbanville entrouvrit son voile pour prendre connaissance de ce qui était écrit sur le papier qu'on lui tendait et que, il le voyait bien, il avait fabriqué de ses propres mains et marqué du « M » des Morbanville.

— Oui, je le reconnais, murmura le Prince. Il serait inutile de vous mentir.

— Il prouverait alors que vous êtes le père de Simon, à qui d'ailleurs vous n'avez jamais donné votre nom ni aucun autre, seulement des prénoms.

— C'est faux, s'écria Morbanville. Vous savez très bien que Simon porte le nom de Jocquard, nom de famille de sa mère Madeleine Jocquard…

— La preuve ! cria Simon. Faites-en la preuve, je vous en supplie !

— Silence ! tonna le chef des prud'hommes. Nous disions : Madeleine Jocquard, disparue. Mais est-elle bien sa mère ? Laissez-moi vous relire ceci, monsieur le Prince, on dirait que vous n'avez pas compris ! *Je,* auriez-vous écrit, *soussigné Charles-Éloi de Morbanville, déclare par la présente reconnaître la paternité de cet enfant, né le 12e jour du 8e mois du 4e mandat de Paulus du Montnoir, en l'an 1061, au château, mis au monde par les bons soins de madame Romaine du Long-Sault, et nommé Charles-Innocent-Simon-Éloi, nom choisi par sa propre mère, avant que…* Le document s'arrête ici.

— Taisez-vous ! Taisez-vous donc ! implora Morbanville d'une voix à peine audible. Ceci n'a rien à voir avec Simon le gros. Je ne vous en dirai pas plus, mais sachez que l'enfant dont il est question n'est pas Simon le gros.

— Qui est-il, alors ? murmura le chef des prud'hommes en retirant son monocle. Vous semez des enfants ici et là sans vous en soucier ? Combien en avez-vous comme ça, des petits princes en puissance ? Il faudra rouvrir certains dossiers, monsieur de Morbanville. Ouvrir également une certaine sépulture ? Qui est cet enfant dont parle ce papier, monsieur le Prince, qui est-il si ce n'est pas Simon Jocquard ?

— Vous ne le saurez pas, siffla Morbanville derrière son voile.

Monsieur le chef des prud'hommes en avait trop entendu, il lui fallait mettre fin à cette comédie.

Mais, avant, il joua le tout pour le tout.

— Ma chère Romaine, fit-il doucement en oubliant le protocole, pouvez-vous nous aider ?

— Je regrette, murmura la vieille dame d'une voix à peine audible, j'ai juré le silence. Je ne peux pas, je ne peux pas…

— Je comprends. Merci, Romaine.

D'un fort coup de maillet, il frappa sur la table.

— Gardes, faites évacuer la salle. Messieurs Simon et Mathias restent présents, et vous aussi, monsieur le Prince.

Marin soutenait le vieux Matricule, lequel soutenait Romaine qui retenait ses larmes.

— Marin, sors-moi d'ici, et vite ! supplia-t-elle. Tu ne peux pas savoir, oh ! que tout cela est affreux.

Tous ceux qui venaient d'assister à cet étrange interrogatoire sortirent l'un après l'autre, la tête bourrée de questions.

Le Berger n'y comprenait rien. Madame Niquet s'était éveillée ce matin-là à six heures, elle avait chantonné un moment, s'était recouchée et, depuis, ne bougeait plus. Il allait être neuf heures et elle dormait toujours. Alors que d'habitude elle allait et venait comme une femme très occupée même si elle ne faisait rien, voilà que pour une fois, la pièce était silencieuse, calme comme rarement le Berger l'avait vue, sauf la nuit, et encore.

Toujours inquiet lorsque Attina se comportait de manière bizarre, Fabre Escallier ne savait pas s'il devait tenter de l'éveiller, entrer dans sa chambre au risque de se faire attaquer, ou rester bien tranquille à attendre qu'elle s'éveille.

Quoique le caractère de sa prisonnière se fût grandement adouci depuis les traitements du docteur Méran, il craignait à chaque instant une rechute et de nouvelles crises de délire.

Il l'entendit tout à coup ronfler, ce qui le rassura.

Assis avec Pépin, Xavier et Gaston sur le long muret de pierre qui longeait les jardins du Parlement, Pierre regardait les gens sortir, déçus. Pépin, d'ordinaire si bavard, fixait la pointe de ses chaussures ; Xavier tressait de longs brins de foin, appliqué à sa tâche comme s'il s'agissait d'un travail essentiel ; Gaston regardait passer les nuages.

Les mains sur les oreilles, l'Ange passait et repassait devant eux, comme s'il tentait de comprendre ce qui générait cette étrange atmosphère.

— Ça suffit, l'Ange, dit gentiment Pépin. Va porter tes messages !

L'autre ne se le fit pas dire deux fois et partit en courant, criant à tue-tête :

— Message ! Message !

Xavier se leva d'un bond.

— Tout cela produit un bien curieux effet, murmura-t-il. Ce que personne n'ose avouer, c'est que chacun, au fond de sa tête, se demande qui peut bien être ce deuxième Simon dont Morbanville serait le père.

— Charles-Innocent-Simon-Éloi, marmonna Pépin. Il y a ici des Charles, des Innocent, des Éloi, et d'autres Simon. Mon père se nomme Éloi.

— Et le mien Innocent, risqua Xavier.

Pierre leva la tête et les regarda tous les deux. Si le père de l'un ou de l'autre était le fils de Morbanville, autant Xavier que

Pépin pouvait prétendre au titre de prince, petit-fils de l'homme voilé. Et les grands-mères dans tout cela ? Laquelle des femmes du pays de Julius avait été l'amante de Morbanville ? Qui donc dans le pays était né en 1061, le 12e jour du 8e mois du 4e mandat de Paulus du Montnoir ?

« Des papiers, ça se trafique », songea Pierre.

Bérangère s'approcha. Pierre planta les yeux dans ceux de la jeune fille. Elle soutint son regard et lui sourit bizarrement.

— La vieille Romaine sait tout, commença Gaston. Puisque c'est elle qui l'a mis au monde, ce bébé. C'est elle qui pourrait révéler devant le chef des prud'hommes qui était véritablement la mère, qui était véritablement l'enfant.

Ils avaient tous pu la voir, effondrée, cramponnée au bras de Marin.

Blaise traversait la Grand-Place, les sourcils plus froncés qu'à l'habitude ; il s'approcha.

— J'arrive de chez Poclain. Veux-tu bien me dire ce qui se passe ? demanda-t-il à Pierre.

— Oh, soupira ce dernier en secouant la tête. Tout le monde a été évacué.

— Ça tourne mal, précisa Pépin.

— Tu rentres à la maison ou tu attends Mathias ? dit Blaise. Mathias n'est pas sorti ?

— Je rentre avec toi, je te raconterai.

Pierre se tourna vers Bérangère.

— Tu restes en ville ou tu remontes chez Marin ?

— Je ne sais pas.

— Si tu restes, j'irai te retrouver sur les remparts un peu plus tard.

— À quelle heure ? demanda-t-elle un peu sèchement.

— Je ne sais pas.

— Tu viens ? demanda Blaise à Pierre.

— Je serai là vers trois heures, dit rapidement Bérangère. Si tu ne peux pas venir, tant pis.

Blaise s'éloigna, Pierre lui emboîta le pas.

— Me diras-tu enfin ce qui s'est passé? demanda Blaise sur le chemin de la maison.

Pierre relata, sans omettre un détail, l'interrogatoire de Simon le gros.

— Ils sont fous tous les deux! marmonna Blaise.

Puis il ne desserra pas les dents jusqu'à la maison, agacé au plus haut point du fait que le chef des prud'hommes ait tenu à garder Mathias, qui n'avait rien à faire dans l'histoire d'un fils inconnu de Morbanville.

Simon le gros avait bel et bien avoué avoir tiré volontairement sa flèche en direction de Mathias, pour le blesser « temporairement ».

— Tu as laissé Julius tout seul? demanda Pierre.

— Même pas dix minutes, il dormait bien. Ne t'en fais pas.

— Tu voulais venir voir Mathias?

— J'aurais bien aimé être là! Non, je suis allé chercher des médicaments chez Poclain.

Ils entrèrent sur la pointe des pieds, traversèrent le petit bureau et entrèrent dans la chambre du grand Magistère. Julius respirait bien, il semblait moins souffrir.

— Je vais dans ma chambre, souffla Pierre.

Blaise lui fit signe de rester. Il avait besoin de son aide pour changer les pansements.

— Ça va, Julius? demanda doucement Pierre en lui prenant la main.

Julius lui serra tendrement le bout des doigts et tenta de sourire. Soudain, il ouvrit son œil valide. Pierre et Blaise purent y lire les traces d'une grande frayeur, comme si le grand Magistère venait de voir quelqu'un ou quelque chose, loin derrière eux. Les deux garçons eurent le même réflexe et se retournèrent dans un même mouvement : dans leur dos, rien du tout, seulement le mur de la chambre où était accrochée la redingote des grands jours.

2

Dans le bureau du chef des prud'hommes, Simon le gros gardait la tête baissée. Il sentait fondre sur lui le regard de Morbanville, même à travers le voile.

Mathias était temporairement retenu dans la salle des Audiences, sous la surveillance de l'un des gardiens. On voulait s'assurer qu'il ne quitterait pas le Parlement.

Le procès devait reprendre vers la fin de la matinée mais, le chef des prud'hommes voulait d'abord entendre Morbanville.

— Il ne s'agit pas, monsieur le Prince, de mettre en doute l'authenticité de ce document ou même de douter de l'existence de ce fils qui serait le vôtre. Je souhaite que vous soyez en mesure de prouver ici, hors cour, que Simon le gros n'est pas celui dont il est fait mention dans le document.

Le chef des prud'hommes fit une pause.

— Si cela est vrai, bien évidemment, reprit-il, pour que nous puissions reprendre la procédure. Le procès que nous tenons concerne uniquement la tentative d'assassinat sur la personne de Mathias du Montnoir, et non pas les détails de votre paternité. Mais comme les deux faits sont en relation…

Morbanville gardait la tête haute, mais n'ouvrit pas la bouche.

Simon rongeait nerveusement l'ongle de son index.

— J'espère, reprit le chef des prud'hommes, que vous vous rendez compte de la gravité de la situation. Si vous tenez à vous taire, nous devrons faire enquête pour savoir ce qu'il est advenu de ce fils.

Morbanville eut peine à réprimer un frisson.

— Monsieur, déclara-t-il, vous n'aurez pas à faire enquête.

— Tout prince que vous soyez, ce n'est pas à vous qu'il revient de me dicter ce que la loi prévoit, tonna le chef des prud'hommes.

— Je vous ferai remarquer, monsieur, que ce fils n'a strictement rien à voir avec le procès qui doit se tenir. Vous mêlez les cartes. Nous avons à régler le sort de Simon, qui a avoué avoir décoché une flèche en direction de Mathias du Montnoir. Cela ne concerne en rien l'existence d'un enfant que j'aurais reconnu, il y a quarante ans, comme mon fils légitime.

— Oh que oui ! s'exclama Simon le gros.

— Silence ! ordonna le chef des prud'hommes.

— Mais, puisque je vous dis que…

— Je vous ai ordonné le silence ! Monsieur de Morbanville, si Simon le gros, ici présent, prétend être votre fils, en ce sens il a raison de croire qu'il héritera à votre mort du titre de prince. Cela ne le rend pas plus ou moins coupable, mais constitue clairement un mobile de tentative de meurtre.

— Je suis de votre avis, et j'en reviens au procès. Quelle différence cela fait-il que Simon soit ou non mon fils ?

— Cela fait, dit le chef des prud'hommes en serrant les dents, que vous avez, lors d'une première rencontre il y a quelques jours, tenté de nier la gravité de son geste et que, ce faisant, vous avez semé le doute en notre esprit : pourquoi protéger Simon comme vous l'avez fait ? Pourquoi mentir devant vos juges ? Parce que vous voulez l'innocenter ? Je considère qu'il est de notre devoir d'éclaircir cette situation qui nous semble bien trouble.

— Ainsi, fit remarquer Morbanville, plutôt que de clore la discussion en considérant que Simon a reconnu sa culpabilité, vous voulez rejeter sur moi l'odieux de son geste et me faire avouer que je suis son complice ?

— Ce n'est pas à vous de poser des questions. Reconnais-sez-vous être le père de Simon le gros, c'est la seule question à laquelle je vous demande de répondre. Parce que, si vous l'êtes, vous êtes responsable de ses actes, le saviez-vous ?

Morbanville respirait bruyamment. Le chef des pru-d'hommes perdait patience ; ce procès allait tourner court, tout en soulevant de bien étranges questions. Le mieux serait d'ajourner temporairement les audiences et de consulter Julius le plus rapidement possible. Quand celui-ci serait-il en état de le recevoir ?

— Je ne suis pas le père de Simon le gros, déclara Morban-ville en tournant la tête vers le pauvre accusé.

Simon gardait toujours la tête baissée.

— Et vous refusez toujours de nous dire ce que signifie ce document qu'il nous a présenté ? Qui donc est cet enfant dont vous êtes le père ?

— Je refuse catégoriquement de vous répondre. Primo, Simon n'est pas mon fils. Secundo, je n'ai pas adopté Simon. Tertio, je ne vous dirai rien de plus.

— Bien. Simon Jocquard, veuillez m'indiquer votre date de naissance.

— Le 12e jour du 8e mois du…, commença calmement Simon.

— Faux ! cria Morbanville.

— C'est écrit sur le papier ! rétorqua Simon.

Le chef des prud'hommes agita sa clochette, et l'un des gardes entra.

— Veuillez emmener monsieur Simon dans la salle d'attente.

Clignant très rapidement des yeux, Simon tenta d'attirer l'attention de Morbanville, mais celui-ci semblait refuser de se tourner, ne fût-ce que de quelques degrés, vers le malheureux accusé. Quel imbécile, quel gros imbécile ! Et il avait pris la peine de lui écrire hier soir pour l'assurer qu'il mentirait !

On nageait dans les mensonges, on nageait dans un torrent de mensonges ! Simon, fils de Morbanville ? Simon coupable ? Simon le prochain Prince ?

Une fois le gros sorti, le chef des prud'hommes s'approcha de Morbanville.

— Sa date de naissance ?

— Il n'est pas né le 12e jour du 8e mois du 4e mandat de Paulus du Montnoir, murmura le Prince, c'est faux.

— Et si c'était vrai ?

— Je vous le répète, c'est faux.

— Mais c'était bien en 1061 !

— Oui.

— Quel âge avait-il lorsque mademoiselle Jocquard vous l'a confié ?

— Elle ne me l'a jamais confié.

— Veuillez m'expliquer alors comment il s'est retrouvé chez vous ?

— Madeleine Jocquard a disparu, cria soudain Morbanville, vous le savez aussi bien que moi !

— Donnez-moi les détails…

— Madeleine Jocquard est venue me porter le petit qui n'avait alors que quelques semaines. Elle me le laissait pour une heure ou deux. C'était une amie, voyez-vous…

— Quel âge avait-il ?

— Je ne sais pas, je vous l'ai dit, quelques semaines.

— À quel moment était-ce ? insista le prud'homme.

— En automne, hésita Morbanville.

— Plus précisément ?

— Pendant le 9e mois du 4e mandat, mais le jour exact, je ne sais plus, il y a si longtemps.

— Ce qui fait qu'il aurait très bien pu naître le 12e jour du 8e mois.

Morbanville baissa la tête.

— Il aurait pu. Mais je n'ai aucun papier, je me demande même si…

Si…

— Si elle avait eu le temps de procéder à son inscription civile.

— Vous ne vous êtes jamais posé de questions à ce sujet, vous n'avez jamais cherché à savoir ?

Le Prince secoua la tête.

— Et son anniversaire, vous le fêtiez ?

— Oui.

— À quelle date ?

Morbanville hésita. Il venait de tomber dans le piège tout simple que lui tendait le chef des prud'hommes. Il devait répondre.

— Le 15e jour de chaque 9e mois, souffla-t-il.

— Parce que c'est le jour où Madeleine Jocquard vous l'avait confié, parce que c'est le jour où elle a disparu ! Vous dissimulez bien des choses, monsieur de Morbanville. Et cela me déplaît infiniment.

Le chef des prud'hommes rappela le garde.

— Monsieur, veuillez reconduire cet homme dans la salle.

— Il dort, chuchota Blaise.

Pierre se demandait où Casimir avait bien pu passer, mais il y avait autre chose qui le tracassait encore davantage.

— Blaise, il y a quelque chose que je ne comprends pas. Comment est-ce que Julius a pu rentrer à la maison dans cet état sans que personne s'en inquiète ?

Blaise sourit.

— Figure-toi, Pierre, que je me posais la même question il y a à peine quelques minutes. Moi non plus, je n'arrive pas à comprendre. Il a bien dû croiser quelqu'un sur la route. On ne se balade pas ainsi blessé à travers la ville sans que personne vous vienne en aide, surtout quand on est grand Magistère !

— À moins qu'il soit passé par les ruelles et les jardins, murmura Pierre.

— Et encore, même là, il aurait pu rencontrer n'importe qui.

— Oui, sauf que la plupart des gens se rendaient au parc des Après…

Au moment où Blaise, nerveux, se levait pour aller écouter la respiration de Julius, Casimir entra en trombe.

— Pas de bruit ! dit Blaise. Où étais-tu ?

— Tu me demandes des comptes ? dit Casimir en riant.

Il s'arrêta aussitôt, voyant la mine de Pierre et remarquant enfin l'air inquiet de Blaise.

— J'étais… J'étais allé courir dans la plaine. Cette histoire de fausse mort, et en plus le procès, ça me tape sur les nerfs, je ne peux pas imaginer que Simon le gros soit innocent et… Qu'est-ce qui se passe ?

— Il a mal tourné, le procès, et Mathias est obligé de rester là-bas, dit Blaise.

Casimir ouvrit de grands yeux.

— Qu'est-ce qu'il a fait, Mathias ?

— Parle moins fort, Casimir ! Mathias est retenu au Parlement parce que le gros Simon a déclaré devant tout le monde qu'il était le fils de Morbanville. Ça complique un peu les choses.

— Simon ? Le fils de Morbanville ? dit Casimir.

— On s'en moque complètement, qu'il soit son fils ou non. Mais Antonin, lui, ne prend pas la chose à la légère.

— Mathias n'a rien à voir là-dedans ! objecta Casimir.

— Bien sûr que non, mais l'interrogatoire va sans doute reprendre sous peu.

— Et Julius ? demanda Casimir

— Il dort.

— On n'en sait pas plus ?

— On ne sait tout simplement rien, coupa Blaise.

— On le sait, à quelle heure il reprend, le procès ?

— Non, répondit Blaise. Mais nous, on a besoin de Mathias, on ne peut pas le laisser là à poireauter à cause du gros !

Casimir s'effondra sur une chaise, passant et repassant les deux mains dans son épaisse chevelure.

— Expliquez-moi ! Dites quelque chose…

— C'est ce que j'essaie de faire, dit Blaise. Le procès a été suspendu au moment où Simon le gros a avoué qu'il avait bien tiré sur Mathias pour devenir le futur Prince, il a par ailleurs fourni un document pour prouver que le Prince avait reconnu sa paternité.

— Quel rapport ? Qu'il soit ou non un Morbanville ne le rend pas plus ou moins coupable !

— C'est ce qu'on pense. Mais le chef des prud'hommes a cru bon d'ajourner la séance et, du coup, il a retenu Mathias en attendant la reprise de l'interrogatoire.

— Mais, lança Casimir, toujours énervé, s'il a avoué, le gros, pourquoi poursuivre le procès ? Il est coupable, donc on le condamne et c'est réglé !

— On le condamne à quoi ? demanda Pierre, curieux.

Casimir et Blaise se regardèrent un moment.

— Ça, on ne le sait pas, ça dépend. Aujourd'hui, c'était le premier interrogatoire. Ce n'est pas à ce moment-ci qu'on condamne. En tout cas, Mathias perd son temps là-bas et il serait mieux ici, à nous aider.

— Je vais aller le chercher, moi, Mathias ! leur dit Pierre. Je vous le ramène, comptez sur moi !

Blaise et Casimir échangèrent un sourire. Ce faux petit frère révélait d'étonnantes qualités et il savait pas mal se débrouiller dans cette ville qu'il connaissait bien peu.

Pierre vit, de loin, venir Zénon qui se traînait les pieds. On aurait cru que son sac de facteur pesait des tonnes.

Midi approchait, son estomac le lui signifia clairement.

Pierre bifurqua dans la rue du Bateau pour ne pas avoir à parler à Zénon qui, comme à son habitude, poserait d'innombrables questions. Il lui trouva l'air fatigué, perdu dans son grand manteau bleu, les épaules tombantes.

De rue en ruelle et de ruelle en passage, il parvint à la Grand-Place et fila au pas de course en direction de l'entrée de service du Parlement.

Il demanda au garde qu'on le conduise au bureau d'Antonin.

— C'est urgent, insista-t-il.

Le garde n'hésita pas à le mener directement auprès du chef des prud'hommes.

— Tu m'attrapes au vol, dit celui-ci, j'allais retourner dans la salle des Audiences.

— Excusez-moi de vous déranger sans prévenir, dit

Pierre, mais il fallait absolument que je vous mette au courant. Julius souhaite que vous libériez Mathias.

Il mentait comme s'il avait fait cela toute sa vie.

Déjà troublé par la tournure du procès, le chef des prud'hommes secoua la tête, découragé.

— Libérer Mathias ? Et pourquoi ?

— Je ne sais pas. C'est tout ce qu'il m'a dit.

— Il va donc mieux ?

— On ne sait pas, dit Pierre avec une moue qui pouvait signifier le pire autant que le meilleur.

Le chef des prud'hommes inspira profondément, puis appela le garde. Pourquoi Julius exigeait-il maintenant que Mathias rentre à la maison ? « On ne discute pas les ordres du grand Magistère, surtout lorsqu'il vient de frôler la mort ! » se dit Antonin.

— Veuillez faire entrer monsieur Mathias du Montnoir, immédiatement, cria-t-il au garde.

Visiblement troublé par la requête de Julius, le chef des prud'hommes avait presque aboyé son ordre ; il s'en voulut aussitôt. Tout de même, Julius exagérait.

Le grand Magistère venait se mêler de ses affaires alors qu'il lui avait transmis son plein pouvoir avant sa fausse mort !

— Mon cher Mathias, dit le chef des prud'hommes lorsque le jeune homme fit son entrée, ton père te demande, Pierre vient de m'en aviser.

Mathias tourna vers Pierre des yeux incrédules, regard auquel le garçon répondit par un clin d'œil lui intimant le silence.

— Je te libère, Mathias, rentre vite chez toi.

— Et le procès ? demanda Mathias.

— J'ajourne tout, misère du ciel ! s'écria le chef des prud'hommes, impatient. Jusqu'à ce que je parle à Julius. En exigeant que tu rentres à la maison, il m'empêche de poursuivre le procès, il doit avoir quelque chose derrière la tête. Tout cela me dépasse ! Allez, mes enfants, courez vite à la maison puisqu'il le demande, ajouta-t-il, l'air épuisé.

Pierre suggéra à Mathias de faire comme lui-même l'avait fait à l'aller : passer par les petites rues, les ruelles et les passages.

— Julius, il va mieux ? demanda Mathias, un peu essouf-flé. Il a vraiment parlé ?

— Pas du tout, c'est une tactique pour te sortir de là.

Mathias s'arrêta net.

— Une tactique ?

— Blaise juge qu'on a besoin de toi. On n'est pas assez de trois pour s'occuper de Julius et de toute la maison. Vite, bouge !

— Mais le procès ?

— Moi, j'ai l'impression qu'il va tomber à l'eau. Tu as bien vu, il l'ajourne ! De toute façon, c'est complètement stupide, ce qui s'est passé ce matin.

Ils coururent jusqu'à la petite place où les enfants Procope jouaient aux billes en chuchotant.

Depuis la veille, Pierre et les frères du Montnoir mar-chaient sur la pointe des pieds dès qu'ils entraient dans la mai-son.

Casimir gratifia Mathias d'une bonne tape sur l'épaule, ce qui le fit grimacer.

— Si tu refais ça…, dit Mathias.

— Excuse-moi. Ça fait encore mal ?

— Figure-toi que oui, mais personne n'y pense.

Blaise vint les rejoindre dans la grande pièce.

— Je trouve inacceptable qu'on te retienne au Parlement le lendemain de la résurrection de notre père. À quoi est-ce que le chef des prud'hommes a pensé ?

— Oh, fit Mathias, je crois que tout cela le tue. Si tu avais entendu ce qui s'est dit ce matin ! Pierre vous a raconté ?

Blaise et Casimir hochèrent la tête.

— Tu y crois, toi, demanda Casimir, que Simon serait le fils Morbanville ?

— Ça se pourrait, pourquoi pas ? Tu parles d'un Prince ! dit Mathias en pouffant de rire.

— Chut, fit Blaise. Tu vas réveiller Julius !

— Bon, j'ai faim, chuchota Mathias. Mais, avant de manger, je vais le voir.

Casimir sortit de la niche deux assiettes pleines des bouchées qu'ils avaient préparées pour la veille, pendant que Pierre mettait le couvert.

Au pied du lit de Julius, Mathias se sentit soudain comme un tout petit garçon.

— Un coup pour moi, un coup pour toi, Julius ! murmura-t-il. Moi, c'est Simon qui me l'a donné, le coup. Mais toi, qui t'a frappé ?

Julius n'ouvrit pas les yeux, mais ses lèvres frémirent un court instant.

Bérangère aurait souhaité parler à Marin pour avoir des nouvelles de Romaine.

Elle décida d'aller chercher un pain chez Laredon et de passer ensuite par le marché pour trouver quelque chose à mettre dedans.

Lui trouvant la mine sombre, le boulanger n'osa pas poser de question. Après avoir demandé un petit pain aux noix, la jeune fille lui lança brusquement :

— Vous ne trouvez pas qu'on vit dans un pays de fous ?

Laredon, estomaqué, ne sut que répondre.

— Un pays de fous ? répéta-t-il, songeur.

— Je trouve que rien ne va plus depuis des semaines. Vous ne trouvez pas ?

Laredon ne saisissait pas où elle voulait en venir.

— C'est vrai, dit-il, que nous avons des soucis, mais c'est à Julius que tout cela fait le plus de mal. Imagine, Bérangère ! Mort et ressuscité ! Sans parler du fait qu'il est aux prises avec le comportement de la Niquet, l'histoire de Mathias et l'enlèvement de Moulin ! C'est beaucoup pour un seul homme et…

— Il reste que c'est quand même un pays de fous. Chez nous, là-haut, la vie est bien organisée, et tout va pour le mieux.

— Sans doute, sans doute, admit Laredon. Mais votre petite société fait partie du pays. Marin songerait-il à revendiquer un statut de société indépendante ?

— Je n'y ai jamais pensé, mais si la vie du pays continue à se décomposer ainsi, il serait peut-être bon d'y penser. Tout va mal, tout va de mal en pis. Je ne serai pas étonnée si nous nous mettions bientôt à nous suspecter mutuellement. Il y a trop de malheurs depuis quelque temps.

— Et qu'est-ce qui, selon toi, a pu déclencher cette série de malheurs ? demanda-t-il en songeant que des malheurs, il y en avait toujours eu, à commencer par le décès des parents Canet.

— Oh ! murmura Bérangère. C'est depuis… C'est depuis…

Elle posa sur Laredon un regard effaré.

— Donnez-m'en deux, dit-elle d'une voix sourde en désignant les pains aux noix.

— Bérangère, dit-il d'un ton sévère, tu ne vas pas imaginer que Moulin est responsable de tous ces… accidents ?

Bérangère fronça les sourcils et mordilla sa lèvre inférieure.

— Pierre est ton ami, Bérangère.

Laredon n'allait pas laisser cette jeune fille miner la crédibilité d'un garçon qu'elle avait elle-même choisi comme allié dans la révolte contre Attina Niquet.

— Il faut savoir reconnaître ses vrais amis, murmura-t-elle. Et si tout cela venait de lui ? Réfléchissez, Laredon. Depuis quand est-ce qu'un malheur ne s'était plus manifesté ? Le dernier, c'était la mort de mes parents. Et avant ça, le naufrage du père de Marin, c'est tout. Et voilà que tout à coup, les malheurs pleuvent. Ce n'est pas normal.

— Tais-toi, Bérangère. Les malheurs ne comptent ni les jours ni les semaines. Qui te dit que quantité de petits malheurs ne surviennent pas sans que tu en saches rien ? Tu vis dans ta forêt, mais que sais-tu des malheurs de ceux qui gardent le silence ?

Elle prit les deux pains que lui tendait Laredon.

— Réfléchis encore un peu, Bérangère. Pierre n'a rien à voir dans ce qui nous arrive.

Elle sortit le cœur encore plus lourd que lorsqu'elle était entrée.

3

La cloche fêlée de Bagne sonnait deux heures lorsque le chef des prud'hommes sortit du Parlement, l'âme bouleversée et les idées confuses. Il s'était comporté comme un âne, même celui de Méthode devait avoir plus de finesse que lui.

Il lui fallait parler à Julius au plus vite. Si celui-ci avait été présent, les choses se seraient sans doute déroulées autrement. Pourquoi n'avait-il pas simplement remis à plus tard l'interrogatoire privé de Morbanville ? Antonin se trouva stupide.

Cela n'avait qu'un lien ténu avec l'affaire qui les occupait. Que Morbanville soit ou non le père de Simon ne pouvait pas, aux yeux de la loi, changer le cours des choses.

Complicité, voilà ce qui revenait sans cesse à l'esprit du chef des prud'hommes : Morbanville était le complice de Simon, mais pourquoi ? Quelles raisons pouvaient l'avoir poussé à exiger un tel acte ? Le Prince n'avait aucunement besoin de faire assassiner Mathias ; en tout cas, le chef des prud'hommes n'imaginait pas la chose possible.

Un violent coup de vent le fit sursauter. Si la tempête se levait, c'en serait trop, il ne pourrait pas le supporter.

Il avait besoin de calme pour se ressaisir, expliquer à Julius la tournure qu'avait prise le procès par sa propre faute.

Lorsqu'il arriva près de chez le grand Magistère, le vent faisait voltiger des pétales de roses de toutes les couleurs.

Il frappa un coup bref. Pierre entrouvrit la porte, mal à l'aise.

— Je peux entrer ? demanda le chef des prud'hommes.

— Je… Je ne sais pas. Je vais voir, dit Pierre avant de lui refermer la porte au nez.

La porte s'ouvrit à nouveau, et c'est Blaise qui vint se planter devant lui, bras croisés sur la poitrine, les sourcils si froncés qu'ils se rejoignaient.

— Bonjour, Antonin, se contenta de dire Blaise. Vous venez chercher Mathias pour la suite du procès ?

— Pas du tout. Le procès est reporté et, de toute manière, j'aurais envoyé quelqu'un le chercher. Non, Blaise, c'est votre père que je viens voir.

Blaise s'y attendait, mais de réponse tout prête, il n'en avait pas.

— C'est d'une extrême importance, il faut absolument que je consulte votre père.

— Il est trop malade. Pensez-vous qu'on se remette aussi facilement de la mort ?

— Il est si mal ?

— Il dort et ne peut recevoir personne. J'en suis désolé, mais il est trop mal en point pour qu'on le dérange, serait-ce pour une urgence. Vous l'avez pourtant vu, Antonin !

— Oui…

Devant la mine déconfite du chef des prud'hommes, Blaise se sentit mal à l'aise.

— Dès qu'il se trouvera mieux, je vous en ferai part, dit Blaise, voulant se montrer rassurant.

— Vous lui transmettrez mes vœux de prompt rétablissement, je souhaite ardemment qu'il se porte mieux.

— Je n'y manquerai pas, dit Blaise.

— Si vous avez besoin de quoi que ce soit…

— Ne vous en faites pas.

— Méran et Poclain…

— Je les consulte.

— Je vous souhaite que tout aille bien, répéta le chef des prud'hommes en tendant la main à Blaise. Je peux vous demander une chose ?

Blaise hocha la tête.

— Si vous l'avez cru mort, c'est que ses blessures sont encore plus graves qu'elles n'en ont l'air ?

— Je vous ai dit de ne pas vous en faire. Oui, nous l'avons cru mort. Je vous expliquerai tout cela plus tard.

Antonin allait-il cesser de poser des questions auxquelles il n'avait pas de réponses !

— Vous m'informez de tout, Blaise ? Vous savez que j'ai ce pays sur les bras…

— Vous êtes le chef, Antonin.

— Dites-lui que je fais tout mon possible pour diriger le pays aussi bien que lui.

— Je le lui dirai. Merci, Antonin.

Le chef des prud'hommes repartit, bien plus inquiet qu'il ne l'était avant de parler à Blaise.

⚜

— J'exige de voir le grand Magistère ! cria Attina en frappant des deux poings sur la porte du salon des Incarcérations. Escallier, m'entendez-vous ?

Oui, il l'entendait ! Il aurait fallu être sourd pour ne pas être dérangé par les cris de madame Niquet.

Son retour au salon des Incarcérations s'était déroulé dans la plus grande discrétion. Les travaux achevés, elle s'y était réinstallée comme chez elle.

— C'est encore plus joli avec une fenêtre, même avec des barreaux, avait-elle dit en entrant dans sa chambre. On a une de ces vues sur le jardin !

Le Berger s'approcha de la porte.

— Madame, j'ai bien saisi votre requête, mais je ne peux pas déranger le grand Magistère sans savoir de quoi il s'agit. Vous savez bien qu'il est malade.

— Je vous l'ai dit, c'est personnel.

— Alors, vous voudrez bien rédiger votre demande et préciser que vous désirez le voir pour des motifs personnels, c'est tout simple. Je ne peux faire autrement. Il vous reste assez d'encre ?

— J'ai tout ce qu'il me faut. Et lorsqu'il n'y aura plus d'encre, j'écrirai avec mon sang !

Elle éclata d'un rire atroce. « Ça ne va pas recommencer ! » se dit le Berger. Il s'en voulut d'avoir cru à une guérison définitive.

Qu'allait-elle encore inventer, après sa tentative d'immolation par le feu et le coup des fausses épingles ? Elle se viderait de son sang en écrivant ses mémoires ?

Depuis des jours, il l'observait à loisir et se faisait un portrait de plus en plus précis de sa nature déconcertante.

Il l'examinait, surveillait ses moments de sérénité, de vivacité intellectuelle ou de démence pure, cherchant à comprendre ce qui, de l'intérieur ou de l'extérieur, pouvait provoquer des changements aussi subits. Dans un grand cahier, il notait chaque jour les modifications de son comportement. Il devait bien admettre que les moments de démence étaient de plus en plus rares.

Par le judas, il la regarda ouvrir le tiroir du petit secrétaire, lentement, comme si le meuble allait exploser, et y prendre délicatement, du bout des doigts, une feuille de papier ; elle mouilla ensuite du bout de la langue sa plume d'oie et s'assura qu'elle ne s'était pas taché la langue en la tirant devant le miroir rond accroché à côté de la nouvelle fenêtre.

Elle décapuchonna l'encrier et en approcha son nez, par précaution — car elle croyait parfois qu'on voulait l'empoisonner. Finalement, elle s'assit et commença à rédiger sa requête, récitant son texte à voix haute avant de l'inscrire sur l'épais papier.

Mon cher grand Magistère, cher Julius, monsieur le grand Magistère. J'écris tout, il choisira ce qui lui convient le mieux. *J'ai été assaillie cette nuit par une pensée atroce : qu'advient-il de ma maison ? Je me suis demandé aussi combien je coûtais à l'État. Tu es bien généreux, Julius, de m'offrir ce joli salon rénové, même si c'est une prison. Mais, en bonne citoyenne, je ne veux pas abuser des bontés de l'État. Les services de Fabre Escallier te coûtent aussi un certain montant. Pourquoi dépenser tout cela ? Je ne voudrais pas être à ta charge. Je te propose donc de venir en discuter avec moi. Il serait, je crois, beaucoup plus pratique pour tout le monde de me garder enfermée chez moi. Je te permettrais même de faire poser des barreaux à toutes les fenêtres et d'installer chaînes et cadenas à toutes les portes. Tu pourras vérifier les issues et les protéger de la façon que tu jugeras la meilleure. Il serait bien plus économique de me garder prisonnière chez moi qu'ici. Ce joli salon pourrait d'ailleurs servir à des réceptions privées. Depuis quand cet endroit n'avait-il pas servi ? Il serait dommage que j'en sois la seule utilisatrice. J'aimerais bien t'inviter à venir m'y rencontrer pour que nous discutions de cela plus à fond. Le Berger préparera un petit goûter et nous profiterons de ce précieux moment. J'attends impatiemment ta réponse. Attina.* Est-ce que c'est bien, de signer seulement Attina ? Pourquoi pas… Voilà, c'est fait.

— Escallier ! cria-t-elle. Pouvez-vous faire porter cette missive à monsieur le grand Magistère ?

Le Berger vint ouvrir le judas.

— Zénon devrait passer dans moins d'une heure pour ramasser le courrier parlementaire. J'aviserai les gardes de me l'envoyer pour lui remettre votre lettre en mains propres. Je ne peux vous assurer qu'il la lira. Il faut lui laisser le temps de se remettre.

— Vous me jurez que Julius l'aura ce soir ? insista-t-elle.

— Je vous le promets, madame.

Le Berger la regarda esquisser un pas de danse.

Il lut la lettre — cela faisait partie de sa charge — et n'y trouva rien de louche.

Comment pouvait-elle proposer de se faire prisonnière dans sa propre maison ! Bien sûr, d'un point de vue économique, ce serait préférable pour l'État. Lui-même ne serait pas malheureux de rentrer chez lui et de reprendre sa vie tranquille.

Mais cela relevait de l'absurde ! Prisonnière dans sa propre maison, quel exemple ce serait pour le peuple ! On n'emprisonnait pas souvent les gens, cela ne s'était pas produit depuis des lunes, et l'exemple serait mauvais. Cela revenait à dire : faites n'importe quoi, au pire on vous gardera bien au chaud chez vous.

Elle n'était pas si mal dans le salon des Incarcérations, pourtant.

Zénon restait perplexe. Remis de la forte fièvre qui l'avait terrassé, il éprouvait une peur indicible qui le prenait au ventre, comme si on lui écrasait l'estomac. Il s'était efforcé de reprendre son travail, faisant mine que tout allait bien ; il n'avait rien dit à Mat, mais il était sans cesse épouvanté et tentait de se persuader qu'il avait eu des visions.

Il s'assit un moment, la tête lui tournait.

Une fois de plus, il s'appliqua à se rappeler les événements dans l'ordre. La veille, quand il avait décidé — malgré les réticences de Mat — d'aller chercher le courrier dans les boîtes, il avait vu un loup passer au loin.

Or, depuis longtemps, les loups ne descendaient plus vers la plaine, c'était à croire qu'ils s'étaient réfugiés pour toujours dans les coins les plus reculés de la forêt et ne voulaient plus rien savoir des hommes. Il avait d'abord eu peur pour ses enfants.

Il s'était informé auprès des gens de la battue. Non, personne n'avait vu de loup, même au plus profond de la forêt.

Il en avait conclu qu'il avait des visions, puisque les loups ne s'approchaient plus de la ville depuis longtemps.

Depuis une semaine, Zénon dormait mal, sans qu'il pût se l'expliquer. « Trop de travail ! » lui disait tendrement Mat. Dormant moins et moins bien qu'à l'habitude, il était tout à fait normal qu'il eût des visions en plein jour.

Pourtant, un peu plus tard le même matin, il l'avait revue, la bête, à la lisière de la plaine. Elle semblait s'avancer avec difficulté comme si elle était blessée.

Il avait vraiment cru à l'hallucination puisque, vue de plus près, cette bête, loup ou pas loup, marchait sur deux pattes. Il était rentré en ville en se disant qu'il demanderait à Mat de lui faire des tisanes apaisantes dont il boirait des pots entiers avant de se coucher, chaque soir.

Puis, dans les heures qui avaient suivi, il avait eu cette affreuse crise qui l'avait cloué au lit. Ce matin, sans doute grâce aux médecines de Mat, il avait repris son travail.

— Ça va, Zénon ? fit une voix dans son dos.

Il sursauta et se retourna vivement. C'était Dufrénoy.

— Oui, oui, ça va, répondit-il nerveusement.

— Sûr que ça va ? Tu es tout pâle !

— J'ai fait une crise de fièvre hier soir, ne te tracasse pas, tout va bien.

Dufrénoy continua son chemin sans rien ajouter, mais en se faisant la réflexion que Zénon avait une tête de cadavre. Un grand Magistère ressuscité, mais un facteur bien amoché…

Zénon inspira profondément et reprit sa tournée.

Au bout de l'une des ruelles qui passaient entre les jardins à l'arrière des maisons — même pas assez large pour permettre à un âne de s'y faufiler — et qu'il utilisait souvent comme raccourci, il crut remarquer un animal mort. Son cœur se mit à battre de manière désordonnée, lui labourant la poitrine comme un bélier affolé. Le loup !

« Impossible ! » se dit Zénon.

Le pauvre facteur secoua la tête pour chasser sa frayeur.

Une chèvre, alors ? Un chevreau ? Ce pouvait tout aussi bien être un vieux sac. Il se mit à trembler de tous ses membres.

Brandissant devant lui le bâton de marche dont il s'était muni, il s'avança dans l'étroite ruelle et marcha à pas prudents vers la bête tapie dans l'ombre d'un muret. Elle était rusée, elle le sentait venir et elle feignait d'être morte…

Il s'approcha, méfiant et apeuré.

Quand il ne fut plus qu'à quelques pas, il la vit.

Ce n'était pas un animal, seulement une peau. Il la retourna du bout de son bâton.

La peau était tachée de sang.

Zénon fut saisi d'effroi : c'était visiblement la peau d'un loup, il ne pouvait pas en douter. Ce qu'il avait vu, ce n'était pas un loup, mais un homme, ou une femme, caché sous une peau de loup. Et cette personne était blessée. Il eut subitement envie de vomir.

Il aurait dû porter immédiatement la peau à l'un des prud'hommes pour qu'il en tire ses conclusions après avoir fait enquête. Mais quelque chose le retenait ; il n'avait nulle envie de toucher à cette chose maculée de sang séché, il recommençait à trembler rien que d'y penser.

Il était peut-être témoin de quelque chose qu'il valait mieux ne pas révéler. On n'avait pas, au pays, l'habitude de dénoncer les faits et gestes de ses voisins.

Pourtant, quelqu'un qui se promenait avec une peau de loup sur le dos et qui l'abandonnait, tachée de sang, au fond d'une ruelle et dissimulée derrière un muret, ne pouvait être que louche. Il décida de ne pas toucher à la peau, mais d'en parler le plus vite possible à l'un des prud'hommes.

Il reprit son parcours, trempé de sueur, le cœur battant et les mains moites. La fièvre le reprenait.

4

Blaise, Casimir, Mathias et Pierre étaient tous les quatre au chevet de Julius. Il s'était éveillé après avoir dormi trois heures et, dès qu'il avait ouvert son œil valide, il avait tenté de leur sourire.

— C'est bon… d'être… à la maison, avait-il articulé lentement, et d'une voix triste.

— Qui t'a attaqué? demanda aussitôt Casimir avec impatience.

Julius secoua la tête.

— Ne me… Pas de questions.

La gorge nouée, Pierre ne pouvait s'empêcher de penser que l'accident de Julius avait un rapport avec sa présence à lui au pays du Montnoir.

De son côté, Mathias y voyait de toute évidence un lien avec son propre accident, mais n'arrivait pas à comprendre comment la chose aurait pu se produire. Il brûlait d'envie d'aller demander à Morbanville et à Simon de fournir un alibi : où avaient-ils passé leur temps tous les deux durant les quarante-huit dernières heures? Les tactiques de Morbanville, l'avant-veille, avec sa bande de voilés, avaient certainement quelque chose à voir dans tout cela.

Blaise sortit de la chambre pendant que Mathias, Casimir et Pierre restaient immobiles, comme s'ils montaient la garde, aucun des trois n'osant ouvrir la bouche. Si Julius exigeait qu'on ne lui demande rien, que pouvaient-ils lui dire ? Tout de même pas lui raconter ce qui s'était passé dans la matinée au Parlement !

Blaise revint rapidement, portant un bol de bouillon, un morceau de pain, une cuillère et une serviette de lin.

— Il faut que tu manges un peu. En seras-tu capable ?

Julius hocha la tête et tenta de se redresser.

— Attends un peu, dit Casimir. Ne te fatigue pas.

Il souleva doucement le torse de Julius, qui grimaça de douleur. Pierre remonta les oreillers pendant que Mathias allait chercher deux coussins recouverts de fine fourrure. Julius lâcha un cri.

— Ma… jambe, souffla-t-il.

Blaise déposa le bol de bouillon, le pain, la cuillère et la serviette sur la petite table de chevet, et rabattit le drap pour examiner la jambe de Julius. Il avait pourtant procédé à un examen complet du corps de son père et n'avait rien remarqué à la jambe, sauf quelques écorchures sans gravité. Aucune fracture, les muscles réagissaient bien.

Il refit l'examen, scrupuleusement, palpant la peau, massant les muscles, faisant bouger le genou. Il pinça ici et là la peau de la cuisse, puis celle du mollet sans que Julius réagisse.

— Est-ce que tu es tombé ?

Julius secoua la tête.

— Est-ce que tu aurais reçu un coup dans le bas du dos ?

Julius haussa les épaules.

— Je… sais pas.

Blaise demeurait perplexe.

— La jambe est temporairement engourdie, comme si quelque chose était pincé entre deux vertèbres. Il peut y avoir bien des causes. En attendant, le bouillon refroidit ! dit-il, avec un entrain factice, comme s'il voulait encourager Julius à guérir rapidement.

Il émietta un peu de pain qu'il mit à tremper dans le bouillon et, à petites cuillerées, fit lentement manger son père. Celui-ci ouvrait grand son œil droit, comme s'il voulait savoir ce que Blaise lui faisait avaler.

— Mange, je te dirai plus tard. N'aie aucune crainte, c'est un bouillon d'herbes qui te remettra sur pied bien plus vite que tu ne le crois. Demain, je ferai venir Poclain.

— Non ! fit Julius, terrifié.

Blaise n'insista pas.

Lorsque Julius eut tout avalé, Blaise appliqua sur l'œil enflé une compresse qu'il avait préparée en même temps que le bouillon d'herbes.

— Aie confiance et maintenant, repose-toi, dit-il. Nous sommes à côté.

Mathias passa dans le bureau et en rapporta la clochette de verre qui fascinait tant Pierre depuis son arrivée. Lorsqu'il était seul, il la faisait tinter doucement.

— Elle sera à portée de ta main, dit Mathias. Tu nous sonnes dès que tu as besoin de quelque chose.

— Quelle… heure est-il ? demanda Julius.

Pierre aurait dit trois heures de l'après-midi. Il y arrivait presque, à pouvoir dire l'heure comme les autres rien qu'en observant la lumière, même sans déterminer la position du soleil. Trois heures ! Et Bérangère qui l'attendait sur les remparts !

— Trois heures moins dix, dit Mathias. Dors, Julius, dors.

Pierre était fier de son approximation. Chacun à son tour, les fils de Julius déposèrent un baiser sur son front, et Pierre fit de même.

— Je peux sortir, personne n'a besoin de moi ? demanda-
t-il.

— Va ! dit Blaise.

Il n'était pas tout à fait trois heures. Bérangère serait en
retard.

Elle n'avait pas besoin de se raisonner longtemps pour
comprendre pourquoi elle faisait ainsi le tour du pâté de maisons où habitait Romaine. L'envie de lui parler était toujours
aussi forte, mais ce n'était vraiment pas le moment.

— Bé ! appela la voix de Marin.

Elle se retourna et le vit, devant chez Romaine, avec le
vieux Matricule. À grandes foulées, mais sans courir, Bérangère
les rejoignit.

— Comment va-t-elle ?

— Mieux, mais c'est une dure épreuve, dit Matricule.

— Elle vous a parlé ?

— Oui, bien sûr qu'elle a parlé. Mais à propos du document de Morbanville, pas un mot. Elle s'obstine à secouer la
tête en répétant « Quel gâchis, quel affreux gâchis ! »

— Tu crois qu'elle m'en parlerait, à moi ?

— J'en serais bien étonné, dit Marin. Elle dit qu'elle a juré
sur l'honneur de ne jamais en parler.

— Alors, on ne sait même pas si Simon est le fils de Morbanville ?

— Je me doute bien qu'il ne l'est pas, dit Matricule. Je
pense que Morbanville dit vrai lorsqu'il affirme que l'enfant
dont parle le document n'est pas Simon le gros.

— Qu'est-ce qui vous fait croire ça ? demanda Bérangère.

— Mon intuition, dit Matricule.

Ils se regardaient tous les trois, intrigués.

L'Ange passa sans les regarder, ramassa des papiers invisibles, fit semblant de les lire attentivement et les lança en l'air.

— Si tu passais la nuit avec elle, je me sentirais en sécurité, suggéra Marin. Elle n'a pas le courage de monter au campement et je ne veux pas la laisser toute seule.

— Tu nous rendrais un grand service en couchant ici, renchérit Matricule.

Rien ne pouvait faire plus plaisir à Bérangère. Une nuit chez Romaine, c'était toujours un moment privilégié. Mieux, elle lui donnerait encore plus de temps à passer avec Pierre. Elle aurait le loisir de s'expliquer, de lui expliquer…

Elle l'avait encore une fois tenu pour responsable de tous les événements malheureux qui s'abattaient sur le pays ! Même si l'immense tendresse qu'elle éprouvait pour le garçon aux yeux trop noirs lui revenait toujours, elle ne pouvait s'empêcher d'éprouver à certains moments une antipathie sourde qui lui faisait le craindre, sinon le détester.

Bérangère démêlait mal tous ces sentiments contradictoires, s'en voulait chaque fois qu'elle était assaillie par de telles pensées, surtout le soir quand, couchée sur le dos dans sa petite maison perchée, elle commençait à songer à Pierre en se disant que ce qu'elle désirait plus que tout, c'était passer la majeure partie de son temps avec lui.

Ensuite, de manière insidieuse, ses sentiments basculaient lentement, un goût acide lui prenait la bouche, et sa poitrine se serrait de façon bien vilaine.

— Donnez-moi seulement le temps d'avertir Pierre, dit Bérangère. J'avais rendez-vous avec lui. À moins que… Marin, tu passes par les remparts ?

Marin fit signe que oui.

— Alors tu demanderas à Pierre de venir me retrouver ici. Ce sera plus simple.

Marin lui recommanda de laisser Romaine faire ce qu'elle voulait, de ne pas insister pour qu'elle parle, de la laisser vaquer à ses menues activités. Ne pas la laisser seule, c'est ce qui importait.

Suivi de Bérangère, il entra dans la maison, embrassa tendrement sa mère et la confia aux bons soins de la jeune fille. Romaine eut un sourire fatigué, posa un instant la main sur l'épaule de son fils et le regarda s'éloigner.

La vieille dame s'assit dans son fauteuil et croisa les mains sur ses genoux, la tête baissée. Bérangère la laissa à son silence.

Il y avait, dans le fond de la pièce, une grande bassine remplie de haricots verts; elle se mit à les équeuter lentement, la tête remplie des questions les plus saugrenues à propos de ce fils inconnu de Morbanville.

La soirée serait longue si Romaine refusait d'ouvrir la bouche, mais Bérangère trouverait bien à s'occuper.

— Je n'ai rien fait de mal, murmura tout à coup la vieille dame. Il ne faudrait pas que tu penses que j'ai mal agi…

Bérangère s'approcha. Romaine gardait toujours la tête baissée, on l'aurait dite vieillie de dix ans, ce qui, dans son cas, lui donnait une allure de quasi-centenaire.

D'aussi loin qu'elle se souvînt, Bérangère avait toujours eu l'impression que Romaine était très vieille. Pourtant, même si elle avait eu quarante ans à la naissance de Marin, cela ne lui en ferait toujours que soixante-huit.

— Vous ne m'avez jamais dit quel âge vous aviez, dit Bérangère en souriant.

— Je ne vois pas pourquoi cela aurait de l'importance, dit Romaine sans lever la tête. Les cheveux blancs, je les ai toujours eus, c'est comme ça. Les plus jeunes croient, et c'en est presque devenu une légende, que mes cheveux sont devenus blancs le jour de la mort de Noé. C'est faux, déjà à seize ans, j'avais des cheveux blancs plein la tête. Ça ne s'est pas amélioré et, à la naissance de Marin, j'avais déjà une tête de grand-mère.

La jeune fille laissait parler Romaine sans poser de questions. Tant qu'elle parlait, c'était bien. Elle craignait qu'elle retombe dans son silence, qu'elle se mette à pleurer comme le matin sur l'épaule de Matricule.

Elle retourna à ses haricots en écoutant Romaine parler de tout et de rien comme s'il n'était rien arrivé de sérieux.

— Matricule est bien, au Refuge. Il me l'a dit.

— Il faut qu'il se repose encore beaucoup, dit Bérangère.

La conversation de Romaine était celle de tous les jours, mais le ton n'y était pas.

Elle parlait d'une voix morne, regardant droit devant elle, alors que d'habitude, lorsqu'elle racontait, elle avait le don de regarder son interlocuteur si droit dans les yeux qu'on avait l'impression qu'elle faisait pénétrer profondément l'histoire dans la tête de celui qui l'écoutait.

— Apporte donc les haricots, nous ferons ça à nous deux.

Bérangère déposa les haricots dans une assiette creuse qu'elle plaça sur un tabouret devant Romaine. Elle s'assit par terre et, ensemble, du bout de l'ongle, achevèrent l'équeutage et se mirent au ficelage.

Lorsque Pierre vint les rejoindre, il les trouva ainsi, l'une assise aux pieds de l'autre. Les haricots étaient sagement rangés dans l'assiette par petits paquets de dix, retenus par une fine bande de lard et par un brin de ciboulette.

— Marin t'a rejoint! dit Bérangère en se levant pour accueillir Pierre.

— Bonsoir, petit, dit Romaine. Tu mangeras avec nous.

Pierre sourit, il n'avait pas le choix, la voix de Romaine lui donnait l'ordre de rester.

Pendant un moment, ils parlèrent de tout et de rien.

Puis Romaine se leva d'un bond. Pierre et Bérangère se demandèrent du regard s'ils avaient dit quelque chose qui aurait pu la blesser.

— J'ai quelque chose pour vous, et comme il y a des lustres que je ne vous ai pas eus tous les deux ensemble ici, c'est le moment.

Toujours cette voix monocorde, sans la moindre émotion, comme si quelque chose s'était retiré de l'âme de Romaine. « Vide, voilà, se dit Pierre, on dirait qu'elle est vide. »

Elle se leva lentement et se dirigea vers l'alcôve, où elle n'eut pas besoin de fouiller pour trouver ce qu'elle cherchait.

Revenant vers eux, elle leur tendit ses deux poings fermés.

— Fermez les yeux, ouvrez les mains.

Pierre et Bérangère obéirent comme deux enfants, et Romaine déposa dans les mains tendues de chacun un tout petit objet.

— Ouvrez les yeux, maintenant.

Ni Bérangère ni Pierre ne pouvait deviner ce qu'étaient ces cylindres de fer que Romaine venait de leur offrir.

— Ouvrez-les, suggéra-t-elle de sa voix morte.

Trouvant rapidement le moyen de décapsuler son minuscule cylindre, Pierre en sortit un fin morceau de toile d'un bleu très foncé et le déroula ; Bérangère fit de même. Sur la toile soyeuse, leur nom était brodé avec un fil d'une finesse inouïe, d'un blanc très brillant.

— Je les ai brodés avec mes cheveux, dit Romaine, les yeux baissés, avec un sourire timide. Vous avez chacun votre nom caché dans son petit étui. Libre à vous d'en faire l'échange un jour.

« Moi, je le ferais tout de suite », songeait Pierre, dont le cœur s'était mis à battre à grands coups.

« Je le ferais tout de suite », se disait Bérangère, convaincue tout à coup que cela ferait taire ses mauvaises pensées à propos de Pierre.

— Mais pas maintenant ! ordonna Romaine comme si elle venait de lire dans leurs pensées. C'est trop tôt, et je ne veux pas que vous le fassiez devant moi. Je vous l'ai dit, vous les échangerez quand vous jugerez le moment venu, vous prononcerez les serments que vous voudrez, vous échangerez des promesses, cela ne me regarde pas.

Pierre et Bérangère n'osèrent se regarder, émus, bouleversés chacun à sa façon et pour ses propres raisons.

— Si vous vous demandez pourquoi je vous les offre, c'est que vous avez encore des choses à découvrir. Si vous avez compris, tant mieux pour vous.

Elle les laissa l'un en face de l'autre, mal à l'aise et heureux à la fois, et alla attiser le feu pour les haricots. Elle n'allait pas les faire cuire à l'eau, mais à la poêle, à feu très doux et à couvert, y ajoutant un peu de bouillon de temps à autre jusqu'à ce qu'ils soient bien tendres.

— Je vous fais des œufs brouillés. Pierre, je n'ai pas de pain, tu courrais chez Laredon ? Prends-en un, de son.

Songeuse, Bérangère regarda Pierre partir au pas de course et dressa soigneusement la table.

— Merci, fit Romaine.

— Mais de quoi ? demanda Bérangère, un peu bourrue.

— D'être ce que tu es, et d'être ici, avec moi, ce soir.

Morbanville avait finalement été invité à quitter le Parlement. Simon allait y rester, et sous bonne garde, jusqu'à ce que le procès reprenne, si cela avait lieu dans les quarante-huit prochaines heures. Autrement, il serait renvoyé chez lui.

Au fond, Morbanville préférait que Simon fût gardé là, sinon comment ferait-il pour ne pas l'étrangler ? Ce gros imbécile s'était moqué de lui. Il avait promis de mentir…

Tout ce dont il s'était accusé aurait alors été pure invention ? Il n'avait jamais eu l'intention de blesser Mathias du Montnoir ? Le Prince avait beau retourner dans tous les sens les nombreuses déclarations de Simon, il n'arrivait plus à démêler le vrai du faux. Où se cachait le mensonge ?

Ce qui tracassait Morbanville, c'est que, en donnant sa première version, ainsi que lors de son intrusion chez le prud'homme, Simon était affolé, se roulait sur le sol, hurlait, s'accusait de tous les maux.

Or, ce matin, il avait fait montre d'une grande confiance en lui, poussant même l'audace jusqu'à fournir ce maudit document sans en être gêné le moins du monde.

Si de s'accuser de tentative d'assassinat tenait du mensonge, pourquoi le faire, alors ? Simon n'aurait pas eu l'intelligence de se mettre dans un tel pétrin dans le seul but de brandir un papier qui prouvait qu'il était le fils de Morbanville. Le mensonge résidait-il dans le fait que Simon, sachant pertinemment qu'il n'était pas son fils, ait tenu à signifier que le Prince avait eu un autre fils, celui-ci étant parfaitement en droit de prétendre au titre de prince et de futur roi ? Pourquoi user d'un tel stratagème alors qu'il eût été cent fois plus simple de dénoncer Morbanville sans avoir à mettre sa propre tête sur le billot ?

Le Prince n'y comprenait rien et, Simon eût-il été devant lui, n'aurait certainement pas su comment aborder la question.

Une chose était certaine — et Morbanville ne prit même pas la peine de vérifier : Simon le gros avait découvert la trappe sous le lit.

S'il apparaissait à l'instant devant lui, Morbanville lui arracherait les yeux. Réflexion faite, le vieux Prince se disait qu'il avait peut-être été, durant toutes ces années, le dindon de la farce : Simon jouait les imbéciles, mais était loin de l'être.

D'un geste vif, il arracha son voile, s'approcha du miroir accroché au-dessus du guéridon de l'entrée et regarda, dégoûté, ce visage qu'il refusait de voir.

MARDI

1

Malgré la bonne humeur qui l'avait habité pendant toute la soirée passée chez Romaine avec Bérangère, Pierre s'éveilla le cœur brouillé.

Les premières lumières se glissaient entre les rideaux de velours mal tirés ; il devait être six heures.

À tout moment montaient en lui de lourdes bouffées d'angoisse, même s'il savait qu'il ne devait pas s'inquiéter de tout ce temps qu'il passait au pays du Montnoir.

Tant qu'il n'était pas sorti de son lit, il sentait sa gorge se serrer jusqu'à l'insupportable, son cœur battre de plus en plus fort ; son front se couvrait de sueur et il se rendait compte qu'il avait les dents si serrées qu'elles pourraient en craquer.

Il se leva d'un bond et tira les rideaux en espérant que l'angoisse s'atténuerait et finirait par disparaître. Inspirant profondément, il ferma les yeux comme pour voir en lui-même. Il eut beau se convaincre qu'il faisait un temps magnifique, qu'il habitait la plus jolie chambre qu'on pût imaginer, que les brioches qu'il irait chercher étaient les meilleures du monde, que Laredon aurait un gentil mot pour lui, que Bérangère était la plus belle fille de la terre, rien n'y fit.

Il sortit dans le jardin, fit couler l'eau dans la grande baignoire et s'y plongea dans l'espoir que la douceur de l'eau arrangerait les choses.

Mais ce matin rien ne passait ; au contraire, l'angoisse se ramassait comme une énorme boule coincée quelque part entre sa gorge et son estomac.

La lumière pure, les fougères vert tendre, les rosiers encore en fleurs, tout cela aurait dû le réjouir. Il n'arrivait à voir que le mauvais côté des choses.

Les blessures de Julius l'avaient bouleversé, mais ce qui était encore plus difficile à supporter, c'était son silence. S'il refusait d'expliquer les causes de son état, c'était qu'il s'était passé quelque chose de grave. Est-ce que Blaise, Mathias et Casimir savaient de quoi il retournait ? Il semblait bien que non. Mais il était fort possible que les trois fils de Julius, et peut-être à la demande de Julius lui-même, eussent pu tenir à ce que lui, Pierre, ne fût informé de rien.

Le silence de Romaine l'affectait tout autant. À quelle histoire avait-elle donc été mêlée ? Pour qu'elle réagisse aussi mal, pour qu'elle se laisse glisser dans une telle tristesse, il fallait que les faits dont faisait mention le document remis par Simon le gros au chef des prud'hommes soient d'une rare gravité, car Romaine n'était pas du genre à se laisser abattre.

S'ajoutait à cela l'énigme de la blessure de Mathias, les aveux de Simon, et la crainte démesurée que lui inspirait Morbanville.

Tout à coup, Pierre éprouva le désir de disparaître.

Disparaître, oui, simplement cela.

Ne plus être là, se retrouver comme par magie dans sa partie du monde à lui, reprendre le chemin de la maison et rejoindre en courant son père, sa mère et Bibi.

Si jamais il ne devait rentrer chez lui que quelques années plus tard, se demandait-il pour la centième fois, se présenterait-il devant sa famille avec trois ans, cinq ans, dix ans de plus ? La vie reprendrait-elle plutôt là où il l'avait quittée ? Cette question finissait par l'obséder, il n'y trouvait jamais de réponse et, ce matin, c'était pire que jamais. La Fracture du Temps, personne ne lui en avait fourni la preuve.

Une grande envie de pleurer lui tenaillait la gorge. Écrire n'arrangerait rien, cela ne ferait qu'envenimer sa situation, il finirait par pleurer, il ne le sentait que trop bien.

Il sortit de la baignoire, passa dans sa chambre pour se sécher et s'habiller, et tenta une fois de plus de chasser toutes ces pensées ravageuses qui lui donnaient l'impression qu'il se fissurait de partout.

Lorsqu'il entra dans la maison, tout le monde semblait dormir encore. Sur la pointe des pieds, il alla jeter un regard dans la chambre de Julius. À sa grande surprise, Julius avait l'œil ouvert. D'un geste de la main, il lui fit signe d'approcher. Tout le côté gauche du visage de Julius semblait beaucoup plus enflé que la veille.

— Vous allez mieux ? demanda Pierre, impressionné.

— Je… me sens… mieux, mais à voir… ta tête, j'ai… j'ai l'impression que… la mienne n'est guère rassurante.

Pierre esquissa un sourire timide.

— C'est-à-dire que… C'est très enflé, mais c'est peut-être normal ?

— Une chose est… certaine, souffla le grand Magistère, je ne peux… pas être… plus affreux que… Morbanville !

À cette remarque, Pierre frissonna, mais comprit que Julius allait mieux.

— Les… garçons dorment encore ?

— Oui, Blaise dort en bas, sur le banc, dit Pierre. J'allais chercher les brioches. Vous serez capable d'en manger ?

— Je… ne sais pas, le mieux… sera d'essayer.

Le grand Magistère s'exprimait difficilement, comme s'il avait la bouche remplie d'ouate. Il s'était peut-être cassé des dents, il s'était peut-être fracturé la mâchoire. Sans que sa façon de parler fût aussi caricaturale que celle d'Attina lorsqu'elle le tenait séquestré dans la cave de la maison de la rue des Arceaux, Pierre ne put s'empêcher de penser au chou.

— Vous avez mal, Julius ?

Il n'avait qu'une envie : lui parler des sabliers qui formaient le « M » de Morbanville.

— Oui et non, marmonna Julius. J'ai comme… la peau courte ! Et la jambe… ça fait mal et pas mal, comme un… engourdissement. J'aurais envie de… décrocher ma jambe.

— Et vous savez comment tout ça est arrivé ? demanda Pierre en espérant qu'aujourd'hui, Julius voudrait bien parler.

— Je vous ai… dit hier que… je ne dirais rien.

Malgré l'élocution difficile, le ton était ferme ; il ne servait à rien d'insister.

— Va, petit, va… chercher les brioches, poursuivit-il d'un ton las, comme si tout à coup la vie ne l'intéressait plus.

« Il s'est passé quelque chose de grave, conclut Pierre en sortant de la chambre de Julius, quelque chose de grave, et qui lui fait peur. Au moins, il est capable de parler, c'est un gros progrès. »

Levé tôt, monsieur le chef des prud'hommes avait décidé que la journée se passerait sous le signe de la raison.

La première chose à faire était d'aller prendre des nouvelles du grand Magistère. On entendait au loin la charrette de Méthode et le chant des oiseaux, mais autrement la ville dormait encore dans un charmant silence.

Arrivé devant chez Julius, il frappa un coup discret et s'aperçut aussitôt que la porte n'était pas bien fermée : Pierre et les fils de Montnoir étaient sûrement debout. Il poussa doucement la porte et pénétra dans la grande pièce dont les rideaux n'avaient pas encore été ouverts.

Il ne vit pas Blaise, endormi sur le banc.

Dans le silence de la maison, il hésita à aller plus loin mais, pris d'une audace qui allait avec sa bonne humeur, il traversa le bureau et jeta un œil dans la chambre du grand Magistère.

— Vous ? dit Julius à voix basse, au comble de l'étonnement.

Le chef des prud'hommes sursauta. Dans la pénombre, il arrivait mal à distinguer ses traits, mais à ce qu'il en voyait, le grand Magistère était encore très mal en point.

— Si vous êtes ici… de si bonne heure, c'est qu'il… y a urgence ? demanda Julius. Approchez, Antonin… Asseyez-vous, je vous en prie.

S'approchant du lit de Julius, le pauvre prud'homme fit un effort pour avoir l'air calme et détendu.

— Monsieur, monsieur, bafouilla-t-il, j'ai osé entrer chez vous, je suis désolé, vous ne m'en voudrez pas, j'espère.

— Ce qui est… fait est fait. Vous savez… bien que je me réveille… toujours… à l'aube. Parlez bas, mon… fils dort à… côté. Qu'est-ce qui… vous amène ?

Le chef des prud'hommes avait l'impression d'entendre Julius lui parler du fond d'une caverne.

— Je venais vous informer de ce qui s'est passé hier, si vous êtes en mesure de…

— Alors, l'interrogatoire ? coupa Julius.

— Que vous dire, monsieur, que vous dire ! J'aurais tant aimé que vous…

— Moi aussi, j'aurais… aimé, c'était… même de mon

devoir. Mais une urgence… à l'extérieur de la ville. J'avais… confiance en votre jugement, Antonin. Je… suis parti sans inquiétude et…

— …et vous êtes revenu dans cet état! Oh, par tous les dieux!

— C'est… c'est un bête accident.

Le chef des prud'hommes eut l'intuition que Julius lui mentait.

— Racontez-moi…, demanda encore une fois Julius.

— Tout a commencé avec l'arrivée de Simon le gros, étonnamment calme et même plein d'humour. Je ne l'avais jamais vu comme ça. Lorsque je lui ai donné la parole, il s'est tout simplement accusé d'avoir voulu blesser gravement votre fils Mathias pour pouvoir, lui, être élu à la tête du pays.

— Que me… dites-vous là?

— Vous vous souvenez du jour où il était venu hurler en répétant le mot « Prince », et que cela nous avait fort intrigués. Nous avons compris hier qu'en tentant d'assassiner votre fils, ou du moins de le blesser de telle sorte qu'il soit longtemps dans l'impossibilité de prendre votre place après d'éventuelles élections, il se croyait automatiquement élu, faute d'opposition sérieuse, en tant que Prince de Morbanville.

— Mais…

— Ne vous fatiguez pas, je poursuis l'explication. C'est d'un tordu! Vous alliez me dire qu'il ne peut pas prétendre à la succession de la lignée des Morbanville puisqu'il n'est pas le fils du Prince. Or, il nous a brandi sous le nez un document attestant que Charles de Morbanville reconnaissait la paternité d'un dénommé Charles-Innocent-Simon-Éloi, c'est-à-dire lui-même. Sauf que…

Julius s'agitait, affolé par ce qu'il entendait.

— Vous préférez que je revienne plus tard?

— Non, non, fit Julius, continuez, mais… c'est de la démence… pure !

— À qui le dites-vous ! Morbanville, que j'ai prié de consulter le document, a tout nié en bloc en disant qu'il s'agissait de quelqu'un d'autre. Où donc est-il, cet autre fils ? Vit-il toujours ? La mère serait morte en couches, ça va, mais l'enfant, qu'est-il advenu de lui ? Le pire, monsieur le grand Magistère, le pire, c'est que l'enfant a été mis au monde par les bons soins de la vieille Romaine, que j'ai vue sortir de la salle des Audiences effondrée sur l'épaule du vieux Matricule.

— Au fait, haleta Julius, comment… va-t-il, ce cher vieux ?

— Il va bien, il est au Refuge, en toute sécurité.

Julius soupira de bonheur. Le chef des prud'hommes continua.

— J'aurais pu la retenir, la pauvre Romaine, mais je n'en ai pas eu le courage. J'ai décidé d'ajourner le procès dans l'attente de vous consulter. D'ailleurs, comme vous aviez exigé la présence de Mathias auprès de vous…

Julius ne releva pas la chose.

— J'ai gardé Simon le gros, mais renvoyé Morbanville. Vous savez que Simon n'a pas cru bon d'avoir un témoin ?

— Le fou !

— J'ai dû, en conséquence, priver votre fils Mathias de la présence de son frère Blaise.

Julius n'en revenait pas. Il respirait difficilement, serrait les dents et fronçait vilainement les sourcils. L'expression de sa figure ravagée, tordue par la colère et l'incompréhension, présentait un bien étrange tableau.

— C'est honteux ! gronda Julius.

Le silence s'installa dans la chambre, monsieur le chef des prud'hommes ne sachant plus que dire, et Julius atteignant le comble de l'énervement.

— Oh ! vous êtes là ! fit la voix étonnée de Pierre.

— Entre, petit. Tu as… les brioches ? Vous… prendrez bien une brioche, Antonin ?

Pierre lança à Julius un regard interrogatif.

— Ça va, Julius ? demanda-t-il, mal à l'aise.

— Je viens… d'avoir le… compte rendu du procès. Tu… y étais, toi ?

Pierre baissa la tête, se sentant tout à coup bien coupable, s'attendant à ce que Julius lui reproche de ne pas lui avoir narré les événements.

— Bien sûr que j'y étais. Je n'allais pas laisser Mathias y aller tout seul.

— Et Blaise, et Casimir ?

— Blaise s'occupait de vous, il ne pouvait pas y être. Casimir, non. Il a préféré aller courir dans la plaine pour se changer les idées.

— Je le comprends.

— Alors, monsieur le grand Magistère, que pensez-vous de la situation ?

— Je pense qu'il faudra que je… me remette sur pied le… plus rapidement possible pour… vous donner un… un coup de main. Pierre, ne… ne reste pas là à nous regarder. Donne-nous… quelques brioches et… et va.

Penaud, Pierre posa les brioches sur la table de chevet et sortit.

Tout à coup, Blaise fit irruption dans la chambre, les yeux bouffis, les cheveux en broussaille, inquiété par les voix.

— Je dormais dur ! s'exclama-t-il. Je ne vous ai même pas entendu entrer, dit-il au chef des prud'hommes.

Puis, d'un ton poli mais ferme, il lui demanda de bien vouloir laisser Julius se reposer, il était l'heure de changer les pansements.

— Blaise, dit Julius, j'ai encore… à parler avec Antonin.

— Cinq minutes, pas plus, dit Blaise d'un ton sévère.

Lorsque son fils fut sorti de la chambre, Julius soupira profondément.

— Pas question de reculer…, dit-il. Je ferai ce que je pourrai, mais… nous agirons.

— J'ai pensé, monsieur le grand Magistère, que nous pourrions repousser le procès à plus tard, lorsque vous serez remis.

— Je vous… vous propose mieux. Nous allons nous servir de… de la clause… clause du Point Zéro.

Le chef des prud'hommes demeura interdit. La clause du Point Zéro ! Jamais personne n'osait l'invoquer, c'était une sorte de clause fantôme, qui existait dans la Constitution un peu comme une fantaisie.

— Ne prenez pas cet air… effaré, dit Julius. Je sais ce que vous… vous pensez : que cette… clause n'a jamais servi. Et comment ! Nous n'en… Nous n'en avons jamais… jamais eu besoin.

Haletant, Julius tenta de se redresser, mais en vain.

— Voyez où nous en… sommes ! reprit-il. Aux prises avec le procès d'Attina pour cause… d'enlèvement ; avec celui de… Simon qui s'avoue coupable. Nous avons aussi la… la cause Morbanville, car même s'il n'a rien fait de… mal, disons qu'il… a tenté de protéger son gros et qu'en plus il fait sortir de son chapeau, comme… un lapin de magicien, l'existence d'un fils… dont jamais personne n'a entendu parler. Il faudrait à… à ce sujet interroger Romaine, mais… la pauvre femme n'a pas besoin de ça. La clause… du Point Zéro nous permet… de réfléchir en li… libérant tout le monde jusqu'à nouvel ordre. C'est une sorte d'amnistie… temporaire, vous le savez. Nous avons… le pouvoir… de l'invoquer, profitons-en jusqu'à ce… que je sois remis.

— Est-ce moi qui devrai annoncer la chose à la population ? La clause du Point Zéro, je veux dire…

— Qui d'autre ? Personne ne… ne saurait le faire mieux… que vous.

— Ne pensez vous pas qu'Anne, justement, aurait plus de poids que moi ?

Julius posa son œil valide sur le chef des prud'hommes.

— C'est bien. Je confie, par vos bons soins, à Anne… la tâche d'annoncer que nous appliquons la clause du Point Zéro. Nous repartons du début, monsieur… le chef des prud'hommes, voilà ce que nous faisons. Et Anne… saura l'expliquer. Maintenant, je vous… prierais de me laisser prendre un peu de repos. Tout cela est… est bien épuisant.

— Je vous laisse, monsieur. Je vous laisse. Reposez-vous bien.

— Appelez-moi donc Julius, mon cher Antonin.

— Ah non ! Ça, je ne le pourrai jamais !

2

Romaine dormait encore, elle qui s'éveillait toujours avant l'aube. Bérangère la regardait, attendrie. Plutôt que de manger le pain de son de la veille, elle décida de courir chez Laredon. Elle partit au pas de course, prit quatre brioches et revint tout aussi vite, espérant que Romaine ne se serait pas réveillée.

Soudain, elle s'arrêta net, figée de peur, lorsqu'elle vit, devant la maison, la silhouette de Morbanville. Que faisait-il là si tôt ? Bérangère fonça avant même qu'il eût le temps de frapper à la porte.

— Vous n'allez pas entrer, oh non ! dit-elle, la voix sévère.

— Depuis quand, mademoiselle, me fait-on la leçon ? murmura-t-il sous son voile gris.

De le voir là, prêt à entrer chez Romaine, la mettait dans un grand état de colère.

— Tout Prince que vous êtes, je vais vous la faire, moi, la leçon ! siffla-t-elle entre ses dents. Vous allez retourner d'où vous venez, et tout de suite !

Bérangère s'étonna d'oser s'adresser ainsi au Prince.

— Rentre tes griffes, ma petite, dit Morbanville d'un ton fielleux.

— Et si je vous arrachais votre voile, comme ça, d'un coup ? Vous voyez-vous rentrer chez vous la tête entre les mains pour cacher ce qu'on n'ose même pas imaginer ?

Personne n'allait s'attaquer à Romaine, foi de Bérangère.

Au moment où elle levait les mains pour tirer sur le voile, Morbanville lui saisit les poignets, et les brioches volèrent au-dessus de leurs têtes.

Bérangère frissonna : il avait les paumes sèches et glacées, on aurait dit de la peau de reptile. Pierre avait eu raison de dire un jour qu'il avait une voix de serpent. « Pas seulement la voix », se dit Bérangère.

— Ne me touchez pas ! hurla-t-elle.

— C'est moi qui donne les ordres. Ouvre la porte, je dois parler à Romaine.

— Jamais ! cria-t-elle encore plus fort, si fort que Romaine apparut.

Bérangère, affolée, repoussait de toutes ses forces le vieil homme qui, malgré son grand âge et toutes les maladies qu'on lui prêtait, la maîtrisait totalement.

— Va-t'en, dit Romaine de sa voix morte. Va-t'en, Morbanville, et tout de suite.

Morbanville s'avança vers elle, si près que Romaine craignit de voir à travers le voile. Elle baissa les yeux ; le Prince crut qu'elle se soumettait.

— Nous avons à parler, ma si chère Romaine…

— Je ne suis pas *ta si chère Romaine.* Et nous n'avons pas à parler. Ce qui devait être dit l'a été depuis longtemps.

— Nous avons à parler, et pas devant cette pimbêche qui se pique de me faire la leçon. Laisse-moi entrer.

— Je parlerai devant qui je voudrai. Mais comme je n'ai rien à te dire, tu peux partir, cela vaudra mieux.

Morbanville s'approcha encore plus de Romaine qui, ayant reculé jusqu'à avoir le dos au mur, ne pouvait plus bouger. Il lui parla un instant à l'oreille.

Romaine le repoussa violemment; Morbanville perdit l'équilibre et faillit tomber, mais se retint à l'épaule de Bérangère.

— Ne me touchez pas!

Romaine tourna le dos à Morbanville et rentra.

— Viens, Bérangère. C'était gentil, l'idée des brioches, mais nous mangerons du pain de son.

Bérangère la suivit et claqua du plus fort qu'elle put la porte derrière elles.

— Je fais chauffer le lait? demanda-t-elle à Romaine.

— Tu fais comme tu veux. Moi, je ne sais plus si j'ai envie de quelque chose.

— Il ne va pas vous faire de mal, ça, je vous le jure!

— Je pense que c'est déjà fait, murmura Romaine, les yeux remplis de larmes.

Ω

Attina Niquet avait sommé le Berger d'envoyer chercher le docteur Méran. Elle n'avait pourtant pas l'air souffrante, mais comme avec elle il était bien difficile de prévoir les choses, le Berger décida d'obéir et envoya l'un des gardes en formation chercher le bon docteur. Une demi-heure plus tard, il était là, moqueur, s'informant des nouvelles frasques de sa cliente.

— Je ne sais pas, elle a exigé que vous veniez. Regardez, dit Escallier en ouvrant délicatement le judas, elle a pourtant bonne mine.

— Vous voilà! cria Attina qui avait l'œil collé au judas. Ah, comme vous m'avez manqué! Mais faites entrer le docteur, Escallier! Que vous êtes empoté!

Le Berger ouvrit la porte et, aussitôt, Attina bondit sur le

133

docteur Méran et lui plaqua deux baisers sonores sur les joues. Sans lui laisser le temps de placer un mot, elle le força à s'asseoir dans un fauteuil juste sous la nouvelle fenêtre.

— Voici ce que je désire : vous allez me rendre bonne.

Le médecin resta un moment bouche bée.

— Oui, oui, vous avez bien compris, me rendre bonne. J'en ai assez de mes crises de haine et de colère.

— Mais je croyais…

— Vous croyiez ! Vous croyez n'importe quoi. Soit, vos méthodes me permettent de disparaître en moi-même. Mais il reste quelque chose de pourri là-dedans, précisa-t-elle en se frappant la poitrine.

— Ce n'est pas simple, vous savez. Laissez-moi y réfléchir un jour ou deux ?

De l'autre côté du judas, le Berger se dit que la requête était de taille. Comment arrivait-t-on à rendre quelqu'un « bon » ? Il ne voyait qu'un seul moyen : être tellement bon envers cette personne qu'elle finirait par prendre le pli, mais c'était pure intuition de sa part.

Zénon s'était décidé à aller voir le prud'homme. Il n'avait pas déplacé la peau de loup trouvée dans la ruelle, mais avait vérifié qu'elle s'y trouvait encore. Il dormait toujours aussi mal, s'éveillant en sueur après d'atroces cauchemars.

Ce matin, Mat lui avait proposé de faire elle-même la tournée du courrier.

— Tu vas te reposer et me laisser faire, avait-elle dit.

Zénon avait accepté, se disant qu'il en profiterait pour se rendre très tôt au bureau du chef des prud'hommes. Lorsqu'il entra au Parlement et demanda à être reçu, le garde lui fit remarquer qu'il avait bien de la chance, car monsieur le chef des prud'hommes venait tout juste de monter à son bureau.

— Entrez, cher Zénon, dit le chef des prud'hommes, veuillez vous asseoir.

— Monsieur le chef des prud'hommes, bonjour.

— Vous avez l'air bien fatigué, mon cher, vous ne seriez pas en train de vous surmener ?

— Je ne sais pas, je ne pense pas, je ne sais plus. Depuis que j'ai instauré la poste restante, cela m'enlève un surcroît de travail, c'est certain. Mais c'est beaucoup, tout de même. Et puis je dors mal depuis quelques jours.

— Venons-en aux faits, Zénon, je n'ai pas beaucoup de temps. Si vous avez demandé à me voir, ce n'est certainement pas pour me parler de vos insomnies.

En temps normal, il eut trouvé le temps de converser un peu plus, mais aujourd'hui, le temps le pressait. Il sut toutefois faire preuve d'une extrême politesse à l'égard de son visiteur qui, sans qu'il pût deviner pourquoi, était agité de légers tremblements.

— Voilà, à part vous, je ne sais pas à qui en parler. Hier, en passant dans la ruelle qui donne sur la rue du Lavoir, j'ai trouvé une… une peau de loup abandonnée au pied d'un muret et… toute tachée de sang. Dimanche, j'avais cru voir un loup passer au loin. Ce loup marchant sur deux pattes, je me suis dit que j'avais des hallucinations à cause de tout ce manque de sommeil. Mais, lorsque j'ai découvert la peau, je me suis inquiété. Je n'ai pas voulu y toucher, je l'ai laissée où elle était et elle y est encore. Si quelqu'un a voulu s'en faire un déguisement… Ce n'est pas normal, monsieur. Pas normal du tout.

Le chef des prud'hommes trouvait là une amorce de réponse à la question qui le tourmentait depuis qu'il avait quitté Julius.

— Je vous remercie, Zénon. Je pense que le mieux est de vous faire accompagner par un garde qui nous rapportera la peau. Nous étudierons la chose.

— Et vous me tiendrez au courant ?

— S'il y a lieu, Zénon, s'il y a lieu.

— Je vous remercie, monsieur, d'avoir bien voulu me recevoir d'aussi bonne heure.

Zénon sentit le prud'homme pressé de mettre fin à leur conversation. L'un des gardes vint le rejoindre, prêt à l'accompagner à l'endroit où se trouvait la peau. Le facteur en fut soulagé, il n'avait pas envie d'être mêlé à un drame ; les drames n'étant pas chose courante, il craignait de ne pas savoir comment se comporter.

Le chef des prud'hommes resta un moment songeur, puis rédigea rapidement le plan du discours sur la clause du Point Zéro et fila directement chez Anne l'Ancien.

Arrivé devant la maison, il tira le cordon de cuir rouge qui fit tinter la cloche d'entrée. Il attendit un moment car, à côté du cordon, on pouvait lire : *Je marche lentement, ayez la bonté de me laisser le temps de venir vous ouvrir.*

Enfin, au fond d'un joli jardin abondamment fleuri et fermé par une haute grille, il vit se dessiner la silhouette du vieil homme.

Dès qu'il reconnut son visiteur, Anne l'Ancien eut un bref sourire.

— Que me vaut l'honneur de votre visite, mon cher Antonin ? dit Anne en déverrouillant lentement de ses vieilles mains noueuses la grille du jardin.

« Cet homme est si vieux qu'il en est translucide », se dit le chef des prud'hommes, fasciné.

— C'est Julius qui m'envoie.

— Julius ? Entrez, Antonin, et veuillez excuser l'état de la maison. Nous sommes mardi, et j'ai pour principe de faire le ménage le jeudi. C'est un peu sens dessus dessous.

Le chef des prud'hommes traversa le jardin à petits pas, au rythme du vieux conseiller, et entra derrière lui dans la maison qui, somme toute, était plutôt en ordre.

Anne le fit asseoir dans un fauteuil d'osier tressé et vint s'installer à ses côtés après avoir pris soin de chausser ses lunettes.

— Nous y sommes, dit-il avec un petit rire. Alors, que désire savoir notre bon grand Magistère ?

Le chef des prud'hommes se racla la gorge.

— Voilà, commença-t-il. Notre grand Magistère étant malade, il n'a pu se présenter hier au procès de Simon le gros où il s'est passé toutes sortes de choses un peu étranges.

— Je sais, fit Anne, on m'en a informé.

— Étant donné la situation, étant donné l'inaptitude physique de Julius, étant donné l'imbroglio dans lequel nous plonge l'interrogatoire de Simon le gros, les déclarations de Morbanville, l'interrogatoire de madame Niquet demain, j'en ai plein les bras et…

— Et je parie que Julius demande l'application de la clause du Point Zéro.

— Comment l'avez-vous deviné ?

— C'est la meilleure chose à faire en pareille situation. Lorsque notre grand Magistère sera sur pied, nous reprendrons les choses là où nous les avions laissées.

— Vous avez tout compris, fit le chef des prud'hommes.

— Seulement, je ne comprends pas ce que, moi, je viens faire dans tout cela.

— Mon cher Anne, Julius souhaite que ce soit vous qui parliez à la population pour annoncer l'application de la clause.

Anne l'Ancien releva la tête.

— Moi ? demanda-t-il. Et pourquoi donc ?

— Parce que, dès que vous ouvrez la bouche, tout le monde vous écoute. Parce que j'ai horreur de parler en public. Parce que, pour faire une telle annonce, il faut quelqu'un de digne, de respecté, de…

— Cessez donc. J'ai compris. Vous me refilez le morceau.

— Mais pas du tout, c'est le grand Magistère qui…

— Je vous fais marcher, mon pauvre Antonin. Je suis infiniment flatté que Julius ait pensé à moi. J'accepte avec le plus grand plaisir. Mais il faudra m'aider, je ne suis pas expert dans la composition d'un discours de ce genre.

— Ne vous en faites pas, j'en ai préparé les grandes lignes. Si cela vous va, nous composerons le discours ensemble.

— J'en suis ravi. Mettons-nous au travail.

Pierre allait prendre la relève chez Romaine ; ils s'étaient entendus ainsi, la veille, pour que Bérangère puisse aller donner leur leçon de mathématiques aux jumelles à dix heures.

Lorsqu'il frappa à la porte, il fut surpris de constater que Bérangère l'entrouvre à peine.

— Ah, c'est toi !

— Tu attendais quelqu'un d'autre ?

— Non. Entre vite.

— Tu fais des mystères ?

— Morbanville est venu…

— Et nous l'avons mis à la porte, dit Romaine de sa voix toujours aussi morne.

Cette voix sans vie attristait Pierre. Il aurait souhaité que, ce matin, Romaine eût retrouvé un peu de sa forme.

— Va, Bérangère, ajouta-t-elle, les petites vont t'attendre.

Bérangère embrassa la vieille dame, et puis Pierre.

— Je m'occupe de tout, dit-il.

— Marin doit venir dans l'après-midi, ça te va?

— Tout à fait.

Bérangère remonta ses longues bottes, sortit dans la rue qui vibrait sous le soleil, se retourna pour les saluer de la main et prit le chemin de la montagne. Pierre eut le temps de remarquer qu'elle avait accroché le petit cylindre de fer au fin cordon de cuir qu'elle portait au cou.

— À la maison, ça va? demanda Romaine.

— Ça va, répondit Pierre sans donner de détails.

— Qu'est-ce que tu mijotes, toi? Tu as quelque chose à me dire, ça crève les yeux.

Pierre inspira profondément, releva la tête et dit :

— Romaine, est-ce que vous pourriez m'apprendre à tricoter?

— Tu as besoin de chaussettes?

— Non.

— D'une couverture?

— Jurez-moi que vous ne direz rien à Bérangère.

— Juré.

— Je veux lui offrir une écharpe de laine. Que je tricoterai moi-même si vous me montrez comment faire.

— Une écharpe? Tu ne voudrais pas commencer par quelque chose de plus petit?

— J'aimerais tricoter quelque chose de très léger, très, très léger, comme en... mousse de laine. Ça existe, ça?

Dès qu'il s'agissait de tricot, la vieille Romaine pouvait bavarder pendant des heures, choisir les laines et les couleurs, décider du point, proposer mille façons de faire.

— En mousse de laine... Alors, nous choisirons des laines très fines et nous les... tu les tricoteras avec de grosses aiguilles pour laisser des trous. Et ça ira plus vite ! Quelle couleur pour Bérangère ?

Romaine ouvrit un long coffre de cèdre. Pierre put admirer des écheveaux de toutes les couleurs, rangés en ordre chromatique, on aurait dit un arc-en-ciel. Il y avait des fils de soie, de coton, des écheveaux de lin, de la laine de tous les calibres.

— Et j'ai ici une laine qui vient des chèvres angoras de Bagne. Si on y mettait aussi de la soie, ce serait bien doux.

— De la douceur pour Bérangère, c'est ce qu'il faut. En fait, c'est une sorte de nuage que je voudrais lui offrir.

— Quelle couleur ? Tu n'as pas répondu.

Pierre hésita un moment, puis montra du doigt des écheveaux de laine ardoise et des fils de soie d'un bleu très foncé.

— Ce serait joli, les deux ensemble, le bleu et le gris.

— Tu commences à deux fils ? Ce n'est pas un peu téméraire ?

— Disons que vous me montrez avec n'importe quelle laine pour commencer et que, quand je le pourrai, je tricoterai à deux fils.

Romaine choisit de grosses aiguilles, une pelote de laine brute tout ordinaire et monta une première série de mailles. Suivirent de longues explications : comment tenir les aiguilles, comment passer la laine par-dessus l'index, puis faire sauter la maille de gauche par-dessus le fil pour former une nouvelle maille, et ainsi de suite, jusqu'à ce que Pierre y arrive.

Il riait. Romaine restait étonnamment sérieuse ; aujourd'hui, rien ne la faisait rire. Pierre passait la laine, perdait sa maille, riait encore, et tout à coup pensait que, tous les deux, Julius et Romaine avaient perdu et le sourire et, surtout, l'envie de sourire.

Elle faisait montre d'une patience d'ange. Pierre tiraillait sa laine, le bout de la langue entre les dents.

— Tu apprends vite, c'est bien.

— Je voudrais vous demander quelque chose, dit timidement Pierre sans quitter des yeux son début de tricot.

— Est-ce que cela a rapport avec Morbanville ?

— Oui.

— Si tu veux que je te parle de lui, commença-t-elle d'une voix adoucie, je le ferai. Je me suis fermée comme une huître depuis hier, je supporte tant de choses depuis ce terrible événement ! J'ai eu envie d'en parler à Marin, j'ai eu envie de me confier à Matricule, mais je ne l'ai pas fait.

— Pourquoi ?

— Je ne sais pas. Toi, tu es fait d'une autre eau, tu ne ressembles à personne, on ne sait pas d'où tu viens, c'est le mystère total et nous nous y tenons. En tous cas, moi, je m'y tiens. Jeune homme, as-tu le dos assez large pour que je te raconte ce qui s'est vraiment passé ?

Pierre sentit un frisson lui descendre le long des vertèbres. Si la vieille Romaine décidait de se confier à lui, quel poids allait-il encore devoir porter ?

— Je te dis que tu n'es pas comme les autres, et tu le sais très bien. Bérangère l'a remarqué au premier coup d'œil, et moi de même. Je soupçonne certaines choses qui te concernent, mais je n'ai rien dit. Tu vois, je crois savoir d'où tu viens, mais je garde le secret pour moi.

— Vous voulez vraiment savoir d'où je viens ?

— Ta question m'éclaire et me sert de réponse. Tu n'es pas d'ici. Mais je ne veux savoir ni d'où tu viens, ni pourquoi tu vis ici. Ce que je veux que tu saches, c'est que, lorsque viendra pour toi le temps de repartir, je souhaite que tu viennes me dire où tu t'en vas.

Romaine tendit la main et caressa celle de Pierre.

— Je serai toujours là pour toi, comme si tu étais mon fils.

En échange, je te demande d'écouter une histoire qui me pèse sur le cœur. On imagine que les vieilles personnes en ont tellement vu qu'elles peuvent tout absorber, comme de bons vieux torchons. Ce n'est pas le cas. Il vient un jour où l'on déborde. Si tu refuses de m'écouter, cela ne changera rien à toute l'affection et au respect que je te porte. Si tu acceptes, je dormirai mieux.

Pierre avait l'impression de flotter à un mètre du sol. Les aiguilles à tricoter entre les mains, il fixait Romaine, qui le regardait toujours droit dans les yeux. Qu'allait-elle lui apprendre ? Elle n'aurait tout de même pas la cruauté de lui confier un secret trop lourd à porter…

— J'accepte, Romaine.

— Tu acceptes aussi d'être le seul détenteur de ce que je vais te confier ? Pas un mot à personne, même à Bérangère ?

— À personne. Même pas à Julius.

— À Julius, peut-être, un jour si je venais à mourir. Tu me sers de papier, Pierre. Non, ne ris pas. Ce que je vais te dire, j'ai cent fois, mille fois voulu l'écrire. Mais j'écris mal et trop lentement, je ne serais jamais venue à bout de l'exercice. De plus, les papiers, celui qui les trouve, il en fait ce qu'il veut. Ce que je dirai restera gravé dans ta mémoire, c'est sur elle que je tracerai les mots.

Pierre inspira profondément, il avait besoin de tout l'oxygène de la petite pièce. Romaine le gratifiait d'une confiance absolue.

Depuis qu'il vivait chez Julius, même si on l'acceptait, si on l'aimait, si on lui faisait sentir qu'il faisait partie de la vie d'ici, jamais il n'avait éprouvé un pareil sentiment de bonheur : grâce à Romaine, il devenait un porteur de mémoire. Il se sentit tout à coup une âme de chevalier servant.

— Alors je te raconte, commença-t-elle.

3

Étendu sur son lit, fixant le plafond dans les coins duquel personne n'avait songé à enlever les toiles d'araignées, Julius tentait de rassembler ses idées. Un mal de tête sourd se frayait un chemin juste sous son crâne, en surface, comme de l'eau trop chaude qui s'infiltrerait sournoisement. Son œil le faisait souffrir beaucoup plus qu'au réveil.

Les toiles d'araignées le faisaient constamment revenir à Pierre. Si lui, Julius, n'arrivait pas à trouver une solution, il était pris, le petit, comme les minuscules mouches qui se débattaient là-haut dans les pièges mortels.

Le fait d'avoir décidé d'appliquer la clause du Point Zéro lui procurait un peu de calme, mais pas suffisamment pour qu'il sente qu'il arriverait vraiment à se reposer. Or, pour guérir, il lui fallait du repos, Blaise le lui avait assez répété.

Les plaies cicatrisaient plutôt bien, mais il fallait être attentif à tout risque d'infection à cause de la terre et des traces de rouille que Blaise avait remarquées.

Ce mal de tête l'inquiétait ; il ferma les yeux, mais les rouvrit aussitôt, car l'image de la fourche lancée avec force lui revenait sans cesse à l'esprit.

Il lui aurait été bien difficile d'expliquer que sa blessure à l'œil n'avait rien à voir avec les lacérations de sa poitrine et de son bras gauche. S'il avait pu l'expliquer à Blaise, il aurait sans doute réussi à le faire rire, ce fils qui riait si peu.

Depuis la nuit précédente, le souvenir de ce qui s'était vraiment passé lui était revenu, morceau par morceau. Il n'avait pu se rendormir tant c'était difficile à croire. Il avait tout revu, dans l'ordre. À commencer par le râteau.

Trop souvent, Julius avait déclaré comme tout le monde qu'il n'y avait rien de plus bête que de marcher sur un râteau.

Or, il l'avait fait. Secoué par le choc inattendu au point de croire qu'il perdrait conscience, il s'était assis par terre, le temps de retrouver ses esprits. Tout avait bien mal commencé.

Il avait pris ses précautions, avait emporté des douceurs qu'Hermas avait toujours appréciées, une peau de loup tannée par Marcus, de la gelée d'abricot, un pain au miel, une réserve de clous, une mesure articulée et une énorme quantité de papier.

Julius montait voir son cousin Hermas une fois l'an. Cet homme étrange, de dix ans son cadet, vivait en ermite dans la montagne, à une vingtaine d'encâblures de la Grande Pierre, depuis qu'il avait atteint l'âge de la majorité. Il vivait de chasse et de pêche, et cultivait un potager. On ne l'entendait presque jamais parler, il grognait plutôt. Mais lorsqu'il se décidait à prononcer une phrase, il fallait être très attentif pour en deviner le sens. Depuis toujours, Hermas parlait en paraboles. Ce n'est qu'en de rares moments qu'il avait une conversation suivie et compréhensible.

D'ordinaire, lorsque Julius rendait visite à son cousin, il partait tôt le matin et rentrait chez lui en fin de journée, ce qui lui laissait quelques bonnes heures en sa compagnie.

Cette fois, le grand Magistère avait fortement ressenti le besoin de s'expliquer avec lui, et comme les conversations en forme de fable étaient toujours décousues, il allait leur falloir du temps avant de communiquer vraiment, ne fût-ce que pour se donner mutuellement des nouvelles.

Julius était donc parti en se disant qu'il allait devoir user de diplomatie, ne serait-ce que pour ne pas effaroucher l'ermite qui serait bien étonné de le voir venir à l'automne, et non au printemps selon les règles établies.

Un rien dérangeait la vie d'Hermas, Julius allait devoir l'apprivoiser, d'où la nécessité de cadeaux plus nombreux qu'à l'habitude.

Chaque année, il se demandait dans quel état il trouverait son cousin, dont l'esprit sauvage empirait avec l'âge. « Un jour, s'était dit Julius, il n'arrivera même plus à parler. »

C'est en arrivant à la limite sud du terrain d'Hermas qu'il avait malencontreusement marché sur le râteau qui traînait sur le sol. Rien de plus bête. Bam ! On ne sait pas ce qui nous arrive et l'on tombe à la renverse, les esprits retournés. L'espace d'un instant, Julius avait vu noir, comme si la nuit était tombée d'un coup.

Julius avait pris le temps de se secouer un peu, puis il avait senti son œil enfler de vilaine manière. Enfin parvenu à se relever, il avait pris la peine d'appuyer le râteau contre un arbre avant de reprendre la direction de la maison d'Hermas.

Il poursuivit son chemin en sifflotant pour s'annoncer : les surprises décontenançaient le cousin.

Arrivé à proximité de la maison, voyant qu'Hermas l'observait par la lucarne, il agita la main.

Tout à coup, la porte s'ouvrit et Hermas sortit, déchaîné, une fourche à la main, en grognant âprement.

— Hors d'ici, Cyclope !

— Hermas, c'est…

— Retire-toi ! crut comprendre Julius entre les grognements.

— N'aie pas peur, Hermas ! C'est moi, Julius…

— Julius n'est pas si vieux, Julius a de longs cheveux qu'il attache sur sa nuque.

« Mais ça, c'était il y a plus de trente ans ! » se dit Julius.

— Et Julius a deux yeux ! Deux ! rugit Hermas, les dents serrées.

Qu'il était difficile à comprendre ! Il continua à grogner et à crier, la langue de travers, qu'il ravalait comme un bouchon.

— Sors d'ici, Cyclope ! Hors de ma vue, horrible chauve, imposteur ! Julius est mon cousin, hurla-t-il encore plus fort. C'est le grand Magistère ! Je me plaindrai !

« Il a perdu l'esprit, complètement perdu l'esprit ! » se répétait Julius sans savoir que faire.

Le grand Magistère devait réfléchir rapidement, la fourche que brandissait Hermas au-dessus de sa tête le terrifiait. Il était fort, le grand Hermas, et s'il s'était mis en tête de transpercer Julius…

Vite, trouver la manière de lui parler : lui faire croire qu'il venait au nom de Julius, ou bien s'acharner à le faire revenir à la raison. Il opta pour la deuxième solution.

— Écoute-moi, Hermas, ordonna-t-il d'une voix très sévère. Je suis Julius, mais je n'ai plus de cheveux. Je suis Julius et j'ai un œil blessé…

Hermas l'écoutait, c'était toujours ça de pris.

— Je suis Julius et j'ai besoin de toi. Comme preuve, je t'ai apporté de la gelée d'abricots, tu sais bien que Julius t'apporte à chaque visite de la gelée d'abricots…

Hermas cligna des yeux comme si, tout à coup, ce souvenir lui disait quelque chose.

— Je suis Julius et j'ai besoin de toi.

Hermas abaissa la fourche, sans toutefois la lâcher.

— Tu es le seul à pouvoir m'aider. Dis-moi, Hermas, dis-moi si parfois des gens passent près de chez toi, dis-moi si quelqu'un vient te voir ou si tu passes tout ton temps seul, comme avant ?

Hermas fixait Julius sans comprendre. Il s'installa entre les deux hommes un silence qui, pour Julius, devint vite difficile à supporter. Comment allait-il réagir, le cousin égaré ?

— Le vrai Julius ne pose pas ces questions-là. Le vrai Julius sait tout, c'est lui, le grand Magistère. Personne ne vient ici, Julius, lui, le sait. Seulement lui, au printemps. Julius et personne d'autre.

— Personne d'autre, répéta Julius.

Hermas se mit à trembler, il avait tout à coup l'air d'un géant pris en défaut.

— Personne d'autre ? demanda encore Julius.

— Seulement l'animal, marmonna Hermas.

Julius garda le silence, espérant que son cousin s'expliquerait.

— L'animal ?

— La chauve-souris passe au loin et disparaît. Personne ne peut poursuivre la chauve-souris géante, car elle disparaît. On ne poursuit pas l'invisible… Parfois elle est noire, parfois elle est rouge. Celui qui poursuit l'invisible se perd dans les brouillards du vide…

Hermas avait parlé sur un ton étrange, la voix légèrement plus aiguë qu'à l'habitude, et sans ces affreux grognements qui émaillaient ses phrases.

Julius tentait désespérément de comprendre.

— Elle vole bas, la chauve-souris ? demanda-t-il.

— Elle ne vole pas. Noire, rouge, noire *ou* rouge. La nuit et le sang ! On ne parle pas d'elle, sinon…

Hermas se mit à trembler encore plus frénétiquement.

— Personne n'a le droit de parler d'elle. Personne ! répétat-il en criant si fort que Julius sentit vibrer ses tympans.

Il éleva alors la fourche au-dessus de sa tête et l'abattit sur Julius avec une telle rapidité que le grand Magistère n'eut pas le temps de reculer.

Les pics de la fourche avaient sûrement pénétré assez profondément dans sa chair car, quoiqu'il fût aveuglé par la douleur, il sentit qu'Hermas faisait un effort pour la dégager. Il serra les dents, entendit craquer ses mâchoires ; la douleur était insupportable.

Du seul œil qui lui restait, Julius vit la fourche s'abattre une deuxième fois. Il entendit Hermas crier :

— On ne s'attaque pas aux mystères ! Pas aux mystères ! On ne s'attaque pas aux mystères. La nuit et le sang !

Sa voix se répercuta loin dans la forêt, comme des ronds dans l'eau.

Julius avait laissé tomber le sac contenant la moitié des cadeaux. Il sentit qu'il chancelait, il allait s'effondrer. Il aurait dû se sauver à toutes jambes, mais tout autour de lui devenait fade et flou, les couleurs de la forêt pâlissaient, pâlissaient, disparaissaient même, si lentement, si lentement… Il sombrait dans un monde gris.

Au moment où il crut voir la fourche s'élever encore une fois, une énergie phénoménale l'envahit, il tourna le dos à son cousin et se mit à courir en direction opposée à la maison, convaincu que le géant se ruerait à ses trousses.

Il entendit battre son cœur comme des coups de canon au creux de ses oreilles, et par-dessus ce cognement effréné, la voix d'Hermas hurla : « Julius, Julius, viendras-tu un jour à mon secours ? »

Il courut jusqu'à ce que la trop vive douleur le fasse s'écrouler face contre terre.

Alors seulement, il perdit conscience. Les dernières images qu'il sentit s'imprimer sur ses rétines remontaient du fond de sa mémoire : Hermas, déjà très grand pour ses six ans, qui l'appelait « mon Roi ».

Lorsqu'il s'éveilla, il s'aperçut qu'il grelottait, de froid ou de fièvre, il n'en savait rien.

Pelotonné au pied d'un arbre, il parvint avec peine à défaire le sac qu'il portait sur le dos, dans lequel se trouvaient la réserve de papier et la peau de loup fraîchement tannée qu'il avait voulu offrir à Hermas. Il s'enveloppa dans la peau pour se protéger du froid et s'endormit, en pensant que les choses auraient pu mieux tourner. Voilà ce qui s'était passé.

Julius fixait toujours le plafond lorsque Blaise entra, portant un bol de son bouillon aux mille vertus.

— J'ai mal à la tête, avoua Julius, n'osant cacher à son fils des symptômes qui pouvaient laisser entrevoir une situation plus grave.

— Nous allons voir ça, dit Blaise. Tu ne veux toujours rien dire ? Ça m'aiderait.

Parler avec Blaise, parler, écouter, tout cela le rassurait, repoussait les visions d'horreur qui revenaient maintenant, l'une après l'autre. Le visage halluciné d'Hermas, surtout.

— Je ne peux pas, murmura-t-il à Blaise. Dis-moi, est-ce qu'Antonin a apporté mon courrier ? Est-ce que j'en ai reçu ici ?

— Une lettre personnelle de la Niquet, c'est tout. Monsieur le chef des prud'hommes m'a dit de ne t'inquiéter de rien, qu'il s'occupait des communications. Je te soigne d'abord, ensuite je t'apporterai la lettre. Remarques-tu, Julius, que tu as retrouvé ton souffle ?

Julius hocha la tête.

Dès que Blaise eut terminé, il tomba dans un sommeil profond peuplé de nouveaux cauchemars.

Peu de temps après midi, il fut réveillé par les cornes qui annonçaient qu'il y aurait communication à la population à cinq heures. C'était bien.

Tout à coup, il fut pris d'un étrange malaise, loin à l'intérieur de lui-même, comme un remords qui enflerait.

— Blaise ! Blaise ! appela-t-il.

Son fils aîné revint aussitôt dans la chambre.

— Je voudrais vous demander pardon.

— Pourquoi donc ? fit doucement Blaise.

— Vous avez vraiment cru que j'étais parti mourir ?

Blaise hocha la tête.

— J'aurais pu ne jamais revenir…

— Tu nous expliqueras cela lorsque tu iras mieux.

4

— Elle s'appelait Marie Chesnevert, commença Romaine. Plus que jolie, elle était d'une beauté ravageuse. Elle devait avoir seize ans lorsqu'elle se prit d'amour pour Morbanville.

— Est-ce qu'il portait déjà son voile? demanda Pierre.

— Oui, cela date d'il y a bien longtemps. Je l'ai toujours connu avec un voile. Mais, alors, le voile était beaucoup plus léger, il devait avoir moins à cacher.

— Ce serait donc une maladie? Je pensais qu'il avait été défiguré au cours d'un duel, d'une bataille ou…

— C'est un défigurement maladif. Personne ne sait comment cela a évolué, mais ce qu'on sait, c'est que Morbanville a porté toute sa vie des voiles de plus en plus opaques.

— Elle l'aimait donc défiguré?

— Il était grand, il avait un port de tête superbe, et je t'avoue que ce voile lui donnait fière allure. Au début, c'était sans doute acceptable, ce visage attaqué par le mal. C'était étonnant, je te l'accorde, mais passablement mystérieux.

— Et Morbanville, lui, il l'aimait, Marie Chesnevert?

— Ne pose pas tant de questions, coquin! dit-elle en lui tapant légèrement sur les doigts.

De parler enfin, de se libérer de ce trop lourd secret permettait à Romaine de retrouver sa vraie nature.

Pierre en fut heureux et jura de ne plus poser de questions, sauf si c'était absolument nécessaire pour comprendre le déroulement de l'histoire.

— Comment veux-tu savoir si quelqu'un aime quelqu'un ? On est capable d'expliquer pourquoi on n'aime pas quelqu'un, mais expliquer pourquoi on l'aime, ça, c'est beaucoup plus difficile. Tu le vois dans le regard de l'autre, non ?

Bérangère et Jeanne, que pouvait lire Pierre dans le regard de l'une et de l'autre ?

« Entre toi et moi, reprit Romaine, je ne pense pas que Morbanville ait jamais été capable d'aimer quelqu'un, mais c'est peut-être absolument faux. Mais Marie l'aimait, ça, c'est certain. Un jour, il lui a demandé de venir vivre au château car, sa vieille dame de compagnie étant décédée, il lui fallait de l'aide pour l'entretien de ce grand domaine. Marie en a été ravie, croyant sans doute qu'il le faisait par amour. Ses parents, fiers de voir leur fille devenir dame de compagnie du Prince, ont accepté car il leur semblait que la chose plaisait infiniment à Marie.

« Elle s'est donc installée au château et, au bout de quelques mois, on ne l'a plus vue, même pas au marché, c'est le Prince qui faisait les courses ! Des semaines, des mois ont passé.

« Un jour, Morbanville est venu voir ma mère pour lui demander de venir aider Marie à accoucher. Il tenait à ce que cela se fasse sous le sceau du secret. Ma mère étant au lit, c'est moi qu'elle a envoyée puisque j'exerçais le métier de sage-femme avec elle depuis mes douze ans. »

— Vous aviez quel âge ? demanda Pierre.

« Dix-huit ans, comme Marie Chesnevert. Je suis donc partie avec mon fourbi. Les parents de Marie n'en ont même pas été informés ; savaient-ils même qu'elle était enceinte ? Marie était couchée, toute pâle, sur un grand lit dans une chambre presque nue. Je n'étais jamais allée au château, j'imaginais une riche habitation, mais j'ai vu le contraire. C'était à croire que Morbanville avait brûlé tous les meubles pour se chauffer. De grandes pièces nues, avec l'essentiel sans plus, des tables et des chaises, même pas un fauteuil.

« Marie avait déjà commencé son travail. Je te passe les détails, mais ça se compliquait à vue d'œil. Finalement, le bébé est né. Est-ce ma faute si j'ai été prise d'effroi ? Ce bébé-là, Pierre, était d'une laideur à faire peur, et difforme. »

— C'est donc vrai ? Il y a un vrai fils Morbanville ?

De la main, Romaine lui fit signe de se taire.

« Toujours est-il que Marie voulait voir le bébé, que Morbanville était sorti en courant de la chambre, et que je n'osais pas lui montrer l'horrible enfant, à cette pauvre petite mère. L'affreux bébé était en bonne santé, mais Marie saignait abondamment. J'ai eu beau tout faire, c'était l'hémorragie. J'appelais Morbanville, mais il ne venait pas, le monstre. Je lui criais, au cas où il entendrait, de faire venir un docteur. J'avais dix-huit ans, Pierre… M'a-t-il entendue ou pas ? En tout cas, il n'a rien fait, et Marie, de plus en plus pâle, est morte sans prononcer d'autres mots que les prénoms qu'elle avait choisis. Je ne savais plus où donner de la tête, je perdais mon calme, je pleurais, c'était terrible, Pierre, terrible. Cet homme est un monstre. Non seulement il n'a rien fait pour sauver Marie, mais il m'a demandé d'étouffer l'enfant.

« Jamais je n'aurais pu le faire. Et lui non plus, car devant mon refus il m'a dit de me débrouiller pour que cet enfant disparaisse. Je me suis occupée de laver Marie et de l'habiller de blanc. Le bébé hurlait, j'exhortais Morbanville à préparer du lait. Ou bien il était empoté, ou bien il tardait exprès pour le laisser souffrir, je ne sais pas.

« Quand j'ai eu lavé le bébé et trouvé du lait à la cuisine, il m'a dit : "Fais-en ce que tu veux, mais fais-le disparaître de ma vue." Je me souviens très bien avoir eu une pensée très méchante et d'avoir eu envie de lui suggérer de tailler des voiles pour le pauvre bébé.

« Morbanville a alors rédigé ce fameux document où il déclarait être le père de l'enfant, et que la mère et l'enfant étaient morts tous les deux malgré mes efforts pour les sauver. J'ai dû signer le document et confirmer ce mensonge. Ainsi, il pouvait enterrer Marie dans la cour du château et faire croire que l'enfant était enterré avec elle. Je lui servais de témoin, il pouvait en toute bonne conscience aller déclarer officiellement les deux décès, la lettre témoignant du décès de la mère et de celui de l'enfant.

« Si je refusais de signer, il m'accuserait d'avoir laissé Marie et son fils mourir tous les deux, d'avoir mal fait mon travail, il menaçait aussi d'accuser ma mère qui m'avait envoyée à sa place.

« Ç'a été à moi de m'occuper en cachette du bébé. Lui s'est chargé d'informer les parents de Marie.

« Voilà l'histoire, Pierre. Lorsque j'ai entendu lecture de ce document hier, j'ai tout revu. J'aurais bondi pour arracher les yeux à ce traître qui n'a même pas levé le petit doigt pour aider Marie à survivre, et qui s'est débarrassé sans sourciller de son fils, parce qu'il était laid. »

Romaine se cala dans son fauteuil et ferma les yeux un moment.

— Et le bébé ? demanda Pierre.

« Il vit toujours. La même nuit, je suis montée dans la montagne avec le petit bien emmailloté. Je savais que je pouvais le confier, du moins temporairement, à une amie à moi qui aimait beaucoup les enfants mais ne parvenait pas à en avoir. Les Rabiault, ces gens à qui j'ai confié le bébé, se sont pris d'affection pour la pauvre chose. On s'est aperçu bientôt qu'il était aveugle en plus ; malgré tout, ils l'ont gardé en me jurant qu'il serait élevé comme le leur. Oui, il vit toujours, il a quarante ans et, malgré sa laideur et sa difformité, c'est un homme charmant, qui parle un peu comme un enfant. J'ai dit à Morbanville que son fils était dans une bonne famille, je ne lui ai jamais dit où ni chez qui, et j'ai fini par obtenir de lui qu'il verse chaque année une somme à ces gens qui s'occupent de lui.

« Il n'avait pas le choix, le Prince car, s'il refusait, je pouvais demander qu'on fasse ouvrir la tombe de Marie, et dans cette tombe, il n'y a pas de bébé.

« Rabiault descend de la montagne porter le bois qu'il a abattu une fois tous les deux mois et, une fois par an, je lui remets une somme d'argent que Morbanville me fait parvenir par l'intermédiaire de Simon dans une enveloppe bien scellée. Depuis quarante ans, les choses se passent ainsi, et il ne faudrait pas que ça change, car je pourrais bien me fâcher. Je pourrais toujours demander qu'on ouvre la tombe de Marie, et il le sait. Lorsqu'il est passé ce matin, je lui aurais craché au visage. »

Romaine se tut. Pierre ne bougeait pas, tétanisé.

— Et il s'appelle Rabiault ?

— Bien sûr, ils ont déclaré sa naissance, comme s'il était né là-haut. Personne ne peut se douter de rien, ils vivent tellement loin.

— Donc, à part vous, Morbanville, et moi maintenant, personne ne sait rien des détails de l'histoire ?

— Comme tu dis.

— Pourquoi est-ce que Morbanville n'a pas détruit ce papier, et comment le gros Simon l'a-t-il découvert ?

— Je voudrais bien pouvoir te répondre ! dit Romaine avec un sourire. Et puis, tu as vu, c'est une feuille à demi brûlée, incomplète, il a dû tenter de la brûler, puis changer d'idée…

— Il aurait pu le dire devant tout le monde, que cet enfant était mort !

— Tu oublies le cadavre inexistant. Moi, je sais, donc il me craint.

— Il pouvait bien paniquer, hier matin !

Romaine hocha la tête.

— La vérité, vois-tu, peut rester cachée bien longtemps, mais il y a souvent des fuites. Elle finit par se faufiler par des chemins obscurs, elle insiste, la vérité, elle sait se faire valoir, elle s'acharne à vouloir émerger du silence. Et puis, un jour, elle éclate.

— Elle a failli éclater hier, fit remarquer Pierre.

— J'aurais pu parler, murmura Romaine, la tête haute.

— Je pourrais parler moi aussi…

— Mais tu ne parleras pas, fit-elle en fronçant les sourcils. Qu'est-ce que cela pourrait bien t'apporter ?

— Si jamais il vous menace, si jamais il vous fait chanter…

— Tu sauras bien juger. Jusqu'à l'année dernière, j'allais toujours rendre visite aux Rabiault, avec Marin. Cette année, j'irai avec toi. Tu verras comme il est gentil, le fils Rabiault. Il écoute, il parle peu, il sent des choses que personne ne saisit. Je l'aime beaucoup. Il devine tout avec ses mains.

— Vous avez le courage de monter aussi loin ?

— Je prends mon temps, je passe la nuit là-bas et je rentre le lendemain. Tu verras, ça nous fera un petit voyage. Ce sera bien pour toi, qui sors bien peu de la ville. Et si on mangeait ? proposa Romaine.

Pierre s'aperçut qu'il avait faim. Midi était passé depuis un bon moment. Tout ce qu'avait raconté Romaine l'intriguait au plus haut point.

Une pensée lui traversa l'esprit : est-ce qu'il était possible que Julius fût au courant de cette histoire, était-il même possible qu'il fût monté chez les Rabiault ?

— Là où ils habitent, les Rabiault, y a-t-il d'autres gens ? Je veux dire... est-ce qu'ils habitent tout seuls au fond des bois ?

— Il y a quelques familles, des bûcherons pour la plupart. Ils ont une vie à eux, là-haut, mais ils ne sont pas très nombreux.

Les événements dont parlait Romaine s'étaient passés quarante ans plus tôt, elle avait alors dix-huit ans, le calcul était simple : Romaine avait cinquante-huit ans, il lui en aurait donné vingt de plus.

5

Le garde qui accompagnait Zénon fit en sorte que leur démarche demeure discrète. Tout le long du chemin, il se contenta de suivre les indications du facteur sans mot dire.

Zénon s'arrêtait souvent. Il regardait autour de lui, fermait les yeux un instant et reprenait son chemin. Ils se rendirent ainsi jusqu'à l'étroite ruelle où, Zénon l'espérait, la peau de loup aurait disparu. Il aurait préféré qu'elle n'existe plus, que quelqu'un l'ait emportée, qu'il n'ait plus à s'en soucier. Mais, manque de chance, elle était toujours là, couverte de mouches vertes et bruyantes. Zénon eut un haut-le-cœur.

Le garde ne broncha pas. Il chassa les mouches, retint son souffle car l'odeur était forte, et récupéra la peau de loup. Il l'enveloppa dans un grand papier huilé et la ramena au chef des prud'hommes, qui revenait tout juste de chez Anne l'Ancien.

Zénon rentra chez lui dès que le garde fut entré dans les locaux du Parlement. C'était trop pour lui, il s'en allait se coucher, tant pis pour le courrier : cette histoire de loup le faisait se sentir si mal qu'il en avait des étourdissements.

Le chef des prud'hommes s'enferma dans son bureau. Il se pouvait bien que la peau ait servi de camouflage à Julius. Depuis que Zénon lui avait fait part de sa découverte, le prud'homme n'avait pas mis longtemps à poser l'équation suivante : un loup sur deux pattes, plus une peau tachée de sang, plus un grand Magistère blessé, tout cela égale un grand Magistère blessé qui se cache sous une peau de loup pour rentrer chez lui sans se faire voir. Pourquoi ? Ça, c'était une autre question. Il faudrait des preuves, mais il n'en avait pas.

Il savait que le moment auquel Zénon avait vu passer le « loup » précédait d'à peine quelques heures le moment où on avait appris que Julius n'était pas mort.

Comment aborder le sujet avec Julius ? Arriver chez lui avec la peau de loup et guetter sa réaction ? Passer le voir et glisser en toute candeur dans la conversation qu'on avait trouvé une peau de loup tachée de sang dans une ruelle de la ville ? Demander carrément à Julius quelle était la cause de ses blessures ?

Aucune solution ne convenait. Il fallait pourtant trouver le moyen d'éclaircir la situation. Ce qui le rassurait, c'était que l'application de la clause du Point Zéro lui permettrait de mieux réfléchir, étant donné que la résolution de tous les problèmes était reportée à plus tard.

Il eut subitement l'idée de faire venir Blaise et de lui demander ce qu'il pensait de l'état de son père. Si quelque complot se tramait contre Julius, si sa vie était menacée, il devait en être informé. Il fit informer Blaise qu'il l'invitait à manger au Rubis. Le cœur plus léger, il rangea soigneusement la peau de loup dans l'un des hauts placards qui occupaient tout le mur du fond, tout en songeant qu'il faudrait trouver le moyen d'atténuer l'odeur du sang imprégné dans la peau.

Pas un instant, il ne douta que Blaise ne pût le rejoindre ; une sorte de confiance heureuse l'habitait soudain. Il sentait que de discuter avec un jeune homme aussi sage l'aiderait à y voir plus clair.

Fabre Escallier frappa discrètement à la porte du salon des Incarcérations.

— J'arrive, j'arrive ! lança Attina d'une voix joyeuse.

Le Berger défit les cadenas et ouvrit grand la porte. Il ne craignait plus que sa prisonnière s'évade, elle semblait prendre trop de plaisir à sa nouvelle vie.

— Lisez ça ! dit-il en lui tendant un papier. Message urgent de la part de monsieur le chef des prud'hommes.

Attina lui arracha le papier des mains.

— Oh ! Oh mais… !

Elle éclata d'un rire si clair que le Berger en fut ému.

— Qu'est-ce qu'on fait ? demanda-t-elle.

— Nous attendons les ordres, madame. Lorsque tout à l'heure la clause du Point Zéro sera annoncée officiellement, j'imagine que vous pourrez rentrer chez vous.

— Plus d'interrogatoire, plus de procès ! Imaginez donc !

— Du moins pour le moment, précisa le Berger.

Attina rit encore, battit des mains et sauta au cou de Fabre Escallier.

Il était un peu tôt lorsque Antonin arriva au Rubis. Il s'étonna lorsque l'aubergiste, lui donnant du « monsieur notre chef des prud'hommes » plus qu'il ne le fallait, lui annonça que Blaise du Montnoir l'attendait déjà dans le petit salon.

Les doigts croisés sous le menton, Blaise le fixait d'un regard qui, le mit aussitôt mal à l'aise.

— Monsieur, dit-il poliment en se levant.

— Mon cher Blaise, fit le chef des prud'hommes.

— Ne perdons pas de temps, Antonin, que voulez-vous savoir ?

Il était difficile d'être plus direct.

— L'état de votre père m'inquiète énormément. Vous savez que je me suis longuement entretenu avec lui. Les affaires de l'État ne pouvant être menées sans son consentement, vous imaginez bien que je devrai lui rendre visite assez fréquemment. Or, je ne veux pas le fatiguer outre mesure. A-t-il les moyens, disons au rythme d'une ou deux heures par jour, de me recevoir pour que nous puissions discuter de nos dossiers ?

Blaise n'arrivait pas à mettre le doigt sur ce qui le gênait dans la manière qu'avait le chef des prud'hommes de s'exprimer ainsi. Trop sûr de lui ? Pourtant, ce que disait Antonin n'avait rien que de très normal étant donné les circonstances, mais quelque chose dans son regard laissait croire à Blaise qu'il cherchait autre chose que ce qu'il demandait.

— Je crains, cher Antonin, que mon père ne soit pas encore en état de vous recevoir chaque jour. Votre visite de ce matin l'a grandement fatigué.

— Pouvez-vous me donner, toutefois, une sorte de bilan ? Ou la cause de ses blessures ?

— Il m'est bien difficile de vous éclairer.

— Mais vous vous doutez bien de ce qui a pu provoquer de pareilles blessures ? insista le chef des prud'hommes, manifestant quelque nervosité.

Le garçon vint les servir. Au Rubis, le midi, il n'y avait qu'un menu, c'était rapide et efficace. Aujourd'hui, carottes râpées en entrée, perdrix au miel, pommes de terre sautées, confiture d'oignons, et tarte aux prunes pour dessert.

Devant le silence de Blaise, le chef des prud'hommes perdait ses moyens. Ce jeune homme semblait retranché derrière des murs infranchissables. Il décida de changer de tactique.

— Je dois vous avouer, dit-il, que je suis troublé par une découverte dont on m'a fait part ce matin. Je n'irai pas par quatre chemins. Lorsque j'ai vu votre père, je me suis demandé comment il avait réussi à rentrer chez lui dans un tel état sans que personne le remarque. Il y avait tout de même pas mal de monde dans les rues, dimanche dernier !

— Mais tous ces gens convergeaient vers un même point, tout le monde était convoqué au parc des Après.

— N'empêche que les rues étaient loin d'être désertes ! Et comme nous tenons pour acquis que votre père n'a pas été agressé dans sa propre maison…

— Attendez, coupa Blaise. Qui vous dit que ce n'est pas cela qui est arrivé ? Si quelqu'un s'était introduit dans la maison pendant que nous étions au parc des Après et que…

— Ou encore qu'il ait été sauvagement battu par ses trois fils et le petit Moulin ? Mon cher Blaise, ne nous égarons pas !

— Et si cela était ? Je le dis pour vous provoquer un peu, monsieur le chef des prud'hommes, mais nous aurions pu sans effort infliger de telles blessures à mon père.

Blaise se mordit les lèvres, il avait trop parlé. Alors qu'il s'était dit qu'il se contenterait d'écouter le chef des prud'hommes sans livrer d'information, le voilà qui parlait de blessures potentiellement causées par une main d'homme.

Son interlocuteur poursuivit :

— J'ai déduit qu'il avait emprunté des chemins peu fréquentés, donc qu'il se cachait. Sinon, vous vous doutez bien que quelqu'un lui serait venu en aide et que tout le monde, dont moi-même, en aurait été informé.

Blaise était pris au piège. Ce qu'il avait conclu des blessures de Julius ne lui inspirait rien de bon, il attendait que son père veuille bien parler, mais il ne le brusquait pas.

Or, l'attitude du chef des prud'hommes le déstabilisait. Il

avait toujours perçu celui-ci comme un être très droit, mais un peu trop soumis au pouvoir de Julius.

Et voilà qu'il avait devant lui un homme qui prenait le taureau par les cornes et qui, d'une manière ou d'une autre, exigerait qu'il parle, pour le salut de l'État.

— Blaise, on m'a remis ce matin une peau de loup tachée de sang. Celui qui l'a trouvée a cru avoir des hallucinations quelques instants auparavant en voyant un loup marcher au loin sur deux pattes. Découvrant la peau au détour d'une ruelle, il a établi le rapport, ce qui n'était pas malaisé, entre ce loup bipède et la peau tachée de sang. Le sang, nous nous entendons, n'étant pas côté poils. Répondez-moi franchement : notre grand Magistère est-il rentré chez lui samedi soir ou dimanche matin ?

Blaise fixait le chef des prud'hommes ; il n'avait pas encore touché à ses carottes râpées. Avait-il le droit de mentir ? S'il mettait le pied dans l'engrenage, c'en était fait du secret de Julius. Il n'avait pas le droit de trahir son père !

— Vous savez bien, mon cher Blaise, que cela restera entre nous. Vous comprendrez aussi qu'il est de votre devoir de me parler en toute franchise.

— Monsieur, commença Blaise, je ne peux vous mentir, mais le mystère plane sur ma tête autant que sur la vôtre. C'est dimanche matin que Pierre a découvert mon père, inconscient, étendu sur son lit.

— Or, vous aviez trouvé la lettre le vendredi.

— Oui.

— Vous êtes venu me voir le samedi matin.

— Oui, répéta Blaise.

— Où était-il allé ?

— Mais comment voulez-vous que je le sache ! lâcha Blaise, excédé.

— Vous doutiez-vous que votre père souhaitait mourir ?

— Non.

— Était-il fatigué, affaibli, malade même ?

— Pas plus que la moyenne des gens de son âge, dit Blaise, mais de plus en plus tendu.

— Je veux découvrir ce que cette peau de loup vient faire dans l'histoire. Il s'est caché sous cette peau, ça crève les yeux. Et c'est dimanche matin que celui qui l'a trouvée… euh… l'a trouvée, on ne peut pas dire les choses autrement. Voyez-vous, mon cher Blaise, je commence à me demander…

— Cessez de tourner autour du pot !

— J'en suis même de plus en plus convaincu : votre père est rentré par les ruelles, caché sous une peau de loup. D'où venait-il ? Pourquoi se cachait-il ? Venons-en maintenant aux blessures. De quelle nature sont-elles ?

Blaise inspira lentement. Le chef des prud'hommes ne lui laissait plus le choix.

— Il s'agit d'un coup très violent à l'œil gauche, de profondes lacérations à la poitrine ainsi qu'au bras gauche, et d'une insensibilisation de la jambe gauche.

— Tout cela probablement causés par ?…

— Un coup dans le bas du dos pour ce qui est de la jambe, mais il a pu tomber, ce coup ne lui a pas nécessairement été asséné par quelqu'un. Un autre coup, causé par une grosse branche dont il ne se serait pas protégé par exemple, peut expliquer l'état de son œil.

Blaise se tut un moment.

— Et d'autres grosses branches lui auraient lacéré la poitrine ?

— Non.

— S'agirait-il d'une arme ?

— Je ne le crois pas. Il s'agit plutôt d'un outil, ou d'une

arme assez curieuse, je vous le concède, qui porterait trois pics distants l'un de l'autre d'une demi-main.

— Comme une fourche ?

— Exactement.

— Avez-vous remarqué, lorsque vous avez nettoyé les plaies, s'il y avait des traces qui nous conduiraient sur quelque piste ?

Les questions se faisaient de plus en plus précises. Blaise ne pouvait mentir à cet homme qui était le bras droit de son père, mais il aurait préféré se taire plutôt que d'exhiber ainsi les conclusions de son analyse.

— J'ai remarqué des traces de rouille et j'ai dû nettoyer à fond les blessures, qui étaient souillées de terre.

— Ce qui nous laisse croire qu'une fourche peut être l'instrument qui a servi à son agresseur. Le mot agresseur étant lâché, se peut-il que la blessure à l'œil puisse provenir d'un coup de poing, et l'insensibilisation de la jambe, d'un violent coup dans les reins ?

— Cela est tout à fait plausible.

« Décidément, songeait Blaise, personne ne peut résister aux questions de ce petit homme qui n'a rien de menaçant. C'est sans doute là sa force… Julius a eu raison de le choisir comme son bras droit, il les connaît, lui, les talents de son Antonin. »

— Mangeons un peu, suggéra gentiment le chef des prud'hommes.

L'atmosphère s'était radoucie. Blaise piqua sa fourchette dans les carottes râpées. Manger leur permettrait de mettre un peu d'ordre dans leurs esprits.

Lorsque l'aubergiste apporta les perdrix, le chef des prud'hommes reprit la parole, de façon moins directe, exposant son point de vue plutôt que de harceler Blaise.

— C'est extrêmement curieux, commença-t-il. Votre père décide d'aller mourir quelque part, il vous demande de ne pas vous lancer à sa recherche et de m'avertir que je dois prendre le pouvoir à sa place. N'est-ce pas ?

Blaise hocha la tête.

— Or, il est évident que l'on a voulu attenter à sa vie. Il y a ici quelque chose qui cloche, non ? Pour quelles raisons a-t-on voulu le tuer, puisqu'il s'en allait mourir ? Qui peut lui en vouloir à ce point ? Votre frère a été attaqué il y a deux semaines, et aujourd'hui c'est au tour de votre père. N'oublions pas l'enlèvement de Pierre Moulin. N'oublions pas non plus le rassemblement de la bande de Morbanville devant votre maison. Voyez-vous un rapport entre ces événements ?

— Absolument pas. Si Simon le gros est coupable d'avoir attaqué Mathias, je ne vois pas comment il aurait pu, à la veille de son procès, attenter à la vie de mon père. Il était sous la garde de Morbanville, non ?

Le chef des prud'hommes eut un sourire narquois.

— En effet, mais qui surveillait Morbanville ?

Blaise eut tout à coup froid dans le dos. La perdrix ne lui disait plus rien.

— Vous voulez dire qu'aucune surveillance sérieuse n'a été organisée ? gronda Blaise.

— Comme vous dites. J'avais pourtant prévenu votre père, et suggéré que la résidence du Prince soit placée sous bonne garde. Mais il n'a pas cru bon de procéder de cette manière. Votre père a tendance à faire confiance aux gens.

— Mais tout de même ! s'écria Blaise en frappant du poing sur la table. On n'a pas idée ! Morbanville prenait la parole chaque jour pour dénigrer le pouvoir de mon père, pour semer le doute dans les esprits à propos de Pierre Moulin et…

— Je ne vous le fais pas dire, murmura le chef des prud'hommes en attaquant sa perdrix.

Blaise le regarda d'un air incrédule.

— Nous pouvons, je crois, prétendre que notre grand Magistère a été victime d'un attentat. Je n'oserais rien avancer de précis, mais n'oublions surtout pas cette intervention du prince de Morbanville et de sa bande d'anonymes voilés, le jour même de sa disparition.

— Vous allez trop vite, dit Blaise. Attentat, vraiment, vous y croyez? Il a peut-être été blessé au cours d'une rixe alors qu'il s'en allait mourir tranquille quelque part?

Ce fut au tour du chef des prud'hommes de fixer Blaise d'un regard sans conviction.

— Vous ne trouvez pas que ça fait beaucoup? demanda Blaise, tout à coup épuisé.

— En effet, répondit le chef des prud'hommes avec un soupir, c'est énorme et, sans la présence de votre père, je vois mal comment je pourrai gérer l'ensemble de ce que nous pouvons appeler, vous me l'accorderez, une crise d'importance. Mais cela me regarde et fait partie de mes fonctions. De votre côté, si vous arriviez à découvrir où se trouvait votre père entre vendredi soir et dimanche matin, cela nous aiderait grandement. Vous n'avez pas votre petite idée là-dessus?

— Pas le moins du monde, répondit Blaise.

Il aurait donné la même réponse s'il avait soupçonné quelque chose.

Aux yeux de Pierre, le pays du Montnoir apparaissait maintenant comme un jeu de trappes. Ce lieu qui lui avait semblé presque trop simple et trop idyllique au début prenait ce jour-là l'apparence d'un monde camouflé derrière des miroirs. Partout se cachaient des mystères.

Était-ce vraiment différent de ce qui se passait chez lui ? Sans doute pas, mais les premières impressions avaient été bien mensongères. Tant de gentillesse et de sollicitude, tant d'égards prodigués par l'un et par l'autre, c'était trop, il s'en était inquiété dès les premiers jours.

Maintenant qu'il découvrait, facette après facette, les dessous de cet univers, il redoutait le pire.

Même Bérangère doutait de lui.

Au début, il s'était dit qu'il vivait dans une sorte de coma et cette idée le poursuivait chaque jour. Pierre ne savait plus du tout où se terrait la vérité.

Ce qui semblait aujourd'hui la réalité avait eu, les premiers temps, des allures de fiction. La ville avait l'air d'un décor, les gens agissaient comme des comédiens, même la pluie, si subite, lui avait semblé fabriquée.

Au bout de deux semaines, Pierre faisait partie de la vie du pays de Julius.

Et il en oubliait le sien…

Il s'était demandé, encore tout récemment, s'il n'avait pas pu glisser inconsciemment dans une complaisance qui lui faisait tout voir en rose. Aujourd'hui, il se disait que non.

La vie allait aussi mal de ce côté-ci que de l'autre, le monde de Julius était pourri par la bêtise tout autant que le sien.

Un jour, comme il était assis au bord du ruisseau avec son père et Bibi, son père leur avait demandé à tous les deux ce qui, à leurs yeux, représentait le pire de tout. Bibi s'était lancé dans une longue énumération qui se terminait par : les fantômes, les orages et les méchants. Pierre avait souri à son père en écoutant Bibi aligner les causes de ses terreurs.

« Et toi, Pierre ? » lui avait demandé son père. Il avait réfléchi un moment, s'appliquant à regarder l'eau descendre en cascades bouillonnantes. « Les gens qui ne prennent pas le temps de comprendre », voilà ce qu'avait été sa réponse. S'en était suivie une conversation à bâtons rompus — qui avait vite dépassé Bibi — à propos de ceux qui ne veulent pas comprendre, de ceux qui écoutent mal, de ceux qui jugent avant d'avoir fait le tour des questions. Sur le chemin de la maison, son père avait dit : « Personne n'est à l'abri de la bêtise, même celui qui la craint le plus. » La phrase résonnait encore dans la tête de Pierre, il entendait réellement la voix de son père, et le rire de Bibi en arrière-plan.

Il eut subitement le sentiment d'être coincé dans une armure trop petite, aux prises avec une solitude qui, pourtant, ne ressemblait en rien à celle des premiers jours.

« La solitude », songea-t-il. Seul au milieu de gens qu'il avait appris à aimer, dans un pays aux frontières infranchissables ; seul, même devant la vieille Romaine qui venait de lui confier le secret de sa vie.

Il aurait voulu pouvoir rentrer chez lui, dans sa maison, dans sa chambre, parler de tout et de rien sans avoir à se demander si on comprenait bien ce qu'il voulait dire, ne pas avoir à se censurer avant de parler de téléphone, de piano, d'avion, d'électricité ou de moteur à essence.

Romaine ouvrait un pot de pâté.

— C'est du cerf, dit-elle doucement. Les haricots sont presque prêts.

Pierre eut l'impression de se réveiller. Il sourit à Romaine et débarrassa la table encombrée d'écheveaux de laine, avant de mettre le couvert.

6

Après qu'Anne l'Ancien eut terminé son discours, la foule se dispersa lentement. Les choses avaient été exprimées clairement, sans détour : Anne avait fait comprendre la nécessité d'appliquer la clause du Point Zéro dont la plupart des gens ne connaissaient pas l'existence.

Le chef des prud'hommes avait raccompagné Anne jusque chez lui avant de reprendre le chemin du Parlement. Les mesures seraient prises pour que Simon le gros fût reconduit chez Morbanville.

Avant de régler le sort d'Attina Niquet, Antonin devait cependant discuter avec le grand Magistère. Si Julius voulait la faire rentrer chez elle, il leur faudrait définir plus précisément les conditions de son retour à la maison.

L'application de la clause du Point Zéro lui permettait de respirer un peu. Rien n'était réglé, on ne faisait que reporter les problèmes à plus tard, mais au moins pouvait-il les voir venir.

Il décida de passer par le salon des Incarcérations pour juger de l'état d'Attina. Le Berger écrivait lorsqu'il entra dans l'antichambre.

— Monsieur, dit-il en se levant.
— Mon cher Escallier, comment va notre protégée ?
Le mot fit sourire le Berger.
— Elle va très bien.

— Et vous, vous tenez le coup ?

Le Berger fut touché de la question que lui posait le chef des prud'hommes. Jamais encore on ne s'était soucié de son sort. Bien sûr, il était bien payé pour accomplir ce travail plus qu'exigeant, mais il était content qu'on lui demande comment il vivait la situation.

— Vous savez, je vois la chose comme une expérience dont je tirerai profit. Je note chaque jour tout ce qu'elle fait, je relate le contenu de ses monologues fous autant que les conversations sensées qu'elle tient de temps à autre.

Il montra au chef des prud'hommes le dossier qu'il avait monté sur le comportement d'Attina Niquet. Antonin en fut impressionné.

— Vous avez informé le docteur Méran de l'existence de ce dossier ?

— Non, je n'en voyais pas l'intérêt.

— Il sera sans doute fort intéressé par vos observations et vos remarques. L'étude du comportement fait aussi partie de la médecine.

— Mon cher Berger ? fit soudain la voix d'Attina, dont la douceur étonna le chef des prud'hommes.

— Oui, madame ? dit le Berger en ouvrant le judas.

— Qu'avons-nous au menu, ce soir ?

Le chef des prud'hommes sourit à Escallier qui, aussitôt, lui rendit son sourire.

— Je vous prépare des blancs de volaille dans une crème à la moutarde, des carottes au beurre, des pâtes râpées, une salade de betteraves en entrée et une mousse au citron pour dessert.

Le chef des prud'hommes avait déjà faim.

— Et vers quelle heure mangeons-nous ? demanda encore Attina. Vous me donnez grand-faim, mon cher Berger !

— Vous m'accorderez bien une petite heure pour terminer tout ça, madame ?

— C'est bien. En attendant, je vais faire un tour dans ma caverne.

Le chef des prud'hommes jeta un regard intrigué au Berger et, d'un geste, lui fit comprendre qu'il aimerait regarder un peu par le judas. Le Berger se retira sur la pointe des pieds, laissa le chef des prud'hommes observer un moment la prisonnière qui, à son grand étonnement, s'étendit sur son lit et ferma les yeux.

— Elle dort beaucoup ? demanda-t-il.

— Déjà trois fois depuis ce matin. Elle s'offre ces courtes siestes, dont elle émerge complètement adoucie.

— C'est une cure du docteur Méran ?

— Oui.

Le chef des prud'hommes était de plus en plus intrigué. Était-il possible de modifier à ce point le caractère de quelqu'un ?

— Si cela ne vous gêne pas, je me mets aux casseroles, dit le Berger. J'ai dit une heure, il ne faudrait pas qu'un retard la mette dans les colères que nous lui connaissons. On ne sait jamais… Si vous vouliez manger ici, monsieur, je serais heureux de vous garder.

— C'est fort gentil à vous, Escallier, mais j'ai mille choses à faire, et je dois passer voir monsieur le grand Magistère.

— De quoi souffre-t-il donc ? Il est si malade ?

— Au point que nous avons dû appliquer la clause du Point Zéro, vous le savez bien. Vous imaginez bien qu'on n'a pas sorti cette clause du placard pour une maladie de rien du tout.

Mal à l'aise, le chef des prud'hommes tripotait sa barbichette. Il ne fallait tout de même pas affoler la population.

— Mais il s'en sort fort bien ! ajouta-t-il.

— Tant mieux ! À ce propos, je veux dire… la clause du Point Zéro, que faisons-nous de madame Niquet ? Nous la renvoyons chez elle ?

— Je ne sais pas encore, je dois consulter notre grand Magistère. Quant au mal dont il souffre, je ne peux rien vous en dire. Les secrets de la médecine sont ce qu'ils sont, ajouta le chef des prud'hommes, ravi de pouvoir aussi aisément renvoyer la balle à Fabre Escallier.

— Lorsque vous le verrez, transmettez-lui mes vœux de prompt rétablissement !

— Je n'y manquerai pas. Bon appétit à vous deux ! fit-il avec un clin d'œil qui, venant de lui, avait de quoi surprendre.

Blaise tournait comme un ours en cage. Ce que lui avait appris le chef des prud'hommes était loin de lui faire plaisir. Si Julius voulait garder le secret sur ses activités de la fin de semaine, il valait mieux le prévenir immédiatement qu'on se doutait en haut lieu qu'il avait été la cible d'un assassin.

Comment aborder le sujet sans l'affoler, l'inquiéter, le fatiguer ou, pire, retarder sa guérison ?

Il était inutile de remettre au lendemain l'explication qu'il devait avoir avec son père. Devait-il en parler à ses frères ? La réponse fut non. Cela allait se jouer à deux. De toute manière, Casimir et Mathias, et Pierre aussi, étaient assez intelligents pour comprendre qu'on ne se fait pas de telles blessures en tombant.

L'histoire de la peau de loup, si elle était reliée aux blessures de Julius, prouvait qu'il avait dû passer un bon moment dehors — du vendredi au dimanche matin ? —, blessé, sans oser se réfugier chez quelqu'un. S'il avait agi ainsi, s'il s'était faufilé dans la ville sous son camouflage, c'est qu'il avait quelque chose à cacher. Et ça, Antonin le savait pertinemment.

Sur la pointe des pieds, Blaise allait voir si son père dormait lorsque retentit la petite cloche de verre

— Bonsoir, Julius. Bien dormi ?

— Si au moins je pouvais dormir…

Blaise décida de ne pas y aller par quatre chemins.

— Julius, il va falloir parler. Tu ne peux plus refuser de voir les docteurs. L'état de ta jambe me cause certains soucis et je souhaite que Poclain puisse revenir t'examiner. Il connaît la gravité de tes blessures et refusera catégoriquement que tu continues à te taire sur ce qui s'est passé.

Surpris, Julius ouvrit la bouche, mais la referma aussi vite.

— Je te fais un bilan, poursuivit-il sans laisser Julius placer un mot. La blessure à l'œil aurait été causée par un très violent coup de poing. Celles à la poitrine, par une fourche rouillée aux pointes terreuses, et tu as reçu un autre coup dans les reins. Est-ce que je me trompe ?

Julius observait son fils en respirant très lentement, comme s'il préparait sa réplique.

— Tu te trompes et tu ne te trompes pas. La fourche, c'est juste.

— Qui t'a attaqué aussi sauvagement ?

— Ai-je le droit de ne pas te répondre ? murmura Julius.

— Je préférerais une réponse, dit Blaise, car quelqu'un d'autre te posera la question tôt ou tard. Mais tenons-nous-en pour le moment aux blessures.

— Ne ris pas, Blaise, fit Julius en baissant la voix, mais la blessure de l'œil, c'est en marchant sur un râteau que…

— Avant ou après les coups de fourche ?

— Avant.

Julius avait tout à coup l'air penaud.

— Je n'ai jamais reçu de coup dans le dos, mais je suis tombé, et très mal tombé, je présume, après avoir reçu les coups de fourche.

— Ton assaillant n'en a pas profité pour t'achever?

— Non, je me suis sauvé avant.

— Et il ne t'a pas poursuivi?

— Non.

— D'une certaine manière, tu as eu de la chance. Comment veux-tu expliquer tout ça au médecin?

— Tu ne pourrais pas trouver des équivalences? demanda Julius, de plus en plus piteux.

— Tu me vois tricher avant même de commencer mes vraies études de médecine? Tu n'y penses pas, Julius. Je ne tricherai pas, et toi non plus.

— À quoi te servirait-il de savoir qui m'a attaqué?

— Ou pour quelle raison il l'a fait! fit remarquer Blaise.

— Cela ne changera rien à ce que la médecine peut faire pour moi.

— Mais la dissimulation de preuves, c'est du mensonge pur! S'il y a quelqu'un qui nous a toujours vanté les vertus de la vérité, c'est bien toi. Est-ce que les grands Magistères sont au-dessus de ces choses-là? ajouta Blaise qui avait subitement le sentiment d'être trahi par celui qui l'avait élevé dans le respect de la droiture. Je vais te dire une chose, Julius : il faudra que tu parles un jour ou l'autre, car nous, ce que nous avions compris, c'est que tu partais mourir quelque part, loin de nous. Tu comprends ce que nous avons pu ressentir?

— Je parlerai, Blaise, je parlerai, mais plus tard. Je pense que je peux être soigné même sans tout révéler, non? Maintenant que tu connais l'histoire du râteau et celle de la fourche…

— Je ne suis pas certain d'avaler celle du râteau.

175

— Je te jure que c'est la vérité, Blaise, crois-moi. Et sache qu'on se sent très diminué, ridicule surtout, lorsque cela nous arrive.

Julius eut un sourire d'enfant.

— On se sent tellement bête !

— Et quand on se fait attaquer à la fourche, on se sent comment ?

— On a peur, fit Julius, l'air effrayé, on a terriblement peur et on pense qu'on va mourir. J'ai vraiment cru que j'étais mort, tu sais.

— Tu t'en es bien sorti, dit Blaise d'une voix apaisante.

Il décida de ne pas parler de la peau de loup.

— Tu peux faire venir le docteur Poclain. Il saura rester discret. Le secret professionnel, ça existe.

— Et dans ton cas, c'est fort pratique, non ? dit Blaise avec un sourire.

Au loin, on entendit gémir un âne.

7

L'histoire des chauves-souris géantes n'avait pas convaincu Julius. Bien sûr, Hermas racontait des choses qui, depuis toujours, semblaient tellement illogiques !

Julius tentait en vain de se rappeler les paroles exactes de son cousin au moment de l'agression. Les seuls mots qui lui revenaient encore, c'était : « Julius, Julius, viendras-tu un jour à mon secours ? »

Le pauvre Hermas avait-il perdu momentanément l'esprit, ou bien est-ce que cela s'était dégradé chaque jour, lentement, sans que personne s'en doute ? Julius ne l'avait pas revu depuis sa dernière visite, au printemps.

Lorsque son cousin avait parlé des chauves-souris géantes, il avait eu l'air épouvanté. Il avait évoqué des mystères auxquels on ne doit pas toucher. De quoi voulait-il parler ? Qu'est-ce qui ressemblait le plus à une chauve-souris géante ?

C'est Pierre qui le fit émerger de ses pensées en frappant gentiment au cadre de porte de sa chambre, après s'être assuré que Julius ne dormait pas.

— Vous allez mieux ? demanda-t-il avec un grand sourire.

— Seulement la moitié de ton sourire ferait ressusciter un mort ! Oui, je vais mieux, petit.

« Ça marche », se dit Pierre.

Il avait décidé d'avoir devant Julius un air de bonne

humeur, pour éviter qu'il se fasse des soucis à son sujet, il en avait bien assez comme ça. Il entendit hennir un cheval, puis plusieurs ânes lui répondre, très fort. Julius sembla tout à coup inquiet.

— Je peux m'asseoir un moment ? demanda Pierre.

Julius hocha la tête.

— Si vous saviez combien de lettres on a déposées pour vous ! Des cadeaux aussi.

— Ainsi, tout le monde sait que je suis malade !

— C'est Anne l'Ancien qui l'a annoncé !

— J'avoue qu'il ne pouvait invoquer autre chose pour sortir des coffres la clause du Point Zéro.

— C'est pratique, cette clause.

— Ça n'existe pas, chez toi ?

— Je ne sais pas.

Les chevaux et les ânes braillaient encore, Pierre leur trouva la voix sinistre. Le regard de Julius se fit de plus en plus troublé.

Au moment où il allait demander à Julius s'il voulait lire les messages qu'on lui avait écrits, il sentit une vibration, comme une vague sous ses pieds.

— Qu'est-ce que c'est ? demanda-t-il à Julius.

— Blaise, gémit Julius. Blaise !

Casimir et Mathias apparurent derrière Blaise.

— On sort les cornes ?

— Et vite ! Courez, les garçons ! Il faut rassembler tout le monde en ville. Pressez-vous ! Vite, il va faire noir. Préparez des torches en quantité.

Les trois fils de Julius sortirent en catastrophe.

— Toi, dit Blaise à Pierre, tu restes auprès de Julius. Ici, il n'y a rien à craindre.

Pierre n'y comprenait rien, mais le temps n'était pas aux questions.

Bientôt, il entendit sonner cinq coups brefs, puis cinq autres. Et encore, et puis de plus loin… D'autres cornes répondirent aux premières et, bientôt, ce fut un appel constant qui volait aux quatre coins du pays.

— C'est bien, tout le monde répond.

— Qu'est-ce que c'est ?

— La terre a tremblé. C'est peut-être une secousse sans importance, mais nous ne prenons jamais de risque. Là-haut, dans la montagne, il peut y avoir des glissements de terrain, la terre peut craquer, les pierres se fendre…

— Les pierres se fendre, répéta Pierre. Ça arrive souvent ?

— À l'occasion. Mais nous savons quoi faire. Il faut rassembler toute la population de l'est du pays dans la ville.

— Et les autres, ceux de l'ouest, ils vont où ?

— Chez les bûcherons.

— Vous êtes certain qu'il n'y a pas de danger ?

— Est-on jamais certain de ce que la terre nous réserve ! soupira Julius.

— Tout le monde va descendre ? La bande de Marin aussi ?

« Et la famille Rabiault ? Et mes faux parents en mission ? » songea Pierre.

Encore une fois, il sentit le sol frémir. Il se rapprocha de Julius.

— Vous êtes sûr qu'on peut rester dans la maison ?

— Ne crains rien, Pierre. C'est une petite secousse.

Trois fois, quand il était petit, Pierre avait ressenti les étranges effets d'un tremblement de terre. Les verres bougeaient dans les armoires, tintant gentiment les uns contre les autres, de plus en plus fort, jusqu'à ce que cela devienne très inquiétant, puis, juste à ce moment-là, tout s'était arrêté. Une autre fois, il avait eu l'impression que la maison était au sommet d'une vague, puis qu'elle glissait dans un creux et remontait aussitôt ; cette fois-là non plus, la secousse n'avait pas duré bien longtemps.

Son père lui avait expliqué que, dans un pays comme le leur, il y avait souvent de légères secousses, ce qui permettait à la Terre de souffler, c'est ce qu'il avait dit. La Terre laissait échapper de petites bouffées de toute l'énergie qu'elle contenait, et de manière régulière. Cela était mille fois moins dangereux que dans les régions où elle se libérait violemment de cette énergie trop contenue et qu'elle crachait par la bouche des volcans.

Dans le pays de Julius, on avait sans doute affaire aux mêmes conditions. Ce serait une petite secousse parmi d'autres.

Les garçons revinrent.

— Toutes les cornes ont répondu, on devrait voir arriver les premiers bientôt. Pourvu que ça ne dure pas des heures !

— Avez-vous fait monter les lits supplémentaires au Refuge ?

— Oui, dit Casimir.

— Les vivres de secours commencent à arriver aussi. Laredon a dit qu'il ferait trois fournées de plus. Tout le monde s'y met, ne t'inquiète pas.

Encore une fois, la maison valsa pendant quelques secondes.

« C'est fou comme trois secondes peuvent paraître longues, se dit Pierre. C'est parce qu'on ne sait pas si ça va finir ou non. »

— À la prochaine secousse, on déménage Julius sous la table, dit Blaise.

À peine avait-il prononcé sa phrase qu'une nouvelle secousse fit effectivement trembler la maison.

Blaise et Casimir, visiblement habitués à l'exercice, soulevèrent le matelas de Julius pendant que Mathias empoignait les oreillers, et ils transportèrent avec mille précautions leur père sous la table de la grande pièce.

— Voilà ! dit Mathias en replaçant les oreillers sous la tête de Julius.

— Allez voir comment les choses se déroulent, ordonna Julius à Blaise et à Casimir. Mathias, tu restes ici, avec Pierre et moi. Venez vous asseoir sous la table. Quand ce sera fini, il faudrait bien qu'on mange quelque chose, vous n'avez pas un petit creux ?

— C'est bon signe, l'appétit ! s'exclama Blaise avant de sortir en compagnie de son frère.

— Et si la ville s'écroule ? demanda Pierre, inquiet.

— Nous la reconstruirons, répondit calmement Julius.

— C'est déjà arrivé ?

— Que la ville s'écroule ? demanda Mathias.

— Et que vous ayez à la reconstruire, dit Pierre.

— Jamais, dit Julius. Ce ne sont jamais des secousses assez fortes, mais certaines maisons sont parfois endommagées.

Pierre et Mathias étaient assis de chaque côté de Julius, le menton sur les genoux.

— Vous avez l'air de deux gamins, fit remarquer Julius avec un sourire.

Étendu sur le dos, Morbanville respirait mal. Il souhaita un instant que la prochaine secousse soit si forte que la ville entière disparaisse, et lui du même coup. La ville, le pays, tout. Le gros Simon aussi.

— Mais pas Madeleine ! Pas elle ! gémit-il.

La douleur empirait, il sentit approcher la première phase du délire.

Partout dans la ville, les chefs de quartier s'occupaient de leurs ouailles et vérifiaient si tous ceux qui n'avaient pas besoin d'être dans la rue étaient bien à l'abri chez eux.

Marin était chez Romaine, il ne s'inquiétait pas trop puisqu'il savait que Bérangère et Arno veilleraient à faire descendre tout le monde en vitesse.

Le campement disposait, pour les urgences — ou les grandes sorties —, de deux longues charrettes dans lesquelles les plus petits et les plus vieux pouvaient s'entasser. Deux ânes attelés à chacune les tiraient sans difficulté.

La plupart de ceux qui habitaient en montagne ou dans la plaine de Bagne possédaient aussi des charrettes, généralement tirées par des ânes, mais parfois par des bœufs. Il y avait les chevaux pour les urgences. Bientôt, on entendit les premières charrettes arriver.

Le chef des prud'hommes discutait avec Blaise pendant que Casimir était allé voir si tout se passait bien au Refuge.

— Rentre chez toi ! ordonna le prud'homme d'un ton sévère à Pépin qui passait en courant.

— C'est ce que je fais ! lança le garçon.

— Tu devrais y être déjà, chez toi !

Personne ne s'étonnait que Pépin sillonne les rues. Il était du genre à ne jamais rien manquer, mais ce soir il aurait dû être à la maison.

— J'allais voir Pierre, si vous voulez tout savoir !

— Décidément, celui-là ! s'impatienta le chef des prud'hommes.

Rien ne pouvait laisser prévoir que c'était terminé. Souvent, une deuxième série de secousses, plus fortes, faisait trembler le pays quelques heures après la première.

— Dans une heure, dit le chef des prud'hommes, nous devrions pouvoir commencer le décompte. Espérons que les secousses ne reprendront pas. Votre père est à l'abri ?

— Sous la table avec Mathias et Pierre, ne vous faites pas de souci.

Blaise quitta le chef des prud'hommes pour aller rejoindre Casimir au Refuge. Le soleil était presque couché, on allumait déjà les torches supplémentaires. Tant de lumière éclairait les façades de manière fabuleuse. Dans la grande salle d'entrée du Refuge, d'étroites paillasses et autant d'oreillers étaient posées à même le sol.

Ce n'était pas tant pour les blessés que pour les habitants du versant est de la montagne qui n'avaient personne en ville chez qui passer la nuit. La bande de Marin s'installerait là.

Blaise trouva Casimir en grande conversation avec les docteurs Méran et Poclain.

— Bonsoir, messieurs, dit Blaise.

— À ce que nous dit votre frère, monsieur le grand Magistère se porte mieux ?

— Oui, mais si vous aviez le temps de passer demain, j'aimerais vous consulter. Je crains qu'il n'y ait quelque chose de touché dans la colonne. À condition que la terre ne tremble plus, bien sûr.

— Je passerai, Blaise. Dans la matinée.

Casimir fit signe à Blaise qu'il sortait.

— Tu rentres à la maison ?

— Mais, avant, je passe voir si les repas de secours sont prêts.

— Alors, mon petit du Montnoir, dit le docteur Méran, nous aurons l'honneur de vous accueillir le mois prochain ?

— J'ai vraiment très hâte, répondit Blaise. Y aura-t-il d'autres élèves ?

— Jusqu'à maintenant, il semble bien que non. Vous serez donc notre seul élève. J'adore ces années où un seul se présente ; nous avons alors, le docteur Poclain et moi-même, tout notre temps pour nous occuper de votre formation. Vous nous avez signalé, dans votre demande, que vous souhaitiez vous spécialiser en sciences des naissances, n'est-ce pas ? Puis-je vous en demander la raison ?

— C'est très simple, je conçois mal qu'une chose aussi naturelle que de mettre un enfant au monde puisse se faire dans le malheur et dans la souffrance. Je veux aider les sages-femmes. J'ai entrepris une recherche sur les bébés nés prématurément.

— À propos de recherche, les derniers succès du docteur Méran sauront sûrement vous intéresser.

— Lesquels ? demanda Blaise, curieux.

— Ce serait trop long d'en parler maintenant. Et d'ailleurs, les gens commencent à arriver. C'est la jeune Bérangère, là-bas ?

Bérangère et la bande de Marin faisaient leur entrée dans le Refuge, deux par deux ; Arno fermait la marche. Chacun déposa son petit bagage sur une paillasse. Dans la montagne, tout le monde possédait un baluchon de survie.

Les deux médecins prirent congé de Blaise pour aller s'occuper de la bande de Marin. Blaise quitta le Refuge et traversa la Grand-Place où le chef des prud'hommes recevait le rapport de ses chefs de quartier. Tout se déroulait dans l'ordre.

Sur les pavés, les roues des charrettes résonnaient dans toute la ville. Avec les torches supplémentaires, l'atmosphère était à la fête, on aurait dit un grand rassemblement heureux. Depuis la quatrième secousse, aucune autre ne s'était fait sentir.

Personne n'avait songé à Simon le gros.

Au moment où Anne l'Ancien terminait son discours sur la clause du Point Zéro, l'un des gardes du Parlement était venu signifier à Simon, toujours en attente dans la salle des Audiences, qu'il pourrait rentrer chez lui lorsqu'il aurait signé certains papiers que devait lui remettre l'un des prud'hommes.

Simon avait attendu.

Personne ne s'était présenté et, lorsque la terre avait tremblé une première fois, il s'était jeté sous la longue table.

Considérant que, depuis un long moment, plus rien n'avait bougé, il décida de partir à l'aventure dans le grand édifice.

Dès que les cornes avait mugi, il avait entendu un brouhaha exceptionnel et en avait conclu que chacun rentrait chez soi et que ceux de la montagne descendaient en vitesse.

En cas de tremblement de terre, le personnel du Parlement servait de brigade de secours. Chacun, du plus jeune scribe au plus vieil archiviste, avait une tâche précise, qui au Refuge, qui aux intersections des rues, qui aux quatre coins de la Grand-Place, qui au Trésor ou à la Bibliothèque. Le Parlement se vidait d'un coup ; le seul à rester était le chef des gardes, qui se tenait à la porte d'entrée, veillant à ce que personne n'entre pendant le séisme.

Simon n'avait pas le droit de sortir, mais personne ne lui avait interdit de se promener à l'intérieur de l'édifice.

Il emprunta le vaste escalier de marbre et monta les trois derniers étages. Il commencerait sa visite par le haut et finirait par les caves. Dieu sait ce qu'il pouvait y avoir d'intéressant dans les sous-sols du Parlement !

Il erra pendant un moment de bureau en bureau, sans y

découvrir rien de particulier. Il entra dans la salle des Archives, en fit le tour rapidement lorsqu'il aperçut les innombrables casiers qui montaient jusqu'au plafond. Puis il se mit à la recherche de la salle des Registres.

Il la trouva à l'étage inférieur, fit coulisser les hautes portes de bois sculpté qui en interdisaient l'accès. D'un pas hésitant, il se dirigea vers les casiers regroupés sous la lettre J.

L'ordre alphabétique avait toujours été un cauchemar pour Simon, jamais il n'était parvenu à le connaître par cœur. Après quoi venait la lettre « o » ? La recherche allait être longue et ardue. Jonas, Jomusch, pas de Jocquard ? Il tripotait nerveusement les dossiers. Son front se couvrait de sueur. Il reprit les dossiers, plus calmement, l'un après l'autre.

Il était pourtant bien certain que le nom de sa mère, le sien par conséquent, devait s'écrire avec un « c » et un « q ». Et le « c » venait bien avant le « q »… Tout à coup, il se frappa le front ! C'était limpide : le dossier de sa mère et le sien avaient été temporairement retirés des registres, le temps du procès. Il respira mieux. À moins que…

— À moins que, marmonna Simon entre ses dents, personne n'ait jamais déclaré ma naissance… À moins que je n'existe pas dans les registres. Et ma mère ? Elle a bien existé !

Terriblement angoissé, il sortit de la salle des Registres, renonçant à sa visite du Parlement en solitaire. Il valait mieux qu'il fasse les choses comme il se devait et rentre dans la salle des Audiences, en attendant que quelqu'un lui apporte les papiers à signer pour qu'il ait le droit de rentrer chez lui. Rentrer chez lui ! Chez Morbanville, qui ne lui adresserait pas la parole, qui ne le regarderait même pas.

Soudain, Simon eut faim. En descendant l'imposant escalier, il s'arrêta au troisième. Il reniflait des odeurs de cuisine.

Croyant entendre des voix, il s'arrêta, puis s'avança sur le palier qui contournait l'escalier. C'étaient bien des voix, qui venaient de sa gauche.

Il s'approcha d'une haute porte. C'était là, derrière, qu'on parlait. Une femme et un homme qui conversaient, mais à voix forte comme si l'un des deux était sourd ou qu'ils se parlaient à travers un mur.

— Vous ne voulez vraiment pas me le dire ? demandait la femme d'une voix joyeuse.

— Pas pour tout l'or du monde ! répondait l'homme.

— Il y a de la moutarde, c'est sûr, vous me l'avez dit. Mais vous avez mis dans cette sauce un ingrédient surprenant. Dites-le-moi, je vous en prie, dites-le-moi !

— Je ne livre jamais le secret de mes recettes, rétorqua la voix d'homme en riant. D'ailleurs, je les invente pour vous, ce ne sont même pas des secrets de famille.

Simon recula un peu et leva la tête. Au-dessus de la porte, sur une plaque dorée, il put lire : Salon des Incarcérations. C'était donc là qu'était retenue Attina Niquet ! Et c'était elle qu'il entendait converser joyeusement avec son gardien qui, d'après ce qu'il avait saisi, semblait lui cuisiner des plats délicieux.

À cause de cette fichue clause du Point Zéro, il n'allait pas pouvoir profiter de ce service de choix, puisque tout était reporté, son procès comme tout le reste, et son éventuelle condamnation également ! Il allait rater les sauces à la moutarde et, s'il se fiait à son nez, un dessert aux prunes qui embaumait le palier tout entier.

Il se demandait tout à coup s'il n'avait pas intérêt à séjourner un temps, aux frais de l'État, dans ce salon d'où émanaient de si tentants effluves.

Tout plutôt que d'être l'esclave de Morbanville. Un assassin sans l'être, une sorte de héros d'une cause dont on ne saurait jamais la fin. Et s'il plaidait la folie ? Attina l'avait bien fait, elle, le coup de la démence !

Qu'il serait bien là, pour le reste de ses jours, à ne rien faire, à se laisser servir, et sachant très bien, au fond de son cœur, qu'il n'était pas vraiment coupable.

Il n'était donc pas seul dans le Parlement. Est-ce que madame Attina allait, le soir, faire une promenade dans les longs corridors en compagnie de son gardien ?

Il descendit au deuxième étage et entra, sur la pointe des pieds, dans le bureau de Julius. On avait dû évacuer le Parlement en vitesse puisque aucune porte n'était fermée à clé !

« Ils vont m'oublier, je vais passer la nuit ici, aussi bien faire quelque chose. Où sont-ils, les dossiers ? » se demanda-t-il.

Il eut beau fouiller tous les tiroirs, toutes les tablettes, il ne trouva rien.

Pour une fois qu'il avait accès aux papiers relatifs à sa mère — et aux siens propres —, sans avoir à le demander c'était tout de même triste de ne pas pouvoir les trouver. Combien de fois n'avait-il pas eu envie de savoir ce qu'il était advenu de Madeleine ? Combien de fois n'avait-il pas supplié Morbanville de tout lui raconter ?

La réponse était toujours la même : sa mère avait disparu. Elle était donc morte, mais quand ? « C'est fou, se dit Simon, ce qu'il peut y avoir de gens à qui il manque quelqu'un ! »

Il pensait à Bérangère et à tous ces enfants, sans père ni mère ; à Marin, dont le père avait fait naufrage ; à Pierre et à ses parents en mission ; aux fils du Montnoir, qui avaient perdu leur mère lorsqu'ils étaient enfants. Simon devait avoir vingt ans à la mort d'Élisabeth du Montnoir. Elle était belle, si belle qu'il l'avait identifiée à sa mère à lui. Il rêvait, il souhaitait que sa mère eût été aussi belle qu'Élisabeth. Pas de portrait dans les affaires de Morbanville, rien, même pas une mèche de cheveux.

Depuis toujours, Simon avait cru que Morbanville voulait lui cacher qu'il était son père. Sauf qu'il avait trouvé le papier et avait su s'en servir.

La vérité avait éclaté au grand jour : non, Morbanville n'était pas le père de Simon, mais celui d'un autre enfant, né le 12e jour du 8e mois du 4e mandat de Paulus du Montnoir…

Et à lui, Simon, quelle était sa date de naissance ? Morbanville lui avait toujours dit qu'il ne connaissait pas sa vraie date de naissance et que, tout à fait au hasard, il avait décidé de célébrer son anniversaire le 15e jour du 9e mois. Entre le 12e jour du 8e mois et le 15e jour du 9e mois, que s'était-il passé ?

Il y avait quelque chose de louche là-dessous. Si on ne pouvait plus se fier à la date où l'on avait, toute sa vie, célébré son anniversaire, comment pouvait-on connaître la date de sa propre naissance ? Romaine, c'était écrit noir sur blanc, avait mis au monde le vrai fils Morbanville. Et lui, Simon, s'il était né, par hasard, le même jour ?

Si au moins il avait pu retrouver la partie manquante du document ! Brûlée ! C'est à Romaine qu'il faudrait faire passer un interrogatoire en règle !

Tout à coup, Simon se rendit compte que ses déductions ne tenaient pas debout : que son dossier ne fût pas dans les casiers de la salle des Registres, soit, mais pourquoi le dossier de sa mère n'y était-il pas ? Pourquoi aurait-on eu besoin du dossier de sa mère à son procès à lui ? Où étaient passés les papiers concernant la vie de Madeleine Jocquard ? Il devait absolument exister quelque part des documents qui confirmaient que sa mère était décédée, et d'autres faisant état de sa naissance à lui ! Pourquoi n'avait-il jamais posé plus de questions à Morbanville à ce sujet ?

Parce qu'il était gros, et lent, et imbécile.

Le jour de la flèche anonyme, quelque chose s'était modifié en lui. Au plus profond de lui-même, Simon s'était rendu compte qu'il pouvait être aussi habile qu'un autre et participer aux battues ; il pouvait si bien décocher une flèche qu'elle avait atteint le fils du grand Magistère en plein dans le dos. Pourtant, son intention première n'avait rien à voir avec Mathias du Montnoir. Il décida de remonter là-haut.

Les prud'hommes et les chefs de quartier terminaient le décompte des habitants du pays qui descendaient de la montagne. Ils étaient nombreux, mais tout de même pas légion. La bande de Marin était là au grand complet, Arno et Bérangère avaient bien fait leur travail.

L'appel se faisait simplement : tout le monde se rassemblait sur la Grand-Place, les prud'hommes faisaient l'appel et, ensuite, chacun pouvait se rendre soit dans sa famille, soit chez des amis, ou encore au Refuge.

— Hermas du Montnoir ? appela l'un des prud'hommes. Hermas du Montnoir ! répéta-t-il pour la cinquième fois.

Les prud'hommes échangèrent des regards inquiets.

— Il n'est pas là.

— Vous êtes bien certain qu'il n'est ni chez Julius, ni au Refuge ?

— Tout a été vérifié. Il n'est plus tout jeune, a-t-il même une charrette ? Ou est-ce qu'il tarde un peu, tout simplement ?

Les prud'hommes discutaient pendant que leur collègue poursuivait l'appel.

— Jonas Rabiault, femme et enfant ?

— Présents !

— Lancastre Descôteaux, femme, belle-mère et enfants ?

— Présents !

— Qui a la responsabilité d'Hermas du Montnoir ? Il doit toujours bien y avoir quelqu'un qui est chargé de voir si cet homme a quitté sa maison ? demanda l'un des prud'hommes.

— C'est Pelléas.

— Et il est là, Pelléas ? Pascal, avez-vous vérifié si Pelléas est là ?

— J'y arrive ! C'est dans le secteur suivant, les Pelléas.

Les prud'hommes notaient tout. Finalement, on passa au secteur sud-est de la forêt.

— Pelléas et les personnes à sa charge ?

— Présent !

— Veuillez vous approcher.

Un homme dans la quarantaine, bâti comme une forteresse, s'approcha de l'estrade où se tenaient les prud'hommes.

— Vous êtes descendu avec Hermas du Montnoir ?

— Pas avec lui, derrière lui. Lorsque j'ai vérifié les maisons du secteur, il était déjà parti.

— Vous l'avez vu ?

— Pas seulement vu, je lui ai même parlé sur le chemin. Il m'a dit qu'il descendait avec Édouard, que je n'avais pas à m'en faire et qu'il verrait bientôt la mer. Vous savez bien comment il parle… Vous avez vérifié chez le grand Magistère ?

— Édouard, c'est Édouard Braque ?

— Oui.

— Il est arrivé, dit l'un des prud'hommes. Seul.

Les cinq prud'hommes poussèrent en chœur un soupir d'agacement.

— Où est-il ?

— Chez sa sœur.

— Allez le chercher, s'il vous plaît.

— Et moi ? demanda Pelléas.

— Vous pouvez disposer, merci.

Pelléas s'en fut retrouver les siens.

— Où peut-il bien être passé, ce vieux…

— Soyez poli, Pascal, c'est tout de même le cousin du grand Magistère.

— Cousin ou pas cousin, c'est un vieux faucon.

— Je dirais plutôt que c'est un vieux timide, un vieil enfant. Et pas si vieux que ça, finalement, il a l'air vieux, mais il n'est pas tellement plus âgé que Lacan…

— Henvielle ? appela l'un des prud'hommes.

— Présent.

— Vercors, parents, femme et enfants ?

— Présents.

— Ils y sont tous, sauf Hermas du Montnoir. Dois-je en aviser le chef ?

— Non, faites venir Édouard Braque.

8

Le Berger avait cru qu'Attina Niquet réagirait de manière hystérique à ces secousses répétées. À la première, il l'avait fait sortir du salon des Incarcérations et obligée à se réfugier sous la solide table de chêne de l'antichambre. Ni tremblante ni terrorisée, tout à fait docile, elle l'avait suivi et, comme une spécialiste en matière de secousses, lui avait donné mille conseils.

— Si la prochaine est plus forte, nous sortirons ? avait-elle demandé.

— Ou bien nous descendrons dans les sous-sols, avait proposé le Berger.

— Attendons, nous verrons bien.

Ils étaient finalement restés tous les deux blottis sous la grande table et conversaient comme deux vieux amis.

Le Berger s'étonnait du changement qui s'était opéré depuis la dernière visite du docteur Méran. Intrigué, il se demandait comment aborder le sujet avec Attina.

C'est elle qui, de son propre chef, commença à parler des vertus du traitement.

— Vous savez que cet homme fait des choses merveilleuses ?

— Qui ?

— Méran, la grande asperge ! ajouta-t-elle en riant d'un rire si léger que le Berger la fixa un moment sans répondre.

— J'ai bien vu ça.

— Écoutez, je ne saurais pas vous expliquer les détails de sa méthode, mais il reste que je me sens bien comme jamais.

— Cela se voit, madame.

Elle fit une pause. Le Berger hésitait à demander des détails.

— Ce séjour ici m'a permis de réfléchir, et le traitement du docteur Méran fait des miracles. Cela me permet de me retrancher en moi-même, de faire la paix avec mes colères.

— C'est bien, dit bêtement le Berger.

— Vous savez, je vous ai bien observé. Vous demeurez toujours serein, vous me gâtez avec vos petits plats, vous ne vous impatientez jamais, vous écoutez comme personne… Vous êtes un modèle ! Et s'il me fallait chercher quelqu'un à épouser, je pense bien que c'est sur vous que je jetterais mon dévolu, ajouta-t-elle en lui prenant tendrement la main.

Fabre Escallier frémit légèrement.

Où diable s'en allait-elle ainsi ? Devait-il considérer la dernière phrase comme une vraie demande en mariage ? Elle avait certainement vingt ans de plus que lui ! Ou quinze ? Jusqu'où allait-elle pousser ses fantaisies ? Il eut soudainement envie de la renvoyer dans le salon des Incarcérations et de réinstaller tous les cadenas.

— Que diriez-vous d'une petite promenade ? lui proposa-t-il plutôt.

— Où donc ? demanda Attina, au comble de l'étonnement.

— Ici, à l'intérieur des murs.

— C'est une très bonne idée. Cela nous changera de nos pièces respectives. Vous êtes aussi prisonnier que moi, Escallier, dit-elle avec un sourire coquin.

« À qui le dites vous ! » faillit-il lui répondre.

— Allons-y, ça vous fera du bien ! dit Attina en émergeant de sous la table.

Elle rajusta sa robe, passa une main dans ses cheveux encore bien courts et tendit l'autre à Escallier pour l'aider à se relever.

— Allons-y tout de même sur la pointe des pieds, lui souffla-t-elle à l'oreille. Si quelqu'un nous voyait ! s'exclama-t-elle en pouffant de rire.

Ils s'approchèrent de la porte. Le Berger tendit l'oreille et lui fit signe qu'ils pouvaient sortir. Il entrouvrit doucement la porte.

— Aaaah ! hurla Simon le gros, qui resta figé une seconde avant de détaler comme un lièvre dans le terrier duquel on aurait mis le feu.

— Vous ! s'exclama le Berger en se lançant à ses trousses.

Le Berger bondissait derrière Simon. Attina empoigna sa jupe et, l'air féroce, enfourcha la rampe de l'escalier et se laissa glisser à toute allure. Elle dépassa les deux hommes et vint se placer devant Simon, qui se retrouva ainsi coincé.

— Sale espion ! cria-t-elle. Que faisiez-vous derrière la porte ? Que faites-vous ici ?

Simon la défia du regard.

— Et vous ? Ce n'est pas moi qui suis en tort, c'est vous. À moi, on a simplement demandé de rester à attendre dans la salle des Audiences. Vous, vous êtes prisonnière et…

Il n'eut pas le temps d'achever sa phrase. Attina lui asséna un coup de poing sous le menton. Le Berger sortit la corde qu'il gardait pour ligoter Attina dans l'éventualité où elle perdrait la maîtrise d'elle-même.

Il attrapa le bras de Simon, Attina saisit l'autre.

— Si vous devez être dans la salle des Audiences, dit le Berger en lui attachant les deux bras dans le dos, vous vous êtes trompé d'étage. Venez, je vous y conduis.

— Je vous accompagne ! dit Attina. Ainsi, votre procès a été interrompu ? demanda-t-elle, moqueuse. Je vous avoue que je suis ravie que ce soit vous qui soyez jugé en premier. Mais si on vous trouve coupable, je ne veux en aucun cas partager avec vous le salon des Incarcérations ! Comme c'est moi qui y suis entrée la première, je considère que cette pièce me revient de droit. Le Berger, y a-t-il des cachots dans ce bâtiment ?

Le Berger perçut l'ironie.

— Je crois bien, mentit-il avec plaisir, qu'il reste quelques oubliettes, mais elles doivent être dans un état lamentable ! Depuis le temps que personne n'y a séjourné. Des siècles ! Et puis, il fait un froid de canard là-dedans, il doit même y avoir des rats.

Simon tenta de se dégager, mais le Berger maintenait fermement sa poigne.

— Une tentative d'assassinat, c'est tout de même quelque chose, dit Attina comme si elle se parlait à elle-même.

— Un enlèvement aussi ! grogna Simon le gros.

— Sauf si c'est pour une bonne cause, ironisa Attina en faisant un clin d'œil au Berger.

— Et moi, croyez-vous que je décoche des flèches pour mon bon plaisir ? marmonna Simon.

— Allons, allons, vous n'allez pas me dire que vous avez agi ainsi sur l'ordre de quelqu'un ?

Simon le gros préféra se taire, redoutant de s'empêtrer dans ses mensonges. Toutefois, l'idée était bonne ! Merveilleuse Attina, elle lui fournissait un argument de poids : il avait agi sur l'ordre de quelqu'un ! Et de qui, sinon de Morbanville ? Ah, il tenait là quelque chose !

— Salle des Audiences, terminus ! lança le Berger. Et que je ne vous reprenne pas à errer dans les couloirs du Parlement. Je ne vous fais pas confiance pour deux sous.

— Et vous, vous êtes bien en train d'« errer », comme vous dites ! siffla Simon entre ses dents.

— Madame est sous ma garde. Vous, vous vous êtes échappé. Allez, entrez, que je referme.

Il dut pousser Simon qui résistait un peu. Le Berger referma la porte.

— Des oubliettes, pouffa Attina. Vous n'étiez pas sérieux ?

— Pas le moins du monde. Je vous jure que si jamais Simon le gros doit s'installer dans le salon des Incarcérations, je demanderai qu'on me remplace.

— Tout ce que je vous ai fait subir est donc moins terrible que la présence de Simon ?

— Je n'ai jamais pu le supporter. On dirait un ver blanc.

— Fabre, lança-t-elle en fronçant les sourcils, il peut sortir n'importe quand. Vous n'avez pas refermé la porte à clé.

— Pour la bonne raison que je ne l'ai pas, la clé. Ma prisonnière, c'est vous. De lui, je me moque éperdument. Il aurait beau passer la nuit à se promener, que voulez-vous qu'il fasse de mal ?

— Je ne sais pas, qu'il falsifie des documents, qu'il les détruise, qu'il…

— Il a les deux mains liées dans le dos. Vous ne voulez tout de même pas qu'il falsifie des documents avec ses dents !

Attina éclata d'un joli rire clair.

Édouard Braque s'était expliqué : oui, il avait fait une partie du trajet avec Hermas du Montnoir. En arrivant en bordure de la ville, Hermas lui avait dit qu'il allait se rendre directement chez son cousin Julius.

Le chef des prud'hommes était à la fois rassuré de savoir que le cousin de Julius n'était pas resté dans la montagne, et

inquiet à l'idée qu'il ne soit nulle part. Il fit signe à l'un des pru-
d'hommes d'approcher.

— Pascal, voudriez-vous vous rendre chez le grand
Magistère et vous assurer que son cousin Hermas est bien
arrivé chez lui ? Nous avons vérifié une première fois mais…
Ne dérangez pas Julius, informez-vous auprès de ses fils.

— Ne vous rongez pas les sangs, nous le retrouverons. Je
vais de ce pas chez le grand Magistère.

Le jeune prud'homme partit au pas de course.

Arrivé chez Julius, il frappa discrètement à la porte. Pierre
vint ouvrir aussitôt, essoufflé. Les secousses se faisant plus
faibles, Mathias et lui avaient décidé de réinstaller Julius dans
son lit, ils ne pouvaient pas le laisser, dans son état, sous la table
de la grande pièce. Ils n'avaient pas attendu de savoir ce que
Blaise en pensait. Ils l'avaient transporté à deux car, si Julius
n'était pas très grand, il était passablement lourd.

— Bonsoir, mon garçon, fit Pascal. Tout va bien ? Vous
êtes en sécurité ?

— Tout va bien, monsieur, je vous remercie.

— Dis-moi, est-ce que vous hébergez bien le cousin de
notre grand Magistère ?

— Je… Non. Je…, bafouilla Pierre. Entrez, je vais chercher Mathias.

Pierre fit asseoir le prud'homme sur la petite chaise droite
placée près de l'entrée, traversa le bureau et fit signe à Mathias
de venir.

— Oui ? fit Mathias.

— Bonsoir, dit le jeune prud'homme à voix basse. Je ne
vais pas vous déranger longtemps, je viens simplement m'assurer qu'Hermas du Montnoir est bien chez vous.

— Hermas ? murmura Mathias pour éviter que Julius
l'entende.

— Il devrait être ici, au dire d'Édouard Braque, qui est descendu de la montagne avec lui.

— Vous m'en voyez bien surpris, dit Mathias. Non, je suis désolé, nous ne l'avons pas vu. Voulez-vous que j'en informe mon père?

— Si vous croyez que la chose est possible, je vous en prie.

Mathias le laissa sur sa petite chaise et passa dans la chambre de Julius. Le prud'homme avait beau tendre l'oreille, il n'arrivait pas à saisir ce qui se disait dans la chambre.

— Je regrette, dit Mathias en revenant dans la grande pièce. Mon père n'a eu aucune nouvelle d'Hermas, et cela l'inquiète au plus haut point. Il vous demande de l'aviser dès que vous l'aurez retrouvé. Il souhaiterait aussi qu'il soit logé au Refuge, car nous n'avons pas de chambre disponible. Comme mon père est alité pour un moment, vous comprendrez…

— Je comprends tout à fait, répondit le jeune prud'homme en fronçant les sourcils. Je vous remercie.

Lorsque Mathias revint auprès de Julius, il remarqua à quel point celui-ci avait le teint gris. Julius avait fermé les yeux, on voyait ses maxillaires se contracter par à-coups, il respirait trop rapidement. Ses mains, glacées, agrippèrent celles de Mathias.

Derrière les paupières closes de Julius passaient et repassaient des images incohérentes. Il faudrait bien trouver une manière d'expliquer la situation. Le mensonge ne lui allait pas.

Pourtant, qu'y avait-il de mal à avouer qu'il était monté chez Hermas? Que pouvait-il redouter en racontant comment Hermas s'était rué sur lui? Julius savait qu'on lui demanderait pourquoi il était monté là-haut à l'automne plutôt qu'au printemps comme chaque année et, à cette question, il ne voulait pas donner la réponse.

Depuis qu'il fouillait les documents d'Auguste, l'aïeul mathématicien, Julius découvrait des détails cocasses à propos des frontières du pays. S'il comprenait bien les calculs, s'il en tirait les bonnes déductions, le pays tout entier tiendrait dans une sorte de bulle !

Il avait d'abord cru que la surface du pays était contenue à l'intérieur d'une parfaite circonférence, comme dans une sorte de cylindre, mais à force de fouiller il en arrivait à croire qu'ils habitaient une sphère. Ce que Julius n'arrivait pas à s'expliquer, c'était l'organisation des frontières : comment pouvait-on limiter le ciel ? Ces recherches finissaient par l'obséder.

Au cours des deux dernières semaines lui étaient revenus à l'esprit des commentaires étranges que faisait son cousin Hermas depuis qu'il était tout petit. Il se doutait bien qu'Hermas, avec ses paraboles et ses métaphores, en savait beaucoup plus qu'on pouvait le croire sur l'existence des frontières et d'un certain passage… Mille fois, Hermas avait parlé de « messagers sournois », de « traîtres à châtier » ou de « bêtes galopantes sombrant dans l'invisible » !

Même tout jeune, Hermas parlait de manière telle qu'on en était venu à penser qu'il exagérait tout et que, dans son esprit, un « messager sournois », par exemple, pouvait fort bien n'être que le facteur. Mais Julius en venait à se demander si Hermas n'avait pas, depuis toujours, soupçonné quelque chose d'étrange dans la vie du pays.

Ce qui l'avait frappé, c'est cette courte phrase lue dans les papiers d'Auguste : […] *et le jour où nous pourrons enfin refaire les cartes géographiques qu'a brûlées Morbanville III, nous serons en mesure de mieux connaître ce pays qui est le nôtre.*

Julius s'en voulait. Lui, grand Magistère de ce pays depuis

des années, fils et petit-fils de grand Magistère, il n'avait jamais cherché à savoir où passaient exactement les frontières. Il avait fallu l'arrivée de Pierre pour lui faire mesurer à quel point ils vivaient tous dans une sorte de flou géographique.

« Comment un peuple peut-il vivre sans savoir où commence et où finit son propre territoire ? » La question lui tournait sans cesse dans la tête et finissait par lui faire éprouver un terrible sentiment de culpabilité. La réponse apparaissait, menaçante : « Parce que nous sommes seuls au monde. »

Lorsqu'il avait décidé, le vendredi précédent, de monter chez Hermas, il s'était dit que le seul qui pût comprendre quelque chose à toutes les questions qu'il se posait, c'était lui, Hermas l'ermite, celui qui ne voyait rien comme les autres, celui qui devinait les choses et que jamais personne n'avait pris au sérieux. Hermas savait, Julius s'était senti obligé de monter le voir.

Malheureusement, tout avait bien mal tourné. Et il n'avait pas eu le temps de mettre à l'épreuve les conclusions de ses recherches.

Sans parvenir à ouvrir les yeux, sans oser regarder Pierre et Mathias qui, il le savait, étaient assis de chaque côté de son lit, Julius se disait qu'il devait parler à quelqu'un, mais à qui ?

Il sentit que les deux garçons se levaient et entendit Mathias murmurer à Pierre qu'il valait mieux le laisser dormir. Lorsqu'ils quittèrent la pièce, il souleva lentement les paupières. Ils avaient laissé une bougie allumée. La pièce était doucement éclairée, les ombres dansaient sur le mur, une brise venait du bureau, les garçons avaient dû laisser ouverte la fenêtre donnant sur la rue.

Julius tenta de se soulever un peu en s'appuyant sur son coude droit et tourna légèrement la tête vers la porte donnant sur le jardin.

Tout à coup, son cœur flancha. Incapable d'ouvrir la

bouche, il sentit monter en lui un cri de terreur. Le cri s'amplifiait comme se construit une vague et, soudain, il jaillit comme un geyser. Julius hurlait à la mort : dans la porte vitrée, se dessinait la silhouette d'Hermas !

Mathias et Pierre accoururent dans la chambre. Julius hurlait toujours et montrait, du doigt, la porte.

— Il est là ! murmura-t-il en haletant. Il est là, attrapez-le !

— Il n'y a personne, assura Mathias. Personne.

— Attrapez-le ! répéta Julius.

Mathias sortit dans le jardin, en fit le tour et vérifia la chambre de Pierre. Personne…

Pierre passa la main sur le front moite de Julius. Lorsque Mathias revint dans la chambre, son père fixait toujours la porte de son œil égaré.

— Va vite chercher Blaise, Mathias, il est brûlant.

La terre semblait vraiment avoir décidé de se calmer. Dans les annales du pays, jamais on n'avait subi plus de quatre secousses et, comme dans le cas présent elles étaient allées en diminuant d'intensité, on pouvait se dire que c'était terminé.

Il fallait cependant rester vigilant et ne pas courir les rues pour rien. Le personnel du Parlement, les chefs de quartier et leurs assistants étaient chargés de passer de maison en maison pour vérifier si tout allait bien, si des fissures n'étaient pas apparues, si les occupants n'avaient pas entendu de craquements suspects.

Au centre de la Grand-Place, le chef des prud'hommes s'entretenait avec les chefs de quartier, leur donnant ses dernières instructions.

Du fond de la place, il vit venir Blaise et lui fit signe. Mais, plutôt que de le rejoindre, Blaise s'arrêta tout à coup, revint sur ses pas et se glissa lentement sous les arcades devant la Bibliothèque.

Curieux, le chef des prud'hommes observa son manège. Blaise du Montnoir voulait-il l'éviter ? Il aperçut une ombre qui passait entre deux piliers. Blaise suivait quelqu'un ; il fit un signe discret au chef des prud'hommes qui, aussitôt, comprit qu'il devait rester aux aguets.

— Tenez-vous prêts, dit Antonin aux chefs de quartier. Il se passe quelque chose sous les arcades.

Au même instant, l'ombre surgit en zigzaguant sur la Grand-Place, les bras au ciel, Blaise à ses trousses. Les chefs de quartier coururent aussitôt vers l'homme qui s'enfuyait comme un animal affolé.

— Ne lui faites pas de mal, cria Blaise. C'est Hermas du Montnoir.

Les hommes eurent tôt fait de cerner le pauvre homme. Blaise arriva en courant.

— Ne crains rien, Hermas, ne crains rien. C'est moi, Blaise, le fils de Julius.

Hermas tremblait comme une feuille et marmonnait des paroles incompréhensibles.

— Votre père a demandé qu'il soit hébergé au Refuge, dit le chef des prud'hommes.

— Sans vouloir aller contre la volonté de mon père, je préférerais qu'il soit logé chez nous.

Agité de tremblements, Hermas regarda Blaise, puis les chefs de quartier, puis le chef des prud'hommes. Ses yeux se posèrent encore sur Blaise.

— Je ne vous connais pas, grogna-t-il. Et puis… Et puis…

— Tu ne m'as pas vu depuis si longtemps, fit remarquer Blaise. Ne crains rien, Hermas. Je suis bien le fils de Julius.

— Julius n'a pas de fils! cria très fort Hermas. Julius a les cheveux longs et il n'a pas de fils! Il y a un faux Julius, méfiez-vous de l'homme chauve, tonna-t-il encore comme s'il leur annonçait une malédiction.

Blaise lança au chef des prud'hommes un regard lourd de questions. Qu'est-ce que c'était que ce charabia? « Méfiez-vous de l'homme chauve! » Julius était chauve depuis belle lurette, il avait trois fils et Hermas les connaissait très bien. Il avait perdu la raison.

— Qu'en pensez-vous? murmura-t-il à l'oreille du chef des prud'hommes.

— Cela ne me dit rien de bon.

— Étant donné l'état de Julius, je crois que je ferais mieux de le faire installer à l'infirmerie du Refuge, sous surveillance. Mon père a sans doute ses raisons de refuser l'hospitalité à ce pauvre Hermas.

— Je demanderai au personnel de veiller sur lui de manière toute particulière. Je me charge d'aller l'y conduire. Venez, monsieur Hermas, dit gentiment le chef des prud'hommes en prenant Hermas par le bras.

— N'oubliez pas que la terre a parlé, elle a parlé! cria Hermas. Le Cyclope est venu et la terre a parlé!

— Nous n'oublions pas, monsieur, nous n'oublions pas du tout, dit le chef des prud'hommes, escorté par deux chefs de quartier.

Au moment où il emmenait Hermas en direction du Refuge, Mathias arriva sur la place en courant, prit Blaise par la main et le pria de le suivre en expliquant rapidement que Julius était au plus mal.

Tout était maintenant si calme que les pas des deux garçons résonnèrent comme dans une ville abandonnée.

MERCREDI

1

Pierre ne prit même pas le temps de se laver. Il traversa le jardin, entra dans la cuisine sur la pointe des pieds et pointa le nez dans la chambre de Julius. Blaise s'était endormi à même le sol, enroulé dans une couverture de laine, et Julius respirait calmement.

Il se retira aussi discrètement qu'il était entré et s'en fut aussitôt chez Laredon chercher les brioches du matin.

— Comment va notre grand Magistère ? lui demanda joyeusement Laredon.

— Il dort.

— Mais il va mieux ?

— Beaucoup mieux.

— Alors, s'il va mieux, il mangera ce matin une brioche au caramel de miel.

Pierre ouvrit de grands yeux curieux.

— C'est une nouvelle recette ?

— Non, c'est la brioche des grands jours, et comme nous sommes au lendemain d'un tremblement de terre, j'ai cru bon de préparer le meilleur. J'en ai fait une grosse pour Julius.

— Et le caramel de miel, qu'est-ce que c'est ?

— C'est un miel caramélisé, tiens ! Au fond du moule, je verse du miel que j'ai fait bouillir jusqu'à ce qu'il devienne roux, et avec le beurre de la brioche, ça te fait, mon Pierre, un sirop inégalable ! Tu verras. Tiens, prends-en donc une petite tout de suite.

Pierre mordit dans la brioche. Il n'avait jamais rien mangé d'aussi bon. Laredon enveloppa une brioche grand format dans un papier immaculé.

— Régalez-vous, mes enfants ! Ce n'est pas tous les jours que j'en fais !

— Merci, c'est délicieux. Je sens que si vous en faisiez tous les jours, le pays entier gagnerait bien des kilos.

— Des quoi ? demanda Laredon.

— Des livres ! Le pays entier gagnerait du poids.

— Tu exagères ! fit Laredon en riant.

— Bonjour, Anatolie, dit Pierre en voyant apparaître la fille aînée du boulanger au pied du petit escalier qui montait à l'étage où habitait la famille Laredon.

Ses longs cheveux bouclés encore tout emmêlés lui donnaient l'air d'une fille de pirate. Dans les contes, les filles de pirates étaient toujours belles, bonnes et braves.

— Bien matinale, ma fille ! lui lança Laredon en riant.

— Ça va, Pierre ? demanda-t-elle d'une voix paresseuse.

— Ça va comme le lendemain d'un tremblement de terre.

Elle lui sourit et tendit la main vers les brioches, choisit la plus petite et mordit dedans sans cesser de sourire, sans quitter Pierre des yeux.

— Bonne journée ! leur souhaita-t-il à tous les deux.

La ville était merveilleusement paisible. Les premières lueurs du jour soulignaient encore plus qu'à l'habitude la blondeur de la pierre des maisons. Il était encore tôt, il décida de faire le détour par les remparts.

Pierre n'aimait rien tant que de s'accouder au muret de briques rouges et de regarder la mer vibrer sous le vent léger. Ce matin-là, c'était une mer couleur de cuivre ; une heure plus tard, elle prendrait ses teintes de bleu.

Il traversa la Grand-Place, déserte à l'exception de trois dames qui promenaient leurs chats. Sans doute des amies de Romaine.

Il s'emplit les poumons de l'air frais du matin. En passant devant le Parlement, il crut entendre un léger sifflement. Pourtant, il n'y avait personne, à moins que, sous les arcades…

— Par ici ! ordonna une voix.

Pierre se retourna et découvrit, dans l'un des larges décrochés de l'entrée du Parlement, Simon le gros, debout, les mains dans les poches, qui le fixait de ses yeux de crapaud.

Faisant mine de ne pas le voir, Pierre poursuivit son chemin, mais Simon le gros insista.

— Je t'ai dit de venir ici ! fit-il, bourru. J'ai à te parler.

Pierre n'allait tout de même pas se sauver, mais il n'avait pas envie d'entendre ce gros homme.

— Il *faut* que je te parle.

Pierre s'approcha. Que faisait là Simon le gros, si tôt le matin ? Il avait le menton bizarrement enflé.

— Ne fais pas de bruit. Je ne devrais pas être ici.

Il le laisserait parler jusqu'à ce qu'il s'embourbe. Où donc était le chef des gardes ? Sans doute à l'intérieur à faire sa ronde, mais il était assez surprenant de voir Simon le gros prenant le frais à six heures du matin sans aucune surveillance.

— Une vraie bénédiction que tu sois là ! murmura Simon en agrippant Pierre par le bras.

Pierre se dégagea brusquement, protégeant sa brioche.

— Vous voulez encore vous faire mordre ? demanda-t-il.

Simon fit comme s'il n'avait pas entendu.

— J'ai une faveur à te demander, chuchota le gros homme. Ne pose pas de question, ne cherche pas à savoir pourquoi je t'adresse une pareille requête. Tout ce que tu as à faire, c'est de parler de ma part à Julius.

« Pourquoi ne le fais-tu pas par écrit ? » eut envie de lui demander Pierre.

— Je peux compter sur toi ?

Sans répondre, Pierre fixa durement Simon le gros, espérant faire fondre son assurance.

— Écoute, c'est très important. Il faut absolument que tu fasses comprendre à Julius que je ne suis pas à la solde de Morbanville. Il faut que tu lui dises que je suis prêt à me mettre à son entière disposition.

Pierre continuait à fixer Simon qui, toutefois, ne perdait rien de sa détermination.

— Personne ne doit être mis au courant. Tu es le seul, ici, à qui je peux me confier.

Pierre recula d'un pas.

— Tu as bien compris ? Dès le procès terminé, dès ma peine purgée, et elle sera légère, rassure-toi, j'ai bien préparé ma défense, dès que je suis libre, Julius peut compter sur moi. Toi aussi. Je veux te protéger, comprends-tu ? Tu peux me mordre tant que tu veux, je suis là pour toi. Et, ajouta-t-il en baissant tellement la voix que Pierre eut peine à l'entendre, dis-lui aussi que je sais des choses qui pourraient grandement l'intéresser.

Simon le gros approcha la main de la tête de Pierre, comme pour lui ébouriffer les cheveux.

Du tranchant de la sienne, Pierre lui porta un tel coup que Simon dut retenir un cri de douleur.

Le gros disparut à l'intérieur du Parlement, le sourire aux lèvres et un doigt sur la bouche.

Pierre souhaita de tout cœur que le chef des gardes le découvre et le renvoie là où il devait être.

Non, il n'allait pas parler à Julius. Cet imbécile de Simon n'avait qu'à le faire lui-même.

Le gros homme avait l'air d'être l'esclave heureux de Morbanville, il faisait montre d'une candeur qui ressemblait à une idiotie sans bornes, et voilà que, depuis la veille, il adoptait une attitude fière, trop fière, arrogante même, au procès d'abord, et que maintenant, Julius pouvait compter sur lui ! Et pourquoi donc ? Parce qu'il voulait se racheter ? Parce qu'il n'était plus protégé par Morbanville ? Alors pourquoi lui, Pierre Moulin, pourrait-il compter sur ce gros escargot ?

Trop de questions. Pas de réponses.

Lorsqu'il arriva à la maison, Mathias était déjà debout et préparait une grande casserole de lait chaud.

— Brioche au miel caramélisé en l'honneur du tremblement de terre, dit Pierre. Comment va-t-il ?

— Il dort, et Blaise aussi. Toi, ça va ? demanda Mathias à son tour.

Pierre hocha la tête.

— Non, ça ne va pas, ça crève les yeux, reprit Mathias. Sois franc, tu as mal dormi ?

— C'est ça, marmonna Pierre. J'ai très mal dormi.

— Ne t'en fais pas, Julius va s'en sortir.

Pierre soupira profondément, la tête ailleurs.

— Tu la déballes, ta brioche ?

La voix de Mathias le ramena à la réalité.

— Nerveux, mon Pierre ! Allez, donne-moi ça.

Quand Mathias défit le paquet, le parfum du caramel le fit sourire de plaisir.

— Rien que pour ça, les tremblements de terre valent la peine ! fit Mathias.

Blaise apparut, les cheveux ébouriffés.

— Heureusement qu'il y en a un qui se lève plus tôt que les autres, dit-il avec un sourire. Ça sent bon ! La fièvre est tombée, poursuivit-il. Je n'arrive pas à m'expliquer cette poussée subite. Je passe tout de suite chez Poclain. Tout cela m'inquiète énormément.

— Et pour que tu t'inquiètes, toi ! s'exclama Mathias.

— Qu'est-ce qu'il a ? murmura Pierre. Tu le sais, Blaise ?

— Je croyais le savoir, mais je ne le sais plus. Je verrai tout ça avec Poclain.

— Il dort ? demanda Mathias.

— Comme un bébé. On ne dirait jamais qu'il a passé la moitié de la nuit à délirer.

— Il délirait vraiment ? demanda Pierre.

— Il semblait complètement affolé et ne cessait de répéter qu'« il » allait encore apparaître.

— Comme s'il avait vu quelqu'un, expliqua Mathias. On aurait vraiment dit qu'il avait vu quelqu'un.

— Impossible, dit Casimir qui arrivait au pied de l'escalier. Nous avons fouillé le jardin, il n'y avait personne.

— Pas de traces non plus ? demanda Pierre.

— Des traces ! Entre les nôtres et celle d'un étranger, comment veux-tu faire la différence !

— Peut-être, dit encore Pierre, que la personne qu'il a vue s'est faufilée par le trou dans le muret.

— Pour ça, il faudrait qu'il connaisse bien les lieux, dit Blaise.

— Ou qu'il ait eu de la chance, ajouta Casimir.

— Qui a eu de la chance ?

Ils sursautèrent tous les quatre. Appuyé contre le mur, à côté de la porte de son bureau, Julius les regardait en souriant.

— Vous en faites, des têtes ? Il y en a pour moi, de la brioche ? Vous fêtez quoi, les garçons ?

Lorsque Bérangère s'éveilla, elle mit un moment à se rendre compte qu'elle n'était pas dans son arbre. Il y avait eu plus de peur que de mal, le tremblement de terre n'avait finalement pas été si terrible, on avait déjà vu pire.

Autour d'elle, ils dormaient tous encore, même Marin, qui se vantait de toujours s'éveiller avant le soleil. Les jumelles dormaient dos à dos, le pouce dans la bouche.

Bérangère porta la main au petit étui que lui avait offert Romaine. Comment allait Pierre ?

Elle s'étonnait d'éprouver encore à son égard autant de réticence. Certains jours, elle n'avait qu'une envie : passer toute la journée avec lui, aller nager avec lui, faire les courses, parler de tout des heures durant sur les remparts, couper du bois dans la forêt, n'importe quoi, mais *avec* lui.

Puis venaient ces pensées noires qui l'assaillaient souvent le soir quand elle s'endormait, et qui, au matin, lui enlevaient tout désir de le voir.

Elle n'avait jamais pu s'empêcher de croire que celui qu'elle avait appelé dès leur première rencontre « le garçon aux yeux de braise » ne pouvait venir que d'ailleurs. Mais d'où ? Bérangère n'arrivait pas à se sortir de la tête qu'il était peut-être véritablement un Lunien, l'un de ces morts qui parfois reviennent sur terre. Il avait tenté de rentrer chez lui par la Grande Pierre, c'était donc ça, le chemin des Luniens.

Tout ce qu'il lui avait raconté sur sa famille, sa maison, sa vie là-bas n'était peut-être que mensonges.

Elle avait beau retourner la chose dans tous les sens, se

convaincre que Pierre était un garçon comme les autres, elle n'y parvenait pas. Et s'il venait d'ailleurs, où était cet *ailleurs* ? Il était beaucoup plus simple de croire, comme l'affirmait Julius, qu'il venait de la montagne et que ses parents étaient quelque part en mission. C'était faux, elle le savait.

Bérangère s'impatientait sur sa paillasse. Elle n'osait se lever, de peur de réveiller les autres, mais elle aurait voulu courir chez Julius d'abord, chez Romaine ensuite.

Pour l'instant, l'incertitude était si grande dans le cœur de Bérangère qu'elle en perdit l'envie de voir Pierre.

Elle le regarderait de travers et, tout de suite, il se douterait qu'une fois de plus elle le considérait comme un être trop bizarre pour qu'on lui adresse la parole.

Bérangère inspira profondément pour tenter de dissiper l'impression d'étouffement qui s'emparait d'elle.

La vieille Lorca toussa quelques fois de suite ; elle se retourna sur le côté, fit un clin d'œil à Bérangère qui, aussitôt, se sentit mieux. Lorca se leva la première ; enveloppée dans sa couverture, elle avait des allures de fantôme. Les jumelles s'éveillèrent à leur tour et, bien vite, toute la bande ouvrit les yeux.

Bérangère s'empressa de s'habiller sous la couverture.

— Tu veux bien que je passe chez ta mère ? demanda-t-elle à Marin.

Il posa sur elle un regard tendre.

— C'est gentil, Bé. Dis-lui que j'irai la voir avant de remonter au camp.

Morbanville n'avait pas dormi de la nuit. Personne n'avait ramené Simon du Parlement. Il n'était pas normal qu'on le garde puisque la clause du Point Zéro annulait tout.

Passer la nuit tout seul chez lui, sans Simon pour veiller au grain, lui avait fait éprouver un grand sentiment de malaise. Le Prince savait très bien d'où lui venait cela : il était vieux.

Il était vraiment trop vieux pour vivre seul, la présence de Simon lui était indispensable. Il sortit sur la terrasse et regarda la ville à ses pieds. Les brumes s'effilochaient, les oiseaux chantaient, des chats amoureux gémissaient au loin, la vie reprenait comme si de rien n'était. Le lendemain de ses obsèques, ce serait sans doute un peu la même chose : *exit* Morbanville, la vie reprendrait une fois de plus.

La ville était bien calme, mais lui ne l'était pas.

Il se sentait pris à son propre piège. L'enfant avait quarante ans, comme Simon. Morbanville n'avait jamais réussi à oublier ce qu'il avait fait subir à Marie Chesnevert. Il savait que jamais Romaine ne lui révélerait l'identité de ce fils abandonné, ce prince abandonné. Ce soir, il aurait aimé retourner en arrière.

Et ce damné papier à demi calciné dans la main de Simon, dans la main du prud'homme…

Je soussigné Charles-Éloi de Morbanville déclare par la présente…

Il s'en souvenait comme si c'était hier : debout devant la grande cheminée du château, il l'avait lancé dans les flammes et avait aussitôt regretté son geste. Sans prendre la précaution de se servir du tisonnier, il avait plongé la main dans le feu, trop tard : le document se défaisait en fragiles volutes noires. Il n'en était resté que la moitié. Et il l'avait gardée. Pour entretenir le remords ?

Ce soir-là, il y avait juste un peu plus de quarante ans, Morbanville avait pris la décision de quitter le château et de n'y jamais revenir ; trop de mauvais souvenirs s'y étaient accumulés, s'accrochant aux murs pour mieux le narguer.

Malgré le poids du passé, l'important, c'était aujourd'hui.

C'était de comprendre pourquoi Simon avait brandi ce document devant le chef des prud'hommes. Il avait sans doute fouillé la maison de fond en comble, le gros Simon, et depuis des années. Il avait dû découvrir bien des choses. Aujourd'hui, il se vengeait.

Morbanville sentit son œil gonfler, une douleur sourde, insupportable.

Dans le petit matin, des colonnes de fumée montaient de quelques cheminées, il faisait plus frais que les derniers jours. Il frissonna et revint à l'intérieur.

De peine et de misère, il descendit à la cuisine ; il n'avait rien avalé depuis la veille. Il versa un peu de lait dans un grand bol dans lequel il émietta un reste de pain rassis. Les réserves étaient presque à sec, il fallait à tout prix qu'il sorte faire les courses, mais il n'en avait pas le courage.

Blaise comprenait de moins en moins l'état de son père. La veille, il était secoué par une terrible fièvre, et voilà que ce matin, il rayonnait, mangeant avec appétit la brioche au caramel.

— Je me sens mieux, oui, oui, je me sens vraiment mieux, affirma-t-il aux quatre garçons.

— Je vais tout de même faire venir le docteur Poclain.

— Je te l'interdis bien ! rétorqua Julius. M'avez-vous déjà vu malade ? Non, n'est-ce pas ? Alors, considérez que je suis guéri.

« Non seulement il se dit guéri, songeait Pierre, mais il a l'air en pleine forme et il est d'une bonne humeur à faire peur. »

— Je dois m'occuper de tant de choses, poursuivit Julius. Je n'ai simplement pas le temps d'être malade.

— Mais ta jambe…

— Je m'arrangerai bien pour qu'elle fonctionne.

— C'est plus sérieux que ça, Julius, dit doucement Blaise. Tu termines ta brioche et tu retournes t'étendre.

— Depuis quand me donne-t-on des ordres dans cette maison?

— Depuis que tu nous énerves avec ta bonne santé, répondit Casimir en riant. Si tu te voyais!

— Justement, je ne me vois pas et c'est tant mieux. Et puis… Apporte-moi donc le miroir, je suis curieux.

Casimir décrocha le petit miroir carré du mur de la cuisine et revint vers Julius.

— Tiens!

Le grand Magistère eut un mouvement de recul.

— Quelle horreur! murmura-t-il. Vous m'avez vu?

Les garçons éclatèrent tous de rire, sauf Blaise.

— Vous savez si tout le monde a répondu à l'appel, hier soir?

— Tout le monde était là, ne t'en fais pas. Hermas est au Refuge.

Julius fronça les sourcils. Il revit tout à coup la tête s'encadrant dans la porte.

— Au Refuge?

— À l'infirmerie. Il est secoué.

« Secoué! » se dit Julius.

— Ça va, Pierre? demanda Blaise qui l'observait du coin de l'œil.

Pierre hocha la tête, incapable d'avaler sa bouchée de brioche.

« Si tout le monde a répondu à l'appel, se dit-il, est-ce que cela signifie que mes faux parents auraient dû être au rendez-vous? Julius, oh, Julius, dans quelle stupide aventure m'avez-vous jeté! »

Il posa sur Julius un regard plein d'appréhension. « Il faut que je vous parle ! » lançaient ses yeux comme un message muet.

— Quelle nuit ! Mais quelle nuit ! dit Julius en regardant Pierre. Hermas est au Refuge ? ajouta-t-il en mordant nerveusement dans sa part de brioche.

— Il a terriblement vieilli, fit remarquer Mathias. On dirait qu'il a dix ans de plus que toi.

— Et pourtant, c'est lui le plus jeune.

Le regard de Julius semblait fuir quelque chose.

— Il faut que je le voie avant qu'il reparte dans son antre, là-haut, dit-il en changeant subitement de ton.

— Tu frissonnes, lui dit Blaise. Tu vois bien qu'il te faut encore du repos.

— Pas du tout, c'est un petit frisson ridicule, dit Julius avec un sourire forcé.

— Tu vas te reposer encore, ordonna Blaise d'une voix qui surprit tout le monde tant elle était autoritaire.

— Et si je me reposais au jardin ? Ça, vous me le permettez, mon jeune docteur ?

Blaise ne put qu'acquiescer ; si Julius restait couché trop longtemps, il finirait par se fâcher et cela ne contribuerait pas à la guérison.

— Va pour le jardin. Mais sache que tu dois t'étendre pour ne pas empirer l'état de ton dos.

— Installez le lit de corde, alors ! Je m'y balancerai doucement, personne ne pourra venir me gronder.

Pierre conclut que ce « lit de corde » dans lequel on pouvait se balancer devait être un hamac. De fait, Casimir tira du coffre le fameux lit et, avec l'aide de Mathias, sortit l'installer dans le jardin ; c'était bien un hamac.

— Jusqu'à quand devrai-je me reposer ? demanda Julius à Blaise.

— Jusqu'à ce que tu aies repris des forces et que ta jambe réponde aussi bien qu'avant. Poclain va venir, que tu le veuilles ou non.

— Et le travail ? Qui va le faire, tout mon travail ?

— Ce ne sont pas quelques jours de congé du grand Magistère qui vont empêcher le pays de tourner ! marmonna Blaise. Tout est sous contrôle, la clause du Point Zéro permet à tout le monde de respirer, le tremblement de terre n'a pas causé de dégâts sérieux. Tu te reposes sans discuter. Antonin veille au grain.

— Et vous, dit Julius aux quatre garçons, vous faites quoi, de votre journée ?

— Nous sommes de corvée, dit Casimir. Au Refuge. Le retour est prévu pour huit heures demain matin, si la terre n'a pas manifesté de signe de violence d'ici là.

— Et toi, Blaise ?

— Je donne un coup de main à Méran et à Poclain.

— Pierre, tu es de corvée aussi ?

— Non. Je reste avec vous, je fais les courses et le ménage, je m'occupe des repas…

— Mais je peux fort bien…, commença Julius.

— Tu peux fort bien, mais je te l'interdis, coupa Blaise. Tout est arrangé, Pierre reste avec toi pendant que nous allons travailler. Pas de discussion ! Non mais, tu te rends compte, Julius, de la gravité de tes blessures ?

Julius n'osa répliquer ; il n'aurait pas le dernier mot et il le savait. Il ajouta tout de même :

— Assure-toi, Blaise, qu'Hermas ne remontera pas chez lui tant que je ne l'aurai pas vu.

En nettoyant la table, Pierre songea que tout cela tombait fort bien : il disposait enfin de quelques heures à passer seul avec le grand Magistère et cela faisait tout à fait son affaire.

— Pierre, appela Julius dès que ses fils furent sortis.

Julius s'était allongé, prouvant ainsi qu'il savait parfois obéir.

— Tu m'accuseras de désobéissance, mais je voudrais que tu sortes pour une petite heure. S'il te plaît.

Pierre lui sourit sans répondre. Julius se servait de la complicité qui les liait l'un à l'autre pour abuser de la confiance des trois garçons.

— Une petite heure ! répondit-il. Et s'il vous arrive quelque chose pendant cette petite heure ? Blaise m'en tiendra responsable et il aura parfaitement raison.

— Une seule petite heure ! supplia Julius.

— Vous n'êtes pas sérieux, ça, je le sais. Mais vous m'obligez à désobéir autant que vous.

— Je te jure que je ne sortirai pas de la maison. D'ailleurs, comment veux-tu que je me montre ainsi ? J'ai l'air d'un vieux crapaud.

Pierre haussa les épaules ; le chantage de Julius l'énervait, mais il n'osait refuser.

— J'ai besoin d'une heure au maximum.

— Pour faire quoi ? demanda Pierre.

Julius éclata de rire.

— Si je pouvais te le dire, je ne te demanderais pas de sortir. Allez, ouste !

— Pas une minute de plus ! Et si je rencontre Blaise, ou Mathias, ou Casimir ?

— Tu leur diras que je t'ai envoyé acheter des tomates, que j'en avais férocement envie, tiens ! dit Julius en riant.

Il avait réponse à tout.

— Et si je reviens avant une petite heure, je vous prendrai en flagrant délit de quoi ?

— Tu verras, si cela se produit. N'oublie pas les tomates !

Pierre passa rapidement dans sa chambre, ramassa son tricot et sortit rapidement de la maison. Il irait tricoter à la Gravette, à l'abri des regards.

Julius le laissa partir, la joie au cœur. Pas une minute il n'avait été seul, vraiment seul. Pas un instant on ne l'avait oublié. Sous haute surveillance depuis… depuis dimanche, était-ce bien depuis dimanche ?

Personne dans la maison. Le silence, la paix totale.

— Tu rentreras chez toi, petit ! cria-t-il à tue-tête. Je m'en charge ! Tu ne peux pas savoir à quel point cela m'importe !

Personne ne pouvait l'entendre, mais il avait dit ce qu'il avait à dire.

2

Lorsque le chef des prud'hommes entra au Parlement, il n'était pas encore sept heures. Il s'empressa d'aller vérifier si Simon le gros était toujours dans la salle des Audiences. Comment avait-il pu oublier de signer les papiers qui permettaient à Simon de rentrer chez Morbanville ? Trop d'événements, trop de soucis quant à l'état de Julius, trop de chats à fouetter dans le même court laps de temps... Il s'en voulait terriblement, mais se rendait bien compte qu'il était seul à gérer une situation bien trop complexe.

Après le calme qui avait suivi la dernière secousse, il avait cru pouvoir s'accorder quelques heures de sommeil. Mais il s'était éveillé au bout d'à peine une demi-heure, alerté par sa propre inconscience : il avait complètement oublié de préparer les papiers de sortie de Simon le gros, qui aurait pu s'évader cent fois pendant la nuit sans que personne ne le remarque.

Simon était là, assoupi à même le sol, couché sur le dos, sa veste roulée sous sa tête en guise d'oreiller, les traits détendus, aussi paisible qu'un bébé.

— Vous pouvez partir, dit-il au gros corps endormi. Signez ici.

Simon ouvrit les yeux et, d'un bond, se mit sur ses pieds en voyant le chef des prud'hommes.

— Excusez-moi, pardon, marmonna-t-il en ajustant ses vêtements.

— Rentrez chez vous immédiatement. Vous n'avez rien à faire ici, nous reprendrons le procès plus tard. Allez, signez !

— Pourquoi ? fit Simon. Vous ne pouvez pas me faire ça !

— Vous n'avez pas de conseils à me donner. Vous rentrez chez vous et nous vous aviserons plus tard du cours de ce procès. Pour l'instant, sortez.

Simon crut bon insister.

— C'est absurde ! J'ai le droit d'être jugé ! Vous faites de moi ce que vous voulez ! Vous ajournez mon procès, vous m'abandonnez ici pendant un tremblement de terre, et vous rentrez comme ça, mine de rien, pour m'annoncer que je dois quitter les lieux !

« Décidément, se dit le chef des prud'hommes, il n'est jamais content… »

— J'exige que le procès suive son cours ! tonna Simon.

— Vous n'exigez rien du tout. Nous sommes sous le coup de la clause du Point Zéro.

— Ah bon ? fit Simon, estomaqué.

Rien n'allait plus comme prévu. Alors qu'il espérait déloger Attina et purger sa peine dans le salon des Incarcérations, voilà qu'il devait rentrer chez lui. Chez Morbanville ! Il n'en était pas question. Jamais il n'allait remettre les pieds dans cette maison.

— Je viens de faire aviser monsieur le Prince que vous rentrez à la maison.

— Mais…

— Il n'y a pas de « mais » qui tienne, vous signez, vous sortez et vous rentrez chez vous.

Simon fut bien obligé d'obtempérer : monsieur le chef des prud'hommes était de fort mauvaise humeur, et il aurait été bien inutile de poursuivre la discussion.

Déçu tout autant qu'atterré, Simon sortit la tête haute et prit le chemin de la maison de Morbanville.

Si au moins il était parvenu, au cours de cette étrange nuit, à mettre la main sur le dossier de sa mère… Saurait-il enfin, un jour, ce qu'il était advenu d'elle ? Il ne lui restait qu'une chose à faire : cuisiner Morbanville, le presser comme un citron, lui tirer les vers du nez, le soumettre à la question sans la moindre pitié jusqu'à ce qu'il lui dise enfin qui était Madeleine Jocquard.

Dans la ville, tout le monde se remettait de ses émotions, tous sauf Zénon. Mat lui trouvait l'air si épuisé qu'elle avait décidé de distribuer elle-même le courrier, mais ce jour-là, il n'y en aurait pas : le tremblement de terre avait modifié l'ordre des choses. C'était une sorte de jour de congé pour tout le monde. La vie allait reprendre véritablement le lendemain ; en attendant, on espérait que la « secousse du lendemain » n'aurait pas lieu.

Zénon n'avait réussi à dormir qu'une heure ou deux à la fois. Depuis qu'il avait découvert la peau de loup tachée de sang, il vivait dans une angoisse permanente. Pourquoi lui ? Pourquoi est-ce qu'il avait été le seul à voir de loin ce loup bipède ? Pourquoi était-ce lui qui avait trouvé la peau ?

Il retrouvait ses frayeurs d'enfance, sombrait dans des cauchemars atroces ; il se voyait poursuivi par une bête énorme qui hurlait dans son dos. Il avait eu l'impression qu'un tremblement de terre lui secouait l'âme et, quelques heures plus tard, la terre avait tremblé pour vrai. Que se passait-il dans ce pays tranquille ? Rien ne tournait plus comme avant.

En veillant sur les jumeaux, Zénon avait eu les larmes aux yeux. Il se sentait aussi démuni, aussi fragile qu'eux. Et Mat, forte comme pas une, décidée à sauver l'âme de son Zénon bouleversé ! Elle était prête à prendre la relève, à s'occuper de tout, de la maison, des enfants, des oies et du courrier.

Il devait bouger, émerger de ce marasme, éloigner les pensées noires qui lui tournaient sans cesse dans la tête.

Trop de choses incompréhensibles à la fois. Et à tout moment, ces images du loup à deux pattes qui marchait, courbé en deux…

Zénon s'étendit sur son lit. La voix de Mat le rassura : elle racontait aux jumeaux une histoire de mer.

L'atmosphère était des plus étranges, presque personne dans les rues, une lumière voilée, un vague parfum de soufre. Simon traversait la ville la tête haute, bien décidé à montrer à tous qu'il n'était pas l'imbécile qu'ils croyaient. Les rares personnes qu'il rencontra le suivirent du regard.

Tout à coup, il comprit.

Le chef des prud'hommes l'avait laissé repartir sans escorte, et cela l'avait étonné. La raison en était fort simple : il serait facile d'interroger ceux qui l'avaient croisé et de leur demander s'il était ou non rentré directement chez Morbanville.

Simon devait rentrer à la maison, sinon on se mettrait à ses trousses. « À la maison », des mots qui ne signifiaient plus rien. Morbanville le regarderait de haut, ne lui adresserait même pas la parole.

Devant la maison du Prince, Simon hésita. Puis, d'une main soudainement timide, il appuya sur le bec-de-cane. Sa belle assurance l'abandonnait, il sentait que, dès qu'il apercevrait Morbanville, il ramperait comme un ver, comme il l'avait toujours fait depuis quarante ans.

La porte était verrouillée ! Il n'osa frapper, refusant l'humiliation. Il imaginait le Prince, essoufflé d'avoir descendu les trois étages, ouvrant la porte et lui disant de son ton glacial : « Cette maison n'est désormais plus la tienne. »

Simon hésitait, pris entre l'obligation de réintégrer son prétendu foyer et la crainte de s'en faire refuser l'entrée. S'il allait se plaindre au prud'homme, celui-ci obligerait tout simplement Morbanville à reprendre Simon, et la vie deviendrait vite infernale. Elle l'avait toujours été, au fond, mais cette fois, ce serait pire.

Si, d'autre part, il refusait d'entrer, s'il allait se réfugier au château, toute la ville le saurait, Morbanville le premier. Simon n'avait pas le choix. Il donna trois grands coups de heurtoir. La porte s'ouvrit aussitôt.

— Toi ! murmura lentement le Prince, souriant, sans son voile.

Simon se mit à trembler de tous ses membres. L'horrible visage de Morbanville s'approchait du sien.

— Toi ! répéta-t-il, la voix triomphante. Entre donc ! Sois le bienvenu chez toi ! ajouta-t-il dans un grand éclat de rire.

Fermant les yeux et réprimant un haut-le-cœur, Simon entra, la tête baissée, le corps agité d'un tremblement qui semblait ne jamais vouloir cesser. Il fila dans sa chambre, poussa le coffre contre la porte et s'assit dessus, haletant et inondé de sueur.

En bas, Morbanville referma doucement la porte et remit son voile en place. Enfin, il était revenu ! Il ne pouvait vivre sans Simon ; sans lui, il n'était qu'un pauvre vieillard qui n'arrivait même pas à se faire à manger.

Romaine et Bérangère s'affairaient en silence : la vieille dame profitait de la gentillesse de la jeune fille, qui lui offrait son temps pour laver tous les tissus de la maison, rideaux, jetés, couvertures, torchons, tout allait y passer. Elles avaient tout roulé en cinq ballots, et c'est au lavoir qu'elles allaient pouvoir en venir à bout.

Elles partirent dans le dédale des petites rues.

Le lavoir était libre, comme si personne ne songeait à laver du linge un lendemain de tremblement de terre.

— Tu resteras longtemps, là-haut, avec Marin ? demanda soudain la vieille Romaine.

Elles parlaient de tout et de rien et, tout à coup, la question de Romaine renvoyait Bérangère à ses préoccupations quotidiennes. Elle était bien, dans la forêt, là n'était pas la question. Mais l'attitude de Marin la gênait constamment, même s'il faisait tout pour ne pas faire sentir à la jeune fille le poids de ses attentes.

— Vous savez bien, Romaine, que je ne ferai pas ma vie là-haut ! répondit-elle en haussant les épaules.

— Dis-moi pourquoi.

Ce n'était pas une question. Ce n'était pas une demande. Ces trois mots, affirmés, ressemblaient plutôt à une exigence.

— Si j'avais trouvé la réponse, je vous la donnerais.

— Donc, tu hésites.

— Non, je n'hésite pas.

— Explique-moi.

— Je n'hésite pas, je cherche.

— Tu as encore le temps. D'ici à ta majorité…

— Je reprendrai la maison de mes parents. Viendra un jour où je pourrai l'habiter, ma maison, sans que des vagues trop fortes de souvenirs m'empêchent d'y dormir en paix.

Romaine retira les bouchons de coton, et l'eau, de plus en

plus chaude, emplit lentement les bassins. Elle dénoua les ballots en regardant Bérangère du coin de l'œil.

— Tu m'aides un peu ? demanda Romaine.

— Excusez-moi. Quand je pense à l'avenir, je m'égare dans le vide. Je ne sais pas, Romaine, je ne sais pas du tout ce que sera ma vie.

— Tu es bien, là-haut.

— Tout à fait. Mais vous savez que Marin m'attend.

— Et ça…

— Et ça, je ne le veux pas du tout. Nous nous entendons bien, j'ai la tête juste assez dure pour que cela lui plaise, même chose pour lui. Il est buté, votre fils, le saviez-vous ?

Romaine sourit en plongeant les rideaux dans le premier bassin.

— Jamais Marin ne pourra être pour moi autre chose qu'un grand frère, poursuivit Bérangère.

— Elle ne te manquera pas, la vie de la forêt ? Quand on vit dans un arbre depuis des années, il doit être un peu difficile de s'installer dans une vraie maison, avec des murs et un plafond…

Bérangère prit les couvertures et, une à une, les plongea dans l'eau.

— Marin ne pourrait plus jamais venir habiter en ville, ajouta Romaine.

— La question n'est pas d'habiter en ville ou non, dit brusquement Bérangère. C'est ma maison à moi que je veux habiter.

— Toute seule ?

— Avec qui donc ? marmonna Bérangère.

« Est-ce que je serai toujours trop sauvageonne pour pouvoir partager ma vie avec quelqu'un ? » se demandait-elle souvent.

— L'important, Romaine, c'est ma maison. Chaque fois que je descends en ville, je vais la voir, j'enlève les toiles d'araignées, j'époussette, je nettoie, j'y mets des fleurs, j'allume des bougies. Il faut qu'une maison vive, sinon c'est le silence de la solitude que les murs nous renvoient quand nous y venons trop peu souvent.

Romaine cessa de frotter et leva les yeux sur Bérangère.

— Tu as raison. Tu as raison de voir les choses ainsi.

— Et si j'ai besoin de l'air de la forêt, je pourrai toujours aller donner un coup de main à Marin, ou passer quelques jours au campement pour refaire le plein de nature, dit doucement Bérangère.

Elle déposa les vêtements de Romaine dans un deuxième bassin.

— Tu vois, dit Julius en riant, j'ai été obéissant !

Le regard que Julius offrait à Pierre ne présageait rien de bon.

— Que caches-tu dans ton sac ? demanda Julius.

— Rien.

Il n'osait avouer à Julius qu'il s'était mis au tricot et qu'il avançait rapidement avec ses grosses aiguilles, ignorant que, dans le pays, le tricot n'était pas réservé aux femmes.

— Juste à vous voir, dit Pierre, on sent bien qu'il y a quelque chose dont vous ne voulez pas parler. Voici vos tomates, dit-il en déposant sur la table un cornet de papier. Vos ongles, Julius, ajouta-t-il, curieux. Vous n'avez pas gratté vos blessures ?

— Mes blessures ? demanda Julius en regardant ses ongles. Oh oui, un peu. Je n'aurais pas dû ! ajouta-t-il avec un sourire angélique.

« Si tu crois, petit, que je vais te dire à quoi j'ai passé cette heure ! »

— Tout s'est bien passé, je suis allongé, je lis, je me repose, je fais exactement ce que Blaise a recommandé. Le docteur Poclain peut venir !

Julius fixa Pierre un long moment.

— Il y a quelque chose qui te décourage, petit.

— Tout me décourage, Julius. Nous avons beau croire que nous finirons un jour par comprendre le mystère de la pierre fendue, nous avons beau croire que le temps, chez moi, ne se compte pas comme ici et que je rentrerai à la maison comme si je ne l'avais jamais quittée, il reste que je m'impatiente, que je tourne en rond et que je n'arrive pas à vivre ici comme si c'était pour toujours. Voilà.

— Il serait bien ridicule, en effet, que tu vives comme si c'était pour toujours.

— Mais, dans les faits, c'est ce qui se passe, non ? Je vis ici, je fais partie de la vie, et puis quoi ? Il faudra des mois encore, des années ? Je finirai par m'habituer, dans dix ans, peut-être ? Et j'oublierai de rentrer chez moi ? On dirait que vous avez la faculté d'ignorer délibérément l'essentiel.

— Moi ? demanda Julius.

— Vous et tout le monde ! Vous, vos fils, Romaine, Bérangère, Zénon, tout le monde. La mission de mes parents, qui s'en soucie ?

— Certains commencent à gronder, tu sais.

— Si vous saviez comme je m'en moque, qu'ils grondent !

— Tu n'es pas bien chez nous ? demanda Julius, soucieux.

— Je suis bien chez vous, Julius, vous le savez. Je ne fais rien d'important, je me laisse vivre, je discute avec Bérangère, j'aide Romaine. Je tourne en rond. Je tourne en rond et je sens que je m'y fais. Je ramollis, Julius, et ça, c'est grave. D'ailleurs, vous êtes tous mous. Oui, des mous !

Julius se redressa sur ses oreillers, l'œil fâché.

— Excusez-moi, Julius. Je ne voulais pas vous blesser.

Dans l'œil valide qui le fixait, Pierre n'arrivait pas à lire s'il était furieux, insulté ou déçu.

— Je vais te dire une chose, petit. Nous ne sommes pas mous, comme tu le dis. Peut-être que, chez toi, les choses sont différentes, mais pour l'instant c'est ici que tu vis. Nous ne sommes pas mous, au contraire, nous prenons le temps de réfléchir, c'est différent.

— Réfléchir ! Vous…

— Tais-toi, je parle. Nous cultivons la patience. Les choses arrivent lorsqu'elles doivent arriver, il ne sert à rien de provoquer le destin. Tu rentreras chez toi. Quand ? Il est un peu difficile de le dire maintenant. Mais sache que jamais je n'oublie que tu dois retrouver les tiens, même si je n'en parle pas tous les jours. À quoi servirait-il, d'ailleurs, de ne parler que de cela ? Cela empêcherait nos cerveaux de trouver les réponses. Car pour arriver à une réponse intelligente, il faut laisser le cerveau travailler sans rien lui imposer. On lui présente les données, et ensuite il travaille. Lorsque la réponse est prête, il nous l'offre.

« Comme un ordinateur, Julius, comme un ordinateur. »

— Que tu aies des crises d'impatience, cela se conçoit. Et cela ne m'inquiète pas le moins du monde. Nous y arriverons, Pierre, crois-moi. Dis-toi que, bien souvent, lorsque je te demande de ne pas poser de questions, c'est que je travaille à nourrir mon cerveau de données qui te concernent. Maintenant, laisse-moi dormir un peu. J'ai beau faire le fanfaron et avoir l'air plus en forme que Blaise ne l'imagine, j'ai tout de même été bien secoué par ce…

— Par ce ?…

— Par ce petit accident, répondit Julius.

— Savez-vous, mon cher Berger, si mon cher grand Magistère a répondu à ma lettre ? fit la voix d'Attina de l'autre côté de la porte.

— Pas encore, madame. Mais vous savez bien que, avec sa maladie et le tremblement de terre, il a de bonnes raisons de ne pas répondre à son courrier. Et puis vous oubliez que, depuis la clause du Point Zéro, vous pouvez rentrer chez vous !

— Mais quand ? demanda Attina.

— C'est à Julius ou à monsieur le chef des prud'hommes de nous le dire.

À ce moment, Mat entra, le sac de Zénon sur l'épaule.

— Je me suis permis de monter te saluer, dit-elle, souriante. On ne te voit plus, Fabre.

— Ah, ça ! Zénon est malade ?

— Il en fait trop, fit Mat en relevant une mèche de ses fins cheveux. Je ne l'ai pas vu souvent dans un tel état. Heureusement qu'il a eu l'intelligence d'inventer ce système de « poste restante » sinon c'est jour et nuit qu'il sillonnerait le pays pour distribuer le courrier.

— Dommage que les pigeons ne soient plus utilisés comme avant, fit remarquer le Berger.

— On pourrait y revenir ! fit Mat, toute joyeuse à l'idée de reprendre ce bon vieux procédé. Pourquoi est-ce que, un jour, on abandonne des méthodes qui ont cent fois prouvé leur efficacité ?

— Ah, ça !

— Nous en reparlerons, mon cher Fabre. Je me vois très

bien élever des pigeons ! Vous savez pourquoi on a laissé tomber l'idée ?

— Je crois que cela a à voir avec la chasse, non ? Un des Morbanville, je ne sais plus lequel, s'est mis à chasser le pigeon et il n'a pas dû faire attention à ceux qui « travaillaient ». Il y a eu quelques esprits bizarres, dans cette royale famille !

— Et il en reste encore un, ajouta Mat en riant. Vous le savez, Simon le gros l'a mis dans de beaux draps avec cette affaire de fils !

— Quel être étrange, murmura le Berger.

— Pas le temps d'en parler plus longtemps ! dit Mat. Si je me laisse aller à converser avec chacun, je finirai ma tournée au milieu de la nuit. Allez, ça, c'est pour vous, ça aussi, dit-elle en déposant les lettres sur le petit bureau. Et celle-ci, de monsieur Julius, est adressée à madame Niquet.

— Elle en sera bien heureuse !

Mat sortit rapidement, presque en courant, le sac de Zénon sur l'épaule.

« De toute manière, elle peut rentrer chez elle quand elle le désire, se dit le Berger. Depuis la clause du Point Zéro… Elle attendait une réponse officielle ? »

— J'ai tout entendu ! fit la voix joyeuse d'Attina. Il m'a répondu, le bougre ! Voyez comme c'est gentil ! Même malade, il écrit à sa vieille amie…

Le Berger ne put s'empêcher de sourire. Sa vieille amie ! Peut-être qu'au fond ils s'aimaient bien, ces deux-là ! Il lui tendit la lettre par le passe-plats. Attina s'empressa de la décacheter.

— Il accepte ! Le Berger, réjouissons-nous ! Il accepte ma proposition. Voyez comme il est laconique ! *Ma chère Attina, Proposition acceptée, Point Zéro oblige. Mais j'en aurais fait tout autant sans la clause. Tu seras bien mieux dans ta maison. Tu déménages quand tu le désires. Amicalement, Julius.* « Amicalement ! » « Ma chère Attina ! » Vous ne pensez pas que sa maladie le rend tendre ? Il accepte ma proposition sans discuter ! Décidément… Oh, mais vous viendrez me rendre visite, le Berger, n'est-ce pas ? Je me suis habituée à vous, vous savez. Et à vos repas hors de l'ordinaire… Vous viendrez me faire à manger ?

— Non, madame ! Je ne viendrai pas vous faire à manger, mieux que ça ! Je viendrai vous donner des cours de cuisine et, ainsi, vous serez à même de préparer les recettes que je vous aurai enseignées.

— Mais il manquera votre touche, et vos idées pleines d'invention ! Non, non, le Berger, je vous engage comme cuisinier, c'est décidé.

— Madame, n'avez-vous jamais pensé que ceux à qui vous faites des propositions pourraient ne pas avoir envie de les accepter ?

Simon avait couru à sa chambre, les mains sur les oreilles, pour ne pas entendre ce que Morbanville aurait à lui dire. Des méchancetés, rien que des méchancetés, il en était certain. Mieux valait se boucher les oreilles.

La belle assurance qu'il avait affichée devant monsieur le chef des prud'hommes autant que devant la foule réunie pour assister au procès, voilà qu'elle s'envolait. Pourtant, et Simon savait que c'était sa seule chance de venir à bout de connaître les secrets de Morbanville, il devait rester sûr de lui.

Sa chambre lui apparut comme une prison, l'endroit d'où il n'allait plus pouvoir sortir, sauf en douce lorsqu'il serait certain de ne pas rencontrer le Prince. La vie allait devenir infernale, il était sous surveillance constante sans que cela paraisse, mais tout le monde l'avait à l'œil.

Le procès, il s'en moquait comme de son premier chagrin : il était condamné sans que quiconque ait eu à prononcer de verdict.

Debout devant son miroir, il s'observait cruellement, s'obstinant à détailler son image : un petit gros dont les cheveux grisonnaient, les joues tombantes, le ventre proéminent, le regard terne, la peau blême.

Il sursauta lorsqu'il entendit trois coups secs frappés à la porte. Morbanville était trop faible pour pousser la porte contre laquelle Simon avait placé le coffre. Ses mains se mirent à trembler d'un coup.

— Attendez !

— Ouvrez ! tonna Morbanville.

Plus que tout, Simon redoutait l'apparition d'un Morbanville sans voile. Cette vision d'horreur lui était insupportable.

— Ouvrez, répéta Morbanville.

Les mains moites, Simon déplaça le coffre.

— Entrez, dit-il enfin.

— C'est à vous de m'ouvrir !

Morbanville ne pouvait-il donc jamais faire les choses simplement ? Il tenait à humilier Simon, à le forcer à obéir une fois de plus à ses ordres.

Malgré toutes les résolutions qu'il avait prises, Simon sentait qu'il retombait, malgré lui, dans l'état de soumission qui avait toujours été le sien.

Lorsqu'il ouvrit enfin la porte, il ferma les yeux, puis les entrouvrit à peine et poussa un soupir de soulagement : Morbanville avait remis son voile.

Le Prince entra, tentant de se tenir droit et, d'un pas fatigué, marcha jusqu'au lit de Simon sur lequel il se laissa tomber lourdement.

— Et maintenant ? commença-t-il.

Simon ne répondit rien.

— Vous imaginez bien que j'ai trouvé une autre cachette pour mes papiers précieux.

« Ça change quoi ? se dit Simon. J'ai copié les plus importants, pauvre vieux fou ! »

Le ton n'avait rien de belliqueux ; Morbanville s'exprimait d'une voix glaciale, mais sans agressivité.

— Que vouliez-vous donc prouver ? Que vous étiez vraiment mon fils ?

« Je l'ai cru si longtemps ! » voulut crier Simon.

— Je tiens à préciser une chose, mon cher Simon. Que vous ayez cru ou voulu faire croire que vous étiez de la lignée des Morbanville, cela vous regarde et prouve votre profonde bêtise. Jamais, m'entendez-vous, jamais je ne vous ai laissé entendre que vous étiez de mon sang.

Simon serra les dents.

— Jamais vous ne m'avez dit clairement que je ne l'étais pas ! lança-t-il, la voix déformée par la rage.

— C'est vous, Simon, qui avez tiré vos propres conclusions. C'est vous qui avez voulu croire que vous étiez l'héritier de la couronne. Je vous ai même dit souvent qu'on ne savait même pas qui était votre père !

— C'était pour vous camoufler ! Je savais bien que vous ne vouliez pas l'avouer, mais je la sentais, moi, votre paternité.

Morbanville éclata d'un rire sordide.

— Ma paternité ! J'ai passé ma vie à vous donner des ordres !

— C'est faux ! Vous m'avez tout appris !

Simon sentait des sanglots amers lui monter dans la gorge.

Il n'allait pas pleurer, de rage ou de dépit, devant cet homme qui l'écrasait sous son pouvoir. Morbanville persistait à ne pas le tutoyer, signe qu'il le respectait un peu. Simon doutait du but de cette visite.

— Sachez, Simon, que la clause du Point Zéro a été mise en application, que votre procès est ajourné *sine die* et que c'est moi qui, comme auparavant, dois veiller sur vous. Comme un père, ajouta-t-il d'un ton sarcastique.

C'en était trop pour le gros Simon.

— Avant de mourir, patron, vous aurez à me dire qui était mon père, qui était ma mère et pourquoi vous m'avez pris sous votre aile. Vous avouerez tout, soyez-en assuré, je trouverai bien le moyen de vous faire parler.

— En attendant ce jour, répondit Morbanville d'un ton moqueur, vous reprenez vos tâches, vous faites les repas et vous vous occupez de l'entretien de la maison. Pour ce qui est des courses, je m'en charge.

Simon ne put s'empêcher de sourire.

— Je ne vois pas ce qui vous fait rire.

Là-dessus, Morbanville se releva le plus dignement possible, traversa la chambre et sortit en prenant soin de faire claquer la porte derrière lui.

Si parfois il avait éprouvé une forme de tendresse à l'égard de ce pauvre gros garçon, il lui était maintenant impossible de ressentir autre chose que du dégoût.

Le docteur Poclain venait tout juste de partir. Blaise était rassuré, mais Julius n'en menait pas large. Devant le médecin, il avait avoué s'être fait attaquer, mais il avait refusé de dire par qui. Raison d'État !

Mais Blaise avait exigé que son père lui avoue les vraies raisons de l'assaut.

— C'est Hermas qui m'a attaqué, dit-il simplement lorsque le docteur Poclain fut parti.

Blaise attendait la suite en silence.

— C'est Hermas qui m'a attaqué parce qu'il n'a plus toute sa tête. Il ne m'a pas reconnu et…

— Je l'ai vu. Il ne m'a pas reconnu non plus. Il est coincé quelque part dans le passé. Pourquoi nous l'avoir caché, Julius ?

— Parce que vous m'auriez tous demandé ce que j'allais faire là-bas.

— En effet, fit Blaise.

— Si je suis monté chez Hermas, c'est que j'ai découvert quelque chose que lui seul pouvait confirmer. Du moins, je le croyais.

— C'était donc si urgent ?

— Oui.

— Et tu n'en diras pas plus pour le moment…

— Non.

— Et les parents de Pierre ? Tu as des nouvelles ?

Julius tressaillit si vivement que Blaise s'en inquiéta.

— Justement, les parents de Pierre ! commença le grand Magistère. Ce tremblement de terre est venu tout gâcher.

La respiration saccadée de Julius n'annonçait rien de bon.

— Calme-toi, Julius.

Julius s'efforça de respirer lentement.

— Quel rapport avec le tremblement de terre ?

Le grand Magistère ferma les yeux.

— Les rapports, justement. D'ici ce soir, si ce n'est déjà fait, Antonin recevra les rapports.

Blaise passa doucement la main sur le front de son père.

— Ceux, dit lentement Julius sans ouvrir les yeux, qui

nous parviendront de l'autre versant de la montagne, qui nous diront comment la terre a tremblé là-bas, s'il y a des blessés…

— Qui nous diront où sont les parents de Pierre? S'ils sont en mission secrète, Julius…

— Ils doivent faire leur rapport en cas de catastrophe, mission secrète ou pas.

— Je ne vois pas pourquoi cela t'inquiète tant, murmura Blaise.

Julius ouvrit les yeux. Dans son regard fatigué, Blaise put lire une immense tristesse.

— Les parents de Pierre n'ont jamais existé, souffla le grand Magistère. En tout cas, pas ici.

Blaise ne fut étonné qu'à moitié.

— Pas ici?

— Comme tu dis. Mais il n'est pas question que tu en saches plus pour le moment. Ce que nous devons faire, c'est inventer une explication rigoureuse à propos de leur prétendue « mission ». Jusqu'ici, chacun s'est contenté de cette histoire un peu biscornue. Mais, depuis le recensement, comment veux tu que le plus candide puisse y croire! Les gens doivent se poser des questions!

— Ça, c'est sûr! Au moment du recensement, on murmurait bien des choses à ce propos.

— C'est mon honneur qui est en cause, Blaise! J'y pense et j'y repense, cela me prend toute la tête. Aide-moi, mon grand. Personne d'autre que toi n'en saura rien.

— Pas même Pierre?

— Ne t'inquiète pas de Pierre, il sait ce qu'il a à savoir. C'est pour les autres que je me fais du souci.

— Il faut trouver une explication satisfaisante, soit, mais tiendra-t-elle le coup? Tu t'es mal protégé, Julius.

— Je ne le sais que trop! Je n'ai pas besoin de tes reproches.

— Ce ne sont pas des reproches, c'est une constatation. Tu l'avoues toi-même : il y a une fissure dans ton plan de « mission ».

Julius referma les yeux. Blaise devait l'aider à s'en sortir. Sinon, le peuple entier se retournerait contre son grand Magistère, menteur et imposteur.

— Ça va pour maintenant, mais si Pierre reste parmi nous encore longtemps, comment est-ce que je justifierai une absence prolongée de ses parents ?

— Si les parents de Pierre sont en mission, réfléchit Blaise, c'est qu'il y a une raison majeure à ce qu'ils se soient vu confier cette mission. Cette raison, nul n'a besoin de la connaître, mais elle les a menés très loin.

— Mais personne ne va « très loin », c'est trop dangereux.

— Laisse-moi poursuivre. S'ils sont « trop loin », il est parfaitement normal qu'ils ne soient pas apparus.

— Mais si j'avoue que je les ai envoyés trop loin, c'est avouer que je les envoyais à leur perte ! On sait bien qu'ils peuvent tomber ! Depuis le temps qu'ils sont censés être partis, ils ont dû rejoindre les bords. Pourquoi ne sont-ils pas revenus ?

— Tu ne les as pas envoyés trop loin ! Ce sont eux qui ont décidé d'y aller, trop loin ! Et pour l'instant, tu n'as plus la situation en mains. Personne ne peut t'en vouloir s'ils ont décidé d'aller trop loin !

— Mais s'ils sont tombés ?

— C'est leur affaire.

— Nous n'avons donc pas besoin de parler de mission géographique ? demanda Julius.

— Mais non, ce n'est pas nécessaire. Elle n'existe que dans ta tête !

— On va me poser des questions.

— On en pose déjà.

— C'est terrible ! Blaise, je ne suis qu'un vieux fou !

— Ne dis pas ça.

Julius prit la main de Blaise.

— Donc, j'aurais envoyé les parents de Pierre vérifier le degré d'effritement des bords, ils seraient allés trop loin de leur propre chef et ils seraient peut-être tombés.

— Pas nécessairement. Ce sont des téméraires, ils sont allés vraiment jusqu'aux bords et ils cherchent encore. Ils ont bravé tes ordres, n'ont pas fait de rapport après le tremblement de terre. Si la terre a tremblé là-bas, évidemment.

— Mais pourquoi en aurais-je fait une mission secrète ?

— Parce que cela regarde la sécurité de notre monde. Personne, sauf toi, n'aura jamais les résultats de leurs recherches. Sinon, ce sera la panique. Tu n'as pas le droit d'affoler toute la population avant d'avoir trouvé la manière de consolider le territoire.

— Ça se tient ! Quel magnifique mensonge ! Tu as raison, Blaise. C'est toi qui devrais être grand Magistère ! Oh, que ces secrets d'État peuvent être pratiques ! ajouta-t-il, soulagé.

— Et Pierre, demanda Blaise, ne devrait-il pas être mis au courant de cette nouvelle version du mensonge ?

— Je me charge de lui en parler.

— Et pour le reste ?

— Que veux-tu dire ?

— À propos de la vérité, la vraie ? murmura Blaise. À propos des vrais parents de Pierre…

— Secret d'État, répondit Julius avec un sourire.

— Repose-toi, maintenant. Tu as beau croire que tout va bien, le docteur Poclain te l'a dit : encore au moins une semaine de repos si tu veux que ton dos guérisse.

— Encore une chose, Blaise. Je voudrais voir Hermas avant qu'il ne retourne là-haut.

— Est-ce bien prudent ?

— Si tu es là, je ne crains rien.

Blaise se pencha vers son père, mais celui-ci l'arrêta d'un geste.

— Attends, il faut que je te dise autre chose.

— Gardes-en un peu pour demain, suggéra gentiment Blaise.

— Non, c'est important, pour les bords. Tu sais ce qu'il m'a dit, le petit ? Approche-toi…

Blaise se pencha, sa tête toute proche de celle de son père.

— Il m'a dit la semaine dernière, chuchota Julius, que la Terre était ronde, qu'elle tournait sur elle-même et qu'il allait me le prouver…

Blaise ouvrit de grands yeux et hocha la tête.

— Il ne faut pas croire tout ce qu'il dit, tu sais. Repose-toi, maintenant.

Blaise sortit sur la petite place, il avait grand besoin d'air. Devant Julius, il n'avait pas voulu manifester son émotion. Mais si le petit Moulin disait vrai, lui, Blaise du Montnoir serait franchement heureux.

3

Simon n'avait plus le choix. Il avait vainement tenté d'entrer en contact avec Pierre Moulin ; il s'y était chaque fois mal pris, il fallait l'avouer.

Maintenant qu'il ne pouvait plus sortir de la maison, les choses allaient se compliquer énormément.

Se faufiler dehors pendant que Morbanville était au marché ? Sortir la nuit lorsque le patron s'était enfin endormi ? Morbanville était assez méchant pour avoir installé sur toutes les portes des systèmes de surveillance d'un éventuel passage de Simon.

La seule solution possible, c'était de monter sur la terrasse quand Morbanville serait sorti et de laisser tomber une enveloppe adressée à Pierre Moulin dans la rue, tout en bas. Quelqu'un la ramasserait et irait la lui livrer, ou encore la donnerait à Zénon, qui irait la lui porter.

Simon tailla finement sa plume et se mit à l'ouvrage. Il commencerait par *Mon cher enfant,* ça ferait bien pour un début.

> *Mon cher enfant,*
> *Nos rencontres n'ont pas été nombreuses, et pas souvent cordiales. Pourtant, il faut absolument que je te parle. Je sais que je pourrais t'aider. Je te l'ai déjà dit, nous ne sommes pas comme les autres, toi et moi.*

Mais je suis prisonnier, je ne peux pas sortir.

Est-ce que tu pourrais trouver un prétexte pour me rendre visite ? Tu pourrais demander à venir visiter la cave aux chauves-souris.

Je t'en supplie, trouve un moyen, nous avons à parler tous les deux.

Tu n'as pas besoin de te cacher, tu peux mettre Julius au courant de ta visite. Il suffit de trouver une raison qui se tienne.

Je compte sur toi.

Affectueusement,

Simon Jocquard

Simon prit la peine de fignoler les courbes du « J » et d'esquisser une sorte de « d » interminable. La signature faisait très chic. La lettre était franche, il mettait cartes sur table.

Il plia soigneusement le papier, y apposa son sceau et sortit de sa chambre.

Sur la pointe des pieds, il fit le tour de la maison. Personne ! Ou bien le patron était couché dans sa chambre, ou bien il était sorti.

Tout à coup, il songea que sa technique d'envoi postal était passablement ridicule. Si la lettre tombait de la terrasse sur le pas de la porte et que le patron la trouvait en rentrant du marché ? Il était beaucoup plus simple d'entrouvrir la porte et de demander au premier passant de se charger de la missive. C'est ce qu'il fit en fermant les yeux très fort et en espérant que Morbanville ne reviendrait pas au même moment.

Par malheur, la rue était déserte. Il entendit retentir au bas de la rue les sabots d'un âne. Au bout d'un court moment, il vit venir Méthode à qui il fit aussitôt de grands signes.

— Oh, Méthode, je vous demande un tout petit service.

Vous savez que je suis enfermé ici et que la clause du Point Zéro…

— … qui bloque tout, oui, je sais, dit Méthode.

— Pourriez-vous, dans le plus grand secret, porter ceci de ma part au petit Moulin chez le grand Magistère ? Ce serait gentil.

Méthode se demandait s'il devait accepter ou refuser. Ce gros Simon était un bien étrange personnage. Après son interrogatoire, il était normal qu'on le regarde un peu de travers. Mais il semblait si sincère et si désolé que Méthode accepta. Il n'avait rien à perdre, rien à gagner. Il glissa la lettre de Simon dans sa poche.

— Surtout, pas un mot à Morbanville si vous le croisez ! murmura Simon en agitant les mains.

— Ne vous faites pas de souci, je viens de le voir, il traîne péniblement sa peau au marché, hésitant devant ceci et devant cela. C'est autre chose que lorsque vous, vous faites les courses ! ajouta Méthode avec un sourire en coin.

Simon eut envie de lui sauter au cou. Quel plaisir d'entendre quelqu'un parler un peu en mal du patron ! Faute de pouvoir aisément manifester sa reconnaissance à Méthode, il caressa doucement le col de l'âne Molin qui le regarda avec des yeux si tendres que Simon en fut tout remué.

« Je devrais me faire l'ami des ânes, se dit-il. Il me comprend, celui-ci. »

— N'oubliez pas ma lettre ! chuchota encore Simon.

— J'y vais tout de suite ! lança Méthode en donnant une légère tape sur la fesse de Molin.

— Il est beau, votre âne, Méthode, et il a l'air si gentil.

— Vous avez raison, il est beau et il est gentil, dit Méthode en se retournant.

« Quel homme bizarre ! se dit-il en se dirigeant vers la

petite place devant chez Julius. Parfois, on dirait un gros enfant touchant et, à d'autres moments, on voudrait l'étrangler tellement il dit de bêtises. »

Juste à ce moment-là, il vit monter du bas de la rue le vieux Morbanville, ses sacs au bout des bras. Quand même, il ferait bien de lui donner un coup de main.

Assise au bord du ruisseau, les pieds dans le courant glacé, Bérangère n'arrivait plus à réfléchir. Cela se produisait de plus en plus souvent, et Marin lui faisait chaque fois des commentaires d'une gentille ironie. Elle détestait ces états d'âme, tiraillée à gauche, à droite, sans savoir quel chemin prendre pour avoir la paix, celle qu'elle savait pourtant retrouver lorsqu'elle était toute seule à la ville dans la maison vide de ses parents.

Elle tira son couteau de sa poche et entreprit de tailler sa crinière déjà courte. Une mèche après l'autre, elle coupait presque au ras du crâne, un peu distraitement, faisant devant elle un petit tas de ses cheveux coupés.

À son cou, le fin cylindre offert par Romaine.

Bérangère n'avait qu'une envie, en faire l'échange avec celui de Pierre. Il lui sembla toutefois difficile d'imaginer le moment où elle lui dirait bêtement : « On fait l'échange ? »

Romaine leur avait remis un cadeau merveilleusement empoisonné : elle les obligeait tous les deux à prendre une décision un jour ou l'autre. Ne pas en faire l'échange, c'était avouer que la relation entre eux était bien ordinaire. Au contraire, le jour où ils échangeraient les cylindres, c'est qu'ils se feraient mutuellement confiance pour toujours ou presque, une sorte de déclaration d'amour ou d'amitié éternelle. Aux yeux de Bérangère, c'était une lourde responsabilité.

Elle faisait tourner le cylindre entre ses doigts, perplexe.

— Je pourrai toujours dire que je l'ai perdu, murmura-t-elle au ruisseau.

Sa voix s'envola comme une brume légère dans la forêt. En plein milieu de son cœur, fichée là comme une épine, une petite voix disait : « Quelle lâcheté ! »

Elle ébouriffa ses cheveux et se leva d'un bond.

Le soir tombait vite, elle n'avait pas fait répéter leurs leçons aux jumelles. Elle rentra au campement au pas de course.

Marin la salua de loin ; Bérangère se sentit chez elle, bien au chaud dans sa petite maison perchée.

Pierre ne jugea pas nécessaire de répondre à la lettre de Simon Jocquard ; il se présenterait sans prévenir, armé d'une raison solide comme du béton.

Méthode lui avait remis la lettre sans rien dire, mais avec un sourire qui en disait long. Pierre était convaincu d'une chose : s'il lui arrivait quoi que ce fût, Méthode serait là pour affirmer que Simon le gros lui avait adressé une lettre. Ainsi, il serait facile de le retrouver. « Peut-on se faire enlever deux fois dans le même mois ? se demanda Pierre. Au pays du Montnoir, peut-être… »

Rarement s'était-il senti aussi curieux : que lui voulait ce gros homme ? Il lui avait parlé si bizarrement le soir où il l'avait mordu ! Et l'autre matin, au Parlement, cela avait été tout aussi étrange. Malgré son antipathie, Pierre ne pouvait s'empêcher de croire que le gros Simon avait véritablement quelque chose à lui dire et que, dans les circonstances, il valait mieux l'écouter.

Sans en parler à Julius, il partit aussitôt la vaisselle terminée. Il faisait encore clair, la lumière était magnifique, les rayons du soleil frappaient les fenêtres du Trésor, on aurait dit des feux allumés sur le promontoire.

Il n'aurait pas de difficulté à retrouver la maison de Morbanville, que Pépin lui avait montrée lorsqu'ils fabriquaient leur radeau. Le radeau ! Pierre n'y avait pas repensé à cause des derniers événements, mais il se demandait encore qui avait bien pu faire une chose pareille.

Il frappa à la porte en espérant que ce serait Simon qui lui ouvrirait ; il dut déglutir au moins trois fois tant la peur de revoir Morbanville d'aussi près grandissait à mesure que passaient les secondes.

La porte s'ouvrit enfin : c'était Simon. Morbanville était juste derrière !

— Simon, tonna le Prince, il vous est interdit de…

Morbanville se tut dès qu'il aperçut Pierre. Simon ne savait comment exprimer sa joie de voir le garçon venir le rencontrer aussi rapidement. Il n'avait pas dû se passer trois heures depuis qu'il avait remis la lettre à Méthode.

— Cher petit, dit Morbanville, en changeant complètement de ton, que me vaut l'honneur de ta visite ?

— C'est Simon que je viens voir, et pas vous, déclara Pierre d'une voix cinglante.

— C'est moi qui donne les permissions, ici. Simon est en réclusion chez moi, il n'a pas à décider s'il reçoit ou non des visites.

Simon le gros se dandinait en rongeant l'ongle de son index. Il ne fallait surtout pas que Pierre parle de la lettre !

— Dans ce cas-ci, c'est monsieur Julius du Montnoir, notre grand Magistère, qui m'envoie parler à Simon.

Morbanville encaissa le coup et répondit d'une voix mielleuse :

— Si notre bon grand Magistère a la générosité, surtout

dans son état, de vouloir communiquer avec Simon, c'est autre chose. Au fait, comment va-t-il?

— Il se remet rapidement.

Pierre ne savait pas ce que chacun connaissait de l'état de Julius, aussi se contenta-t-il d'en dire le moins possible.

Il attendait un geste de Simon le gros : où allaient-ils s'installer pour parler en paix? Il lui fit un signe discret, ouvrant les deux mains comme pour dire : et maintenant, on fait quoi?

Simon réagit enfin; on l'aurait dit ralenti par la présence de Morbanville. Le Simon énergique du procès avait cédé la place au gros escargot que tout le monde connaissait.

— Vous le recevez au salon? demanda Morbanville.

Simon secoua la tête.

— Dans votre chambre?

— Si vous me permettez de parler, patron…

Pierre se rendit compte que Simon le gros n'avait pas ouvert la bouche depuis qu'il lui avait ouvert la porte.

— Je le recevrai dans la chambre aux chauves-souris, ça fera d'une pierre deux coups.

Simon ne laissa pas à Morbanville le temps de répliquer, prit Pierre par le bras et l'entraîna dans l'escalier. Une fois en bas, il ouvrit la lourde porte et poussa Pierre à l'intérieur.

« On dirait vraiment un enlèvement, se dit-il. Avec la complicité de Morbanville… »

Il ne ressentait aucune crainte, mais la situation était troublante.

Le gros Simon referma la porte derrière lui et, aussitôt, battit le briquet pour allumer deux petites torches, de chaque côté de la porte.

Le plafond était couvert de chauves-souris minuscules, on aurait dit de petits mulots. Elles semblaient dormir, rien ne bougeait.

— Ici, nous serons en sécurité. Je ne voulais pas que le patron nous entende. C'est vrai, ton excuse de Julius?

Devant le malaise de Simon, Pierre comprit qu'il pouvait oublier la thèse de l'enlèvement.

Cet homme attendait de lui quelque chose, comme les deux fois précédentes, mais, comme il le lui avait écrit, il n'avait pas su s'y prendre.

Simon installa deux petits tabourets l'un en face de l'autre.

— Assieds-toi, je t'en prie.

Il s'assit en face de Pierre.

— Je n'ai pas été capable de te parler gentiment, j'étais trop nerveux, mais ce que j'ai à te dire est très important. Je peux t'aider. Avant le procès, j'ai fouillé dans les papiers du patron et j'ai trouvé plein de choses. Il y a là-dedans des renseignements qui peuvent te servir à rentrer chez toi.

— Que voulez-vous dire?

— Tout le monde me prend pour un imbécile, mais il y a des jours où je flaire bien des choses. Une sorte d'intuition, vois-tu?

Pierre l'interrompit.

— Vous êtes certain que le Prince ne peut pas nous entendre?

— Certain. D'ailleurs, il est trop fatigué maintenant qu'il doit faire les courses lui-même, il n'a plus le courage de descendre jusqu'ici.

— Expliquez-moi, demanda Pierre, inquiet des révélations que s'apprêtait à lui faire Simon le gros.

— Quelques jours après ton arrivée, j'ai essayé de te prévenir…

— Me prévenir?

— Le petit papier, tu ne l'as pas trouvé?

Pierre sentit un souffle d'air glacé lui parcourir le dos.

— Le papier, c'était vous ?

— Oui.

— Ce n'est pas possible ! Vous n'avez pas pu écrire ces mots-là !

— Qu'est-ce que tu as à t'énerver comme ça ? Je trouve que ce sont des mots qui… qui parlent, vois-tu. *Celui qui se tait connaît déjà la sortie !* Tu ne trouves pas que ça fait son effet ?

Romaine, Marin… Ni l'un ni l'autre n'avait pu montrer les papiers à Simon, et Simon n'avait pas pu entrer chez Romaine !

— Mais ça pouvait vouloir dire n'importe quoi ! s'exclama Pierre.

— Je ne pouvais tout de même pas t'écrire clairement de m'attendre !

— De vous attendre pour faire quoi ?

Le gros Simon s'énervait.

— Ça voulait dire… Ça voulait dire…

— Qu'est-ce que ça voulait dire ? demanda Pierre, excédé.

Simon inspira profondément.

— Si c'était vrai que tu venais d'ailleurs, si moi aussi je venais de là, c'est qu'il existait une entrée et une sortie, un passage, non ?

Ce fut comme un coup de tonnerre dans l'esprit de Pierre. Ce gros homme pouvait-il vraiment savoir d'où il venait ? Dans le dédale de questions où Julius progressait à pas de tortue, Simon le gros aurait trouvé des réponses ?

— Mais vous ne venez pas d'ailleurs !

— Et s'il y avait une sortie, ajouta Simon comme s'il n'avait pas entendu, il fallait la trouver et…

— Figurez-vous, dit Pierre, que c'est ce que je fais depuis que je suis ici, chercher la sortie !

Simon ferma les yeux un instant avant de poursuivre.

— Je voulais, dit-il, te mettre en garde dès que tu es arrivé en ville.

— Me mettre en garde contre quoi ?

— Contre le Prince ! Parce que le Prince, c'est quelqu'un de très louche, et de méchant. J'ai tout de suite senti qu'il te voulait quelque chose, que ta présence ici le dérangeait. Je savais que tu avais besoin de moi. Et moi, de toi.

— À cause de votre intuition ? demanda Pierre.

— Je ne saurais pas dire, ça me prend, comme ça, on dirait que je comprends certaines choses subitement, comme si j'avais des apparitions.

Craintif, Pierre attendait en silence.

— Moi, quand je t'ai vu, j'ai senti que… Écoute-moi bien, ce que je vais te dire est très important.

Simon posa ses deux mains sur celles de Pierre. Il n'avait plus rien de commun avec l'enragé que Pierre avait mordu.

— J'ai souvent senti que je ne venais pas d'ici, que j'étais peut-être tombé de la Lune, mais si c'était le cas, je me rappellerais ma vie de vivant. Je ne sais pas comment te l'expliquer, je sens souvent que je n'ai rien à voir avec les gens d'ici. Quand je t'ai vu, le premier jour, j'ai eu une étrange impression…

Sans lâcher les mains de Pierre, Simon hésita, se rapprocha ; l'haleine du gros homme sentait vaguement la pomme.

— J'ai eu l'impression, Pierre… l'impression que tu étais mon frère.

« Oh, non ! Oh, pas ça ! » criait le cerveau de Pierre, comme si une voix intérieure au fond de sa tête se mettait à hurler de colère. Et s'il était tombé entre les mains d'un fou ? Il avait eu tort de lui faire confiance.

— Ne crains rien, poursuivit Simon d'une voix rassurante. Je sais bien que tout cela t'effraie. Ne dis rien. Pense seulement que je suis convaincu que nous avons des choses en commun. À commencer par l'endroit d'où tu viens.

Le cœur de Pierre battait de plus en plus vite. Il tentait de rassembler les pièces de cet énorme casse-tête.

— La phrase, Simon, dites-moi…

— Je voulais te dire de te tenir tranquille parce qu'ici il se passe de drôles de choses. Et que si tu voulais rentrer chez toi…

— Mais les mots, Simon, ces mots-là, vous les…

— Ah, les mots ? Je les ai copiés, confia-t-il sur le ton du secret. Je copie beaucoup, tu sais. Mais ceux-là, il y a des années que je les ai.

Pierre comprenait de moins en moins. Simon le gros n'aurait jamais pu entrer chez Romaine, chercher les papiers et prendre le temps de les copier.

— Copiés où ? dit Pierre d'une voix trop forte.

— Chut ! J'aime beaucoup lire les buvards, vois-tu. On essaie de lire à l'envers ce que quelqu'un a écrit à l'endroit. Ça n'apporte rien, tu me diras, mais c'est intéressant. Juste pour le plaisir de deviner. Souvent, à la Bibliothèque, je vais lire les buvards. Un jour, il y a longtemps, j'ai pris l'après-midi pour lire tous les buvards, du premier jusqu'au dernier. Et sur l'un d'eux il y avait cette phrase que j'ai beaucoup aimée. J'ai toute une collection de phrases, tu sais… Cette phrase-là, elle était pour moi, elle me disait : « Simon, si tu prends ton temps, tu finiras par comprendre. » Elle était pour toi aussi.

Pierre soupira de soulagement. Ainsi, Marin ne s'était pas méfié — et pourquoi l'aurait-il fait d'ailleurs ? — et il avait, comme il se doit, tamponné avec un buvard la traduction qu'il avait faite du texte trouvé à la mort de Noé.

« Mystère numéro un éclairci », se dit Pierre. Il sentait que, s'il ne l'interrompait pas, Simon le gros parlerait pendant toute la soirée.

— Monsieur Simon, dit-il, il ne faudrait pas que je rentre trop tard…

— Il n'est même pas huit heures ! fit Simon, déçu.

— Pourquoi pensez-vous que je viens du même endroit que vous ? Vous venez d'où ?

— *De l'autre côté des choses,* murmura Simon, les yeux tout à coup exorbités.

Pierre inspira profondément. Où s'en allaient-ils ainsi tous les deux ?

— Quelles choses ? demanda-t-il, tout doucement.

Simon le fixait étrangement.

— Je ne sais pas. Mais je sais que ma mère a disparu juste un peu après ma naissance et je sais qu'elle n'est pas morte. On les sent, ces choses-là !

— Et Morbanville, dans tout ça ?

Le gros Simon s'affaissa sur lui-même.

— Il y a plein de papiers dans un coffre sous son lit. J'en ai copié plusieurs. Ça dit… Je ne sais pas comment te dire… Morbanville garde des lettres écrites par ma mère. Elle signe « M », pour Madeleine, c'est certain !

« M » pour Morbanville, « M » pour Madeleine, les deux « M » ! Pierre n'avait plus aucune envie de partir. Il fallait que Simon continue.

— Je sais qu'elle n'est pas morte et je pense qu'elle habite de l'autre côté des choses, c'est seulement ça que je peux te dire. Et toi, je sens que tu viens aussi de là.

Fébrile, Pierre parvint à se convaincre qu'il fallait en rester là et reprendre plus tard. C'était trop à la fois.

— Écoutez, Simon, je suis sûr que Morbanville va s'inquiéter, il est peut-être derrière la porte. Il nous faut trouver un moyen de nous revoir sans problème. Je pense que le mieux, ce serait que vous veniez chez Julius régulièrement.

— Mais pour quelle raison irais-je chez le grand Magistère ?

— Laissez-moi y réfléchir. Me donnez-vous la permission d'en parler à Julius ? Vous pourriez venir vous occuper de son jardin, venir faire le ménage…

— Vous êtes quatre dans la maison ! C'est stupide.

— Nous allons trouver quelque chose. Est-ce que vous me faites confiance, Simon ?

— Totalement. Je veux retrouver ma mère, et toi, tu veux retrouver tes parents.

— Nous allons y arriver. Maintenant, il faut que je parte. Vous direz à Morbanville que Julius m'a chargé de vous faire une proposition dont vous ne pouvez pas parler.

Simon se leva.

— Sortons, maintenant, dit-il.

Il posa ses mains sur les épaules de Pierre.

— Je vais te dire une chose. C'est la première fois de ma vie que j'ai vraiment confiance en quelqu'un.

— Vous ne serez pas déçu, dit Pierre.

Simon ouvrit la porte, regarda à gauche et à droite, et fit signe à Pierre de le suivre. Ils entendirent la voix de Morbanville leur lancer d'en haut :

— Vous avez fini vos conciliabules ?

— Terminé, patron ! dit Simon d'une voix terne.

— Bonne nuit, monsieur ! lança Pierre.

Morbanville éclata d'un rire mauvais.

— Pars vite, murmura Simon en ouvrant la porte d'entrée.

— Il fait noir, jeune homme, fit la voix glacée de Morbanville, vous pourriez vous faire dévorer par les bêtes sauvages !

Simon haussa les épaules d'un air excédé, serra la main de Pierre et le regarda descendre en courant la rue des Diables bleus.

Blaise referma la porte sans bruit. Le jeune messager venait de lui remettre une enveloppe épaisse sur laquelle on lisait : *Rapports des chefs de secteur.*

Julius dormait, il n'allait pas le réveiller. Du bout de l'ongle, il fit sauter le sceau. Maintenant qu'il avait le droit de partager une part des secrets, c'est sans aucun remords qu'il allait prendre connaissance des rapports.

Il sourit en parcourant les documents qui, tous, confirmaient que, dans le reste du pays, les secousses avaient été nulles ou très légères.

JEUDI

1

À cinq heures du matin, complètement éveillé, Pierre comprit qu'il ne se rendormirait pas.

Il en profita pour tricoter dans le silence du petit matin. L'écharpe avançait rapidement.

À six heures, il était déjà chez Laredon. Les cheveux en désordre et les yeux endormis, Anatolie apparut dans l'escalier.

— Tu veux venir livrer le pain avec moi ? demanda-t-elle.

— Tant que Julius est malade, répondit-il, on en a plein les bras à la maison. La semaine prochaine ?

Mais Anatolie insistait, moqueuse.

— Tu ne vas pas me dire que, à quatre garçons, vous n'arrivez pas à vous occuper de la maison !

— C'est lui que ça regarde, intervint Laredon. Une grande brioche, ou des petites ?

— Mettez-en dix petites, ça ira.

Non sans avoir envoyé un clin d'œil à Pierre, Anatolie disparut en faisant voleter sa jupe dans l'étroit escalier qui montait à l'appartement.

— Comment va-t-il, notre grand Magistère ? demanda

Laredon en emballant les brioches dans un grand papier craquant.

— Il va mieux. Vous demanderez les détails à Blaise, c'est un peu compliqué.

— Il faut qu'il se protège, le Julius, fit-il ensuite, plus sérieux. Tu lui dis, à notre cher grand Magistère, que j'ai bien hâte de le revoir. Je pourrais peut-être passer, un de ces soirs ? Pas trop tard, vu l'heure à laquelle je me lève.

— Il a besoin de beaucoup de repos, répondit Pierre.

Blaise avait interdit les visites. À part le chef des prud'hommes, personne ne devait voir dans quel état était Julius.

Pierre repartit avec son paquet de brioches, se demandant pour la centième fois depuis la veille comment il pourrait aborder la proposition qu'il avait faite à Simon le gros.

Ce n'était pas le moment de brusquer le grand Magistère, mais il ne fallait pas rater l'occasion de se faire aider par Simon.

Pierre n'arrivait toujours pas à comprendre pourquoi il avait décidé de lui faire confiance.

Décidé ? Non, ce n'était pas une décision, c'était un coup de la fatalité. Cela s'était fait tout naturellement. La confiance, on sent lorsqu'on peut l'accorder à quelqu'un, même sans raisonner pendant des heures.

Pourtant, la première fois qu'il l'avait rencontré, il avait eu le sentiment de se trouver en face d'un gros imbécile, qui suivait le Prince comme un bon chien et qui acquiesçait bêtement à tout ce qu'on disait.

Au hasard des rencontres, Simon le gros n'offrait jamais le même visage. Au procès, malgré tout, il avait fait grande impression. Et il avait eu l'audace et le courage d'affronter Morbanville.

Une fois à la maison, Pierre alla voir Julius. Blaise était déjà avec lui et le lavait avec une infinie douceur.

— Deux brioches chacun? demanda-t-il.

Julius hocha la tête.

— Il faut que je te parle, dit Blaise.

— Maintenant? demanda Pierre.

— Non, il n'y a pas d'urgence. Quand tu auras le temps, fais-moi signe.

Intrigué, Pierre retourna dans la grande pièce. Il entendit des pas dans l'escalier. Casimir ou Mathias? C'était Mathias.

— L'odeur des brioches, ça réveille! dit-il, de belle humeur.

Il tapota l'épaule de Pierre.

— Sais-tu que ça me soulage, cette clause du Point Zéro? Le procès, ça me rendait malade.

Pierre fit couler l'eau chaude et, quand elle fut presque bouillante, la mélangea comme le lui avait appris Julius au lait épais déposé devant la porte chaque matin, cadeau quotidien de Méthode.

— Dis-moi donc, Mathias, si tu avais à imposer une sentence à Simon le gros, ce serait quoi?

Mathias ne peut s'empêcher de pouffer de rire.

— Je le suspendrais par les pieds au-dessus du vide, je ferais passer la corde qui le retient à travers la cage d'un rat et j'attendrais patiemment que le rat ait fini de ronger la corde. Ça te va?

— Trop méchant!

— Il a quand même voulu me tuer!

— Tu ne vas pas le faire mourir pour autant! objecta Pierre.

— Mais non! Tu sais bien que non. Mais si on avait ici des cachots et des prisons humides comme dans les livres, je le garderais enfermé là-dedans jusqu'à la fin de ses jours.

— C'est un peu comme tuer quelqu'un, mais plus lentement.

— Si tu veux une réponse sérieuse, j'en ai une toute prête, ça fait des jours que j'y pense. La pire chose pour Simon le gros, et ça je l'ai compris quand il m'a regardé, au procès, c'est de m'avoir devant lui. Ça le tue !

Pierre poursuivit son idée.

— Alors, la meilleure punition, ce serait de l'installer ici, dans la maison.

— Tu parles ! Ce serait extraordinaire ! Il serait obligé de me regarder chaque matin, de me répondre quand je lui parle…

— De faire le ménage à ta place…

— De faire la lessive au lavoir, renchérit Mathias en riant.

— De nettoyer la cheminée, ajouta Pierre.

Ils riaient tous les deux en allongeant la liste des corvées de Simon.

Tout à coup, Pierre s'arrêta net.

— Ce serait une sentence extraordinaire, conclut-il le plus sérieusement du monde. Tu devrais en parler à ton père ou au chef des prud'hommes.

— Je pense qu'ils seraient tous les deux ravis qu'on leur propose une solution aussi simple et aussi efficace. Il faudra quand même attendre le jugement, et ça peut être long ! J'en glisse un mot à Julius quand Blaise aura fini sa toilette.

À l'infirmerie du Refuge, le vieil Hermas se portait de mieux en mieux. Le docteur Poclain déduisait que le simple fait de voir des gens autour de lui le ramenait un peu à la réalité.

Julius avait fait demander qu'on s'occupe bien de lui, qu'on le lave et qu'on lui taille la barbe et les cheveux, mais seulement avec son accord.

Lorsque Blaise entra dans la grande chambre ensoleillée

où était logé Hermas, il fut heureux de le voir sourire. Oh, un sourire fugace, mais un sourire tout de même.

— On soigne les âmes, ici, expliqua Hermas comme s'il était le chef de l'infirmerie.

— Je vous apporte le bonjour de Julius, dit Blaise. Il est malade et ne peut venir vous voir, mais il vous envoie ses meilleures salutations.

— Tu es son serviteur.

— Son fils aîné, Blaise.

Hermas plissa les yeux, ouvrit la bouche et la referma aussitôt. Il se leva et s'approcha de Blaise.

— Blaise du Montnoir est tout petit.

— J'ai grandi, Hermas.

Tout à coup, Hermas s'effondra sur la petite chaise placée à côté de son lit. La tête entre les mains, il se mit à gémir comme un enfant.

— Blaise, Blaise, si c'est bien toi, me pardonneras-tu ?

Blaise posa la main sur l'épaule d'Hermas.

— Mais vous pardonner de quoi ?

— Julius s'est-il fait couper les cheveux ?

Blaise ne comprit pas le propos, mais s'empressa de répondre :

— Il ne les coupe pas, il n'en a plus.

Hermas gémit encore plus fort.

— Le Cyclope !

Blaise attendit la suite sans intervenir.

— Un Cyclope est venu me voir et je ne l'ai pas reconnu, marmonna Hermas. Il aurait dû me prévenir. Je ne l'ai pas reconnu. Blaise, est-ce vrai que ton père fait maintenant partie de la confrérie des Cyclopes ?

Blaise retenait son souffle.

— La peur est tombée sur moi. La peur est tombée sur

moi et j'ai brandi le trident magique, celui qui ne rate jamais sa cible, le trident qui déclenche la foudre… J'ai voulu tuer le Cyclope. Quand le trident est revenu entre mes mains, j'ai compris. Julius s'était coupé les cheveux et il était devenu Cyclope. Il aurait dû me prévenir.

Hermas leva sur Blaise un regard vide.

— Il est mort. Parce qu'il est venu trop tôt.

— Hermas, Julius est bien vivant. Il n'est pas Cyclope, il a seulement mal à un œil. Ne vous tourmentez pas, ce n'est pas bon pour vous.

Hermas sourit, posa les mains sur ses genoux, baissa la tête et s'endormit d'un coup, comme si, après l'étrange confession qu'il venait de faire, il pouvait s'abandonner au repos.

Mathias n'eut pas besoin de discuter longtemps de la sentence à imposer à Simon le gros.

D'abord, Julius éclata de rire, puis, à la réflexion, se dit que c'était sans doute la meilleure solution. Il ne servait à rien d'enfermer Simon dans le salon des Incarcérations ni de le confiner *ad vitam æternam* chez Morbanville.

— Les sentences trop sévères sont inutiles, expliqua Julius à Mathias. Ainsi, ta solution est la meilleure : Simon passe ses journées ici, en face de toi, sa victime, et le soir il rentre chez Morbanville. Je ne vois pas qui pourrait être en désaccord avec ça. Va me chercher Antonin et apporte-moi du papier. Non, tiens, je le recevrai dans mon bureau. Pendant que tu t'absentes, je rédige le projet de sentence que notre bon chef des prud'hommes n'aura qu'à soumettre à Anne l'Ancien, aux trois autres prud'hommes et aux chefs de quartier. Simon est coupable, il a avoué, nous appliquerons donc cette sentence. C'est simple, non ?

— Et le procès ?

— Pas de procès, il a avoué !

Mathias rayonnait ; il tenait sa vengeance et serait impitoyable.

— Attention, ajouta Julius comme s'il avait lu dans les pensées de son fils, pas de torture émotive ! Je te préviens tout de suite. Le supplice, ce sera de te côtoyer, c'est suffisant. Comment en es-tu venu à penser à ça ?

— Oh, en parlant avec Pierre, comme ça.

Assise comme une enfant sage sur le petit fauteuil de velours, Attina était prête à rentrer chez elle.

— Ça n'a pas l'air de vous faire plaisir, lui dit le Berger qui, lui aussi, avait ramassé ses affaires.

Ils attendaient le garde qui avait été nommé pour assurer la surveillance de jour de la maison d'Attina.

— La prison chez soi, c'est parfait, murmura-t-elle. Mais la prison sans vous, ce sera insupportable, ajouta-t-elle en levant vers le Berger un regard empreint de tristesse.

— Vous vous y ferez, vous verrez. Et puis, je viendrai vous rendre visite.

Attina se leva brusquement. Puis, à pas lents, elle fit le tour de la pièce, passa dans celle du Berger et se planta devant lui. Elle avait le regard clair, la tête haute, et ne souriait pas.

— Fabre, permettez que je vous fasse une proposition.

— Faites, madame ! dit le Berger, étonné de l'intensité du regard qu'Attina posait sur lui.

Elle lui sourit, plissa les yeux et passa la main dans ses cheveux.

— Vous allez déménager chez moi.

— Chez vous ? répéta lentement le Berger. Mais, madame…

Attina hocha la tête sans le quitter du regard.

— Je veux vivre avec vous. Malgré tout ce qui s'est passé, malgré mes crises de colère et mes instincts féroces, malgré ma mauvaise humeur, malgré toutes les bêtises que j'ai pu vous dire, malgré mes idées folles. Vivre avec vous, Fabre, tout simplement. Je suis plus âgée que vous d'au moins dix ans, je n'ai jamais été jolie, mais je pense bien que je vous aime.

Elle ne cessait plus de parler.

— Jamais je n'ai connu quelqu'un d'aussi merveilleux que vous. J'ai besoin de vous. Auriez-vous un peu besoin de moi ?

Le Berger prit entre les siennes les mains glacées d'Attina Niquet.

— Taisez-vous, Attina. Cessez de vous justifier. Ce matin, en vous apportant votre lait au miel, je me disais que j'aurais bien du mal à vivre sans vous, sans avoir à m'occuper de vous. J'ai même pensé à demander à monsieur le chef des prud'hommes de me nommer garde en chef de votre résidence… ou tout au moins votre cuisinier.

— Vraiment ? fit-elle d'une voix tellement douce que le cœur de Fabre Escallier fondit comme du beurre.

Elle se laissa glisser entre ses bras et, sans en être étonnée le moins du monde, comprit que, ainsi appuyée sur la poitrine du Berger, elle venait de trouver le seul endroit au monde où elle serait toujours bien. Cela valait toutes les cavernes et les plages de rêve.

Fabre Escallier referma les bras sur sa prisonnière, déposa

un baiser sur ses cheveux courts, la souleva de terre et l'emporta dans le salon des Incarcérations.

Lorsque le garde vint les rejoindre pour emmener madame Niquet chez elle, il fut surpris de trouver la porte du salon des Incarcérations fermée de l'intérieur et d'entendre des soupirs de bonheur qui ressemblaient à s'y méprendre à ceux des ébats amoureux.

2

Julius était assis au jardin avec le chef des prud'hommes.

— Mon cher Antonin, disait-il, nous sommes jeudi. Je pense que nous avons eu tout le temps de réfléchir et que… Je voudrais vous confier quelque chose de délicat, poursuivit Julius.

Le chef des prud'hommes poussa un léger soupir.

— Je vous écoute, monsieur le grand Magistère.

— Nous acceptons, commença Julius, que, puisque la clause du Point Zéro est toujours en application, notre chère Attina rentre chez elle.

Le chef des prud'hommes hocha la tête, tentant de saisir ce que mijotait Julius.

— Je… Comme vous avez renvoyé chez lui le gros Simon.

— C'est logique, répondit le chef des prud'hommes.

— C'est logique, mais c'est extrêmement injuste, déclara Julius.

— Je ne vois pas ce que vous voulez dire.

— C'est pourtant simple ! s'impatienta Julius. Attina rentrera chez elle, libre comme l'air. Mais vous imaginez ce que doit être la vie de Simon, chez Morbanville ?

Le chef des prud'hommes entendait encore Simon lui dire « Vous ne pouvez pas me faire ça ! »

— C'est vrai, admit-il, que ce doit être infernal après l'histoire du vrai fils Morbanville…

— Je vous propose donc quelque chose qui me permettra d'avoir l'âme en paix.

— Expliquez-vous, marmonna Antonin.

— Le gros Simon viendra chez moi tous les jours. Je l'héberge, mais le jour seulement.

Le chef des prud'hommes ouvrit de grands yeux.

— Mais pourquoi ?

Julius prit tout son temps avant de répondre.

— Je vous l'ai dit, pour que j'aie l'âme en paix. Mais aussi... Je veux dire...

— Mais parlez !

— De cette manière, il devra affronter chaque jour le regard de Mathias. Cela lui remettra les idées en place.

— C'est vous qui êtes injuste ! Et madame Niquet ? Qu'est-ce qu'elle affrontera, elle ?

— Elle affrontera le regard des autres.

Le chef des prud'hommes ne put qu'approuver la décision de Julius. S'il avait osé, il l'aurait embrassé. Il avait meilleure mine, son grand Magistère.

Julius avait eu raison de le recevoir au jardin, il avait l'air moins malade, moins amoché par ses blessures qui, s'il ne le montrait pas, ne l'en faisaient pas moins souffrir.

Aussitôt Antonin parti, Julius appela Pierre qui rentrait du marché.

— Petit, il faut que je te parle. Ferme la porte, s'il te plaît, et assieds-toi. Je vais mieux, la vie reprend son cours, et moi je reprends des forces. Il est temps que je te mette au courant de ce qui se passe. Par rapport à toi, je veux dire... À ton retour chez toi.

Pierre s'étonna, convaincu que Julius n'avait pas eu un instant pour réfléchir à leurs dernières discussions.

— Si tu crois que je perdais mon temps, détrompe-toi.

Je sais que tu l'as pensé, et souvent. Mais non, je n'ai jamais cessé de penser à toi et au moyen de te renvoyer chez toi. Ce n'est pas de gaieté de cœur que je le ferai, sois-en certain, nous nous sommes tous habitués à ta présence ici, surtout moi, tu vois ? ajouta-t-il en ébouriffant les cheveux blonds de Pierre.

— Je vois.

« La première fois que tu m'as parlé de triangles, je n'ai pas réagi promptement. Je n'ai pas réagi du tout, en fait. J'ai seulement été intrigué par cette forme dont tu me parlais.

« Ce n'est que plus tard, lorsque tu m'as dessiné les deux "M" croisés que, tout à coup, cela m'a rappelé quelque chose. J'avais déjà vu cela quelque part. »

— Où ?

« Laisse-moi parler. Pendant que je fouillais un document d'Auguste, j'ai compris. C'est chez Hermas que j'avais déjà vu cette forme, comme un sablier de pierre. La pierre sculptée était sous une couverture, au fond du grand coffre où j'étais allé ranger les draps. Je n'ai plus repensé à cet objet, et comme je n'en associais pas la forme à celle d'un sablier, je n'ai pas fait le rapport lorsque tu es revenu de la Grande Pierre.

« Ensuite, dans un cahier d'Auguste, je suis tombé sur des dessins de ces triangles, encore, mais en perspective. Comme l'objet en forme de sablier que j'avais vu chez Hermas... Si c'était ça, la clé du passage, la clé permettant de franchir ce que tu appelais du vide plein ? Il fallait à tout prix que j'aille la lui... emprunter. Je ne m'attendais pas à ce qu'il me la cède, tu imagines bien. Mais j'étais décidé à attendre le temps qu'il faudrait jusqu'à ce que se présente l'occasion de subtiliser l'objet à son insu.

« J'étais prêt à rester des jours, des semaines chez Hermas, à m'occuper de lui patiemment, à lui faire croire que j'avais besoin de solitude, que j'avais besoin de ses enseignements, de méditer chez lui dans le calme des profondeurs de la forêt. »

— C'est pour ça que vous êtes allé jusqu'à annoncer votre mort ?

Julius soupira profondément.

— Oui, parce que, si j'essayais la clé, je risquais de ne pas revenir. Ou de disparaître pour de bon.

Pierre avait la gorge nouée. Julius avait risqué sa vie pour lui…

— Tu vois, petit, j'ai pensé avoir été très subtil, mais j'ai raté mon coup. En écrivant que je disparaissais et qu'il était inutile de me chercher, je savais que mes fils allaient comprendre que j'avais choisi d'aller mourir quelque part. C'est ainsi qu'on dit les choses dans notre pays. Toutefois, j'ai pris la peine de préciser qu'il ne fallait pas me pleurer et ça, je pensais sincèrement qu'ils en auraient compris le sens. Si le sablier fonctionnait, je pouvais revenir.

— Vous êtes allé un peu loin, dit Pierre.

— Ne pas me pleurer, cela signifiait : ne faites pas de funérailles. Logiquement, ne pas faire de funérailles, c'est considérer que quelqu'un n'est pas encore vraiment mort, non ? Tu me diras que ça ne saute pas aux yeux. Mais les messages d'adieu, il faut toujours les décrypter très soigneusement.

— En tous cas, celui-là, ils ne l'ont vraiment pas décrypté comme vous l'espériez ! Nous étions tous les quatre tellement bouleversés, Julius. Je pense que personne n'a pensé à chercher plus loin que le bout de son nez.

— Je vous imagine, oui ! Et les funérailles d'État ! Tu aurais vu quelque chose de grandiose !

— Je préfère les avoir ratées, vos funérailles ! répliqua Pierre. Moi, à cause du message caché dans la noix, j'étais certain que vous alliez revenir, mais vous m'aviez ordonné de ne parler à personne.

— Et j'ai bien fait ! Si tu parlais à quelqu'un, tu faisais tout rater.

— J'ai obéi.

— Bravo, petit ! Je continue l'histoire : je suis donc monté chez Hermas tout de suite après avoir terminé le gros de mon travail. Mais il s'est passé quelque chose d'imprévu : Hermas ne m'a pas reconnu et il m'a attaqué à coups de fourche. Je te passe les détails. Mais tu comprends maintenant l'origine de mes blessures.

Pierre n'en revenait toujours pas. Julius avait vraiment risqué sa vie pour lui !

— Julius ! fit Pierre d'une voix où pointait la révolte, vous alliez essayer d'ouvrir le passage sans m'attendre ?

— Oui, sans t'attendre ! Au cas où le sablier ne serait pas le bon instrument, que ce serait un parfait hasard, ces deux formes qui nous frappent l'esprit.

— Mais…

— Moi, je n'ai pensé qu'à une chose : que tu ne sois pas déçu.

— Julius…

— Il fallait donc que j'en fasse l'expérience moi-même et que je m'assure qu'il n'y avait aucun danger pour toi.

— Allez-vous me laisser parler ! Julius, vous auriez pu ne jamais revenir, vous rendez-vous compte ?

— J'aurais pu…

— Tout cela veut dire, dit Pierre, que dès que vous serez guéri, nous pourrons aller ensemble à la pierre fendue et…

— Mais, avant, il faut que je récupère le sablier !

— Et c'est pour cela que vous ne voulez pas qu'on laisse Hermas rentrer chez lui avant que vous l'ayez vu ?

— Tu as tout compris. Il n'y a que lui qui puisse me renseigner.

— Sauf que vous n'êtes pas du tout en état de retourner là-bas !

— Mais toi, oui, dit Julius en regardant Pierre droit dans les yeux.

— Je veux bien, Julius, mais il faudra m'indiquer le chemin ! Et si je m'égare ? Vous savez que j'ai un talent fou pour ça !

— Je te suggère d'y aller avec quelqu'un qui connaît le chemin.

— J'irai avec Blaise. Ça, ça vous irait ?

— Pourquoi pas Mathias ? Tu m'étonnes un peu. Tu partirais avec le plus sérieux de mes fils, celui qui parle peu et ne rit presque jamais ?

— C'est avec lui que je partirais parce qu'il peut comprendre ce genre de choses.

— Alors, tu pars quand tu veux. Blaise partira de son côté. Je préfère que vous partiez séparément. Si quelqu'un s'inquiète de ton absence, je dirai que tu es parti rencontrer tes parents, qui ont eu droit à un congé au milieu de leurs recherches.

Pierre ne put s'empêcher de rire.

— Au fait, tu sais de quoi ils s'occupent, tes parents ? De vérifier l'état des bords.

— Tout un travail ! fit Pierre, moqueur. Et dangereux ! Ils pourraient tomber, ajouta-t-il en éclatant de rire.

— Vous partirez demain, si ça te va ! Tu prendras ton chandail, il fait frais là-haut. Je dirai à Blaise de te rejoindre au pilier noir de la plaine de Bagne. Tu ne pourras pas le rater si tu suis le chemin de ronde de Zénon.

Pierre s'empressa de rassembler quelques effets, histoire de faire croire qu'il partait pour quelques jours. On ne pouvait pas savoir, avait précisé Julius, si le sablier se trouvait encore à la même place. Il faudrait prendre le temps de fouiller toute la maison du cousin Hermas. Demain ! Demain, il aurait trouvé le sablier !

Morbanville ne savait que penser. Il relisait pour la cinquième fois le message expédié du Parlement et signé de la main du chef des prud'hommes, message lui ordonnant de permettre à Simon le gros de passer ses journées chez le grand Magistère, de huit heures du matin à huit heures du soir, sept jours par semaine.

Le Prince n'y comprenait rien. Qui avait bien pu prendre une telle décision ? Julius craignait-il pour la sécurité de Simon ?

Il n'avait pas à discuter, devait se contenter d'obéir aux ordres. Mais cela faisait son affaire, il allait en profiter ! Simon passerait ses journées près de Pierre Moulin, il apprendrait des choses, et Morbanville se ferait un plaisir de lui tirer les vers du nez chaque soir.

— Simon, appela-t-il.

Le gros homme arriva au pas de course, curieux de savoir si ce que Morbanville allait lui dire avait un lien avec ce pli qu'on venait de lui remettre.

— À partir de demain, vous devez passer vos journées chez le grand Magistère.

Simon ne put s'empêcher de répondre :

— Mais qui s'occupera de vous ?

— Silence ! Demain matin, à huit heures, vous serez chez Julius. Profitez-en pour faire les courses, ou à l'aller, ou au retour. Ainsi, je n'aurai plus à m'exposer inutilement en public. Vous aurez toutes vos soirées pour vous occuper de moi.

Simon approuva de la tête, qu'il tint ensuite baissée : il ne voulait surtout pas que le Prince pût constater quel grand bonheur l'habitait maintenant. Il allait passer ses journées près de Pierre Moulin et, à eux deux, ils viendraient à bout des mystères.

Blaise et Casimir allèrent à l'infirmerie du Refuge chercher le cousin de leur père.

Avec Hermas, on ne pouvait jamais rien prévoir. Doux comme un agneau ou d'une violence exaltée, calme à faire peur ou fébrile à s'en faire saigner les lèvres à force de se les mordiller, il pouvait aussi bien s'endormir pendant qu'on lui parlait que marmonner sans se soucier qu'on l'écoute ou même qu'on le comprenne.

— Le grand Blaise, murmura Hermas, en plissant les yeux de manière à mieux voir ce grand jeune homme qui était venu le chercher. Et lui, qui est-ce ?

Au moins, il reconnaissait Blaise et, à la grande surprise de ce dernier, il lui donna une légère bourrade en disant :

— Ton père, il n'a toujours pas laissé repousser ses cheveux ? Cheveux qui poussent, rêves repoussent…

Blaise se retint de rire. Il lui fit signe que non avec un sourire complice, comme s'ils étaient les seuls au monde à savoir que Julius était chauve.

— Lui, c'est Casimir.

Hermas plissa les yeux.

— Casimir. Il y en a un autre, vous me cachez l'autre.

— L'autre, c'est Mathias.

— Élisabeth, elle est cachée aussi ?

Blaise se contenta d'une mimique qui en disait long sur

l'état de leur vieux cousin. Les deux frères du Montnoir redoutaient le moment de la rencontre entre Hermas et Julius.

On ne pouvait pas l'héberger encore bien longtemps à l'infirmerie puisqu'il n'était pas malade, seulement un peu égaré. Le docteur Méran avait tenu à le garder pour lui faire subir un examen complet. Demain, il pourrait remonter chez lui.

Lorsqu'il entra dans la maison, Hermas sembla reconnaître les lieux.

— On ne sent plus le parfum d'Élisabeth, commença-t-il. Parfum enfui, adieu la vie.

Casimir lança, du regard, un appel à Blaise : Hermas était-il dans le présent ou dans un lointain passé ?

— C'est dommage que vous l'ayez perdue, vous étiez si petits. Pauvre Julius !

Blaise fit un clin d'œil à son frère : ça irait, Hermas ne perdait pas trop la boule.

Quand Julius apparut, Hermas le fixa longuement sans dire un mot.

Puis il s'approcha, l'examina de près, passa lentement la main sur son crâne et regarda de plus près l'œil tuméfié de son cousin.

— Tes cheveux repousseront. Et tu n'es pas un Cyclope.

Il se mit à pleurer doucement, sans broncher ; les larmes coulaient d'elles-mêmes sans qu'il tentât de les retenir.

— Tu es venu me voir, Julius, et j'ai brandi le trident magique, celui qui ne rate jamais sa cible, le trident qui déclenche la foudre… J'ai voulu tuer le Cyclope.

Julius sortit de sa poche un mouchoir blanc et essuya les larmes de son cousin.

— Entre, Hermas, viens t'asseoir, dit-il tendrement.

Julius referma la porte de son bureau derrière eux.

Casimir et Blaise échangèrent un regard, décidèrent qu'ils

resteraient là, derrière la porte, et qu'ils écouteraient la conversation.

Au début, ils entendirent Julius poser des questions d'usage, comment allait Hermas, comment se passait la vie là-haut. Puis, Julius posa une question à propos des frontières.

Suivit un monologue d'Hermas assez confus, qui semblait ne jamais vouloir s'achever. Lorsque Pierre rentra, il s'approcha des deux frères sur la pointe des pieds et écouta religieusement, lui aussi. Ils n'arrivaient pas à tout saisir.

— Les mots viennent lentement, disait Hermas, parce que des parcelles de pensée rétrécissent, malgré moi. Les frontières éoliennes n'ont jamais existé. Les téméraires les ont cherchées.

— Ah oui ?

— Novembert détestait son roi. Il a fait croire aux frontières. Seulement croire.

— Les frontières de vent n'auraient jamais existé ?

— Des faveurs à l'infini, tant qu'il en demandait, de la part d'un roi qu'il détestait. Mais jamais le droit de sortir. Prisonnier, Novembert. Un monstre d'intelligence ! lança Hermas d'une voix vibrante.

Puis il y eut un silence.

— Continue, Hermas, continue.

Derrière la porte, Blaise chuchota à Pierre et à Casimir :

— Vous y comprenez quelque chose ?

Pierre ne répondit pas.

Dans le bureau, Hermas poursuivait :

— Les frontières sont des duperies. À cause des géants. Le monde qui est le nôtre tient dans la main d'un géant. Retiens bien cela, Julius. *Nous sommes tous les géants de quelqu'un.* Me comprends-tu ?

— Je…

— Nous sommes tous les géants de quelqu'un ! Il y a des

mondes plus grands que le nôtre ! Le plus grand univers se déverse dans le plus petit ! Le petit univers a beau essayer de toutes ses forces, il ne peut pas rejoindre le plus grand.

Derrière la porte, Pierre se dit que le jour n'était pas venu où il pourrait expliquer à Hermas que des hommes avaient marché sur la Lune, que des télescopes tournaient dans l'espace, qu'on avait des photos de Mars…

— Dis-moi, Hermas, fit la voix de Julius. Ce que tu m'expliques, c'est le contraire du filet d'eau qui se déverse dans le ruisseau, le ruisseau dans la rivière, la rivière dans le fleuve et le fleuve dans la mer…

— Entre plus l'infini et moins l'infini, répondit Hermas, il faut peut-être oublier le retour… Mais la clé…

Derrière la porte, les trois garçons échangèrent un regard intrigué.

— Qu'est-ce qu'il raconte ? chuchota Casimir.

— Tais-toi ! dit Blaise.

Hermas parlait maintenant de chauves-souris, mais aucun des trois garçons n'entendait clairement ce qu'il disait.

— Avec des lunettes ? fit la voix, un peu trop aiguë, de Julius.

Hermas marmonna encore un moment et reprit, la voix plus forte :

— Le monde qui est le nôtre tient dans la main d'un autre.

— Du géant ? hasarda Julius.

— D'un géant. Toi, Julius, tu tiens dans ta main un monde infiniment petit dont tu ne connais pas l'existence. Du plus grand au plus petit…

Pierre revit ce qu'il appelait les dessins « sans fin », le dessin dans le dessin dans le dessin… Son père gardait du brou de noix dans une vieille bouteille de Dubonnet, sur l'étiquette de laquelle un chat se tenait enroulé autour d'une bouteille de

Dubonnet, sur l'étiquette de laquelle un chat se tenait enroulé autour d'une bouteille sur l'étiquette de laquelle on voyait un chat…

— Il y a longtemps que je sais, poursuivit Hermas. Elle existe, la clé.

Les trois garçons entendirent Julius demander :

— Pour le passage ?

— Tu le sais aussi ! Le sablier ouvre le passage. Si tu le sais, soit prudent. Le sablier, c'est la clé.

La voix d'Hermas se faisait de plus en plus faible.

Casimir et Blaise se tournèrent vers Pierre.

— Tu y comprends quelque chose, toi ?

Pierre leur fit signe de se taire. Oh oui, il comprenait ! Il aurait voulu être de l'autre côté de la porte pour entendre tout ce que marmonnait Hermas.

Les trois garçons eurent beau tendre l'oreille, la voix d'Hermas n'était plus qu'un murmure. Puis ce fut le silence.

— Comment est-ce qu'il arrive à vivre, tout seul là-haut ? demanda Casimir.

— Il faudra demander à Julius, dit Blaise. Je pense qu'il cultive un peu, il y a un ruisseau à proximité. Tu te rappelles, Casimir, le jour où Mathias avait fait des bateaux d'écorce ?

— Non ! Je n'ai même pas le souvenir d'être allé chez Hermas.

— Pourtant, on avait eu la peur de notre vie quand il s'était levé en pleine nuit pour faire du feu au milieu de sa cuisine au cas où les nuages se transformeraient en chimères. Mathias et toi, vous étiez venus dormir avec moi et, à trois, nous avions passé la nuit à trembler de terreur.

Pierre était impatient de parler à Julius. Il se mit à équeuter les haricots pour faire passer le temps. Enfin, la porte s'ouvrit sur Julius et Hermas, ce dernier un peu ahuri, et Julius l'air réjoui comme on ne le lui avait pas vu depuis des jours, et en même temps extrêmement pâle.

— Hermas rentrera chez lui demain, annonça-t-il comme si c'était une nouvelle de première importance.

Pierre sursauta, regardant Julius sans comprendre.

Hermas salua profondément en répétant, les yeux presque fermés :

— N'oublie pas, le petit est dans le grand, Julius, n'oublie jamais.

— Je n'oublierai pas, Hermas.

— Viens me voir au printemps. Envoie un ange pour me prévenir. N'oublie pas non plus : deux métaux qui vibrent, chuchota-t-il à l'oreille de Julius.

— Je n'oublie pas. Et je te préviendrai, Hermas, dit doucement Julius. Marcus ira te conduire, ce sera bien.

— Me conduire chez moi.

Ce n'était pas une question, mais un constat. Hermas rentrait chez lui.

— Chez moi, répéta-t-il.

Puis il se tut, ouvrit grand les yeux, salua encore en s'inclinant profondément devant Julius, ses fils et Pierre.

— Lui, dit Hermas en désignant Pierre du doigt et en fronçant les sourcils.

Qu'allait-il dire encore ?

— Tu as quatre fils, Julius. Celui-ci, on dirait Élisabeth. J'oublie. Quatre fils. Quatre.

Julius fit un clin d'œil à Blaise, qui accompagna Hermas au Refuge.

« Demain ! se répétait Simon le gros. Demain, chez le grand Magistère ! » C'était un tel bonheur qu'il avait l'impression de ne plus toucher terre, d'être léger malgré sa corpulence et, surtout, d'avoir l'esprit léger, capable de voguer sans difficulté dans toutes les directions.

Romaine pleura pendant deux heures. D'avoir tout avoué à Pierre lui avait rajeuni le cœur. Et voilà que, maintenant, elle pleurait de soulagement. « Pourquoi à lui ? » se demanda-t-elle encore.

« Parce qu'il n'est pas comme nous », répondit son esprit.

Elle s'était prise à regretter d'avoir imposé cette confession à un garçon qui n'avait pas quinze ans. Tout jeune, le mignon, mais un cœur solide.

Elle avait bien fait de parler, elle savait qu'il protégerait son secret et que, lorsqu'il serait rentré chez lui, où que fût cet endroit, plus personne n'aurait jamais accès aux malheurs de Romaine. Elle avait jeté du lest et s'en trouvait heureuse.

Si la chose était possible, elle irait bien passer un jour ou deux chez les Rabiault. S'ils n'étaient pas encore remontés chez eux, elle leur demanderait cette faveur.

Elle l'aimait beaucoup, le fils aveugle et bossu qu'elle avait toujours eu envie d'appeler « mon petit prince ».

Attina Niquet était de retour dans sa maison, avec Fabre Escallier. Les choses s'étaient faites tout simplement. Elle attendait paisiblement Antonin. Tant que le Berger était avec elle, elle était heureuse.

Étendue sur le grand sofa de son salon, la tête sur les genoux de Fabre, Attina poursuivait sa leçon d'histoire.

Le Berger aimait ces moments où, sans qu'il eût besoin de poser de questions, Attina racontait, livrait comme une offrande tout ce qu'elle avait découvert de l'histoire du pays.

— Il m'a fallu des années de recherche pour parvenir à mettre ensemble quantité de morceaux disparates.

— Raconte, demanda Le Berger.

Attina ne se fit pas prier.

« Après les années de vie en petits duchés et l'instauration de la monarchie avec le premier vrai "roi", la lignée des Morbanville a régné sur le pays du Montnoir pendant près de cinq siècles. Morbanville III fut, de loin, le pire roi que le pays ait connu.

« Égoïste, avare, sans respect pour son peuple, il faillit mener le pays à sa perte.

« Jusqu'à son avènement, le pays du Montnoir, situé de part et d'autre de la chaîne de montagnes qui partageait le royaume entre les terres de l'Est et celles de l'Ouest, faisait la fierté de son peuple.

« Donnant sur la mer, doté de terres très fertiles et de riches forêts d'antibois, le pays du Montnoir faisait bien des jaloux, mais cela n'avait jamais créé d'incidents, les rois de Morbanville sachant négocier finement avec ceux du pays voisin.

« Ce pays, à juste titre appelé "La petite Couronne", car il encerclait carrément celui du Montnoir, avait également front sur la mer, au nord et au sud. Toutefois, l'antibois ne poussant pas sur leurs terres, les Courons importaient chaque année de grandes quantités de ce bois qui ne pourrit jamais. »

La clochette de l'entrée tinta dans la pénombre.

— La suite à plus tard ! dit joyeusement Attina à Fabre Escallier, déçu. Ce doit être le prud'homme qui vient me faire signer des papiers. Je vais vite me coiffer !

Elle disparut dans un froufrou de jupe.

3

Au campement de Marin, ce fut une joie pour chacun de se réinstaller dans ses affaires. Chaque fois que, pour une raison ou pour une autre, les pensionnaires passaient un moment à la ville, le retour était joyeux.

Dans le cœur de Bérangère se jouait un conflit absurde : délibérément, elle n'avait pas voulu passer trop de temps avec Pierre, mais, une fois qu'elle était remontée dans la forêt, il lui manquait et elle regrettait sa réticence.

Quand finirait-elle par trouver la bonne position, entre la crainte et l'attirance, entre le confort et le doute, entre… entre…, oscillerait-elle toujours entre deux infinis ?

Une seule chose occupait sa pensée depuis qu'elle était revenue de la ville : sa maison. Non seulement elle la trouvait belle malgré son dénuement, mais elle s'y sentait bien comme nulle part ailleurs. Et elle rêvait d'y passer des heures, des jours et des nuits avec Pierre.

Zénon se rétablissait, il avait repris son travail et ne rêvait presque plus de loups.

Mat avait adoré distribuer le courrier. Elle était rentrée à la maison fourbue, mais heureuse de voir Zénon faire la classe aux enfants, jouer avec eux, s'occuper des ânons, préparer d'étonnantes salades, raconter des histoires et confectionner des confitures.

— Et si on alternait nos tâches? demanda-t-elle à Zénon lorsqu'il rentra de sa première tournée.

— Alterner comment?

— Un jour, c'est toi qui distribues le courrier, l'autre jour c'est moi. Comme ça, tu as tout ton temps pour échafauder tes plans de grand réseau, préparer le cours de facteur…

Zénon leva sur elle des yeux si admiratifs que Mat en fut toute troublée.

De voir Zénon enfin sorti de la torpeur dans laquelle il s'était laissé sombrer réjouissait Mat au plus haut point.

— Dis donc, si on invitait Pierre pour lui parler de tout ça? Je l'imagine bien, moi, assistant facteur! Et puis, il connaît la montagne… Quand ses parents seront revenus de mission, il pourra faire le facteur là-haut!

Mat fronça les sourcils.

— Elle dure bien longtemps, la mission de ses parents, tu ne trouves pas? Où est-ce que Julius a bien pu les envoyer?

— Sais-tu ce que je pense vraiment? murmura Zénon.

Mat fit non de la tête.

— Je pense que, pour que ce soit si long, Julius a dû les envoyer vérifier les bords.

— Non! fit Mat, horrifiée, en mettant la main devant sa bouche. Tu crois qu'ils sont tombés?

— C'est possible, Mat, c'est tout à fait possible.

— Pauvre petit!

Deux grosses larmes perlèrent au bord des yeux de Mat.

— Comment savoir?

— On ne peut pas, répondit lentement Zénon. Julius ne dira jamais rien, tu le sais bien.

— Et Pierre, tu penses qu'il le sait, de quoi sont chargés ses parents ?

— Tu ne vas tout de même pas le lui demander ?

— Non, mais en tournant autour du pot, peut-être que…

— Mat, on ne va pas forcer cet enfant à parler. Sa situation est déjà assez délicate comme ça. S'il sait quelque chose, il n'a pas le droit de parler. S'il ne sait rien, nous allons semer le doute en lui. Non ?

— Tu as raison, dit Mat en posant la main de Zénon sur son ventre.

Le chef des prud'hommes, accompagné de deux assistants, attendait devant la maison d'Attina. D'un geste solennel, il secoua pour la deuxième fois la corde, qui agita une clochette grêle à l'intérieur de la maison.

Le Berger apparut à la fenêtre du troisième étage.

— Je descends, messieurs, je descends !

— C'est un grand jour, murmura le chef des prud'hommes à ses collègues, autant pour elle que pour lui. Elle, libre enfin de vivre chez elle sans surveillance, et lui, libéré de son poste de gardien. Il a fait un excellent travail, ce jeune homme.

Le Berger ouvrit la porte, radieux.

— Entrez vite ! Madame Niquet vous attend.

Ils suivirent le Berger jusque dans le petit salon où Attina les attendait, souriante, rajeunie.

— Messieurs, fit-elle en s'inclinant élégamment devant eux.

— Madame, dit le chef des prud'hommes.

Les deux prud'hommes s'inclinèrent eux aussi.

— Faisons-nous la chose dans les règles ou de manière moins protocolaire ? demanda Attina.

— Je préférerais que cela se fasse selon les règles, si vous n'y voyez pas d'objection.

— Allez-y ! dit-elle avec un sourire, et un clin d'œil au Berger.

Le chef des prud'hommes sortit du sac qu'il portait en bandoulière un étroit rouleau de papier, le déroula et entreprit de lire le document.

— Au nom de monsieur Julius du Montnoir, grand Magistère de notre cher pays, nous déclarons solennellement que madame Attina Niquet est libérée de la tutelle sous laquelle elle avait été placée, libérée également de la surveillance qu'assurait auprès d'elle monsieur Fabre Escallier, dit le Berger. Madame Niquet recouvre son entière liberté.

Le chef des prud'hommes roula le papier qu'il remit dans son sac.

— Voilà, madame, vous êtes libre.

— Et mon procès ? C'est tout de même incroyable ! Je peux vous demander ce qui a fait pencher la balance en ma faveur ?

— La bonté de notre grand Magistère, qui a confiance en vous, le témoignage du docteur Méran et celui de Fabre Escallier. Nous vous aurons tout de même à l'œil, ajouta le chef des prud'hommes, légèrement moqueur.

— Mais le procès, je vous le redemande ? Ce n'est pas un exemple à donner au peuple !

— Le docteur Méran viendra vous expliquer. Tout ce que je peux vous dire, c'est que vous êtes libre.

— Et tout le monde sait bien que si je fais la moindre bêtise…

— Vous n'en ferez plus, lui souffla le Berger à l'oreille.

Attina le gratifia d'un immense sourire.

— Prendrez-vous un verre avec moi pour célébrer la chose ? demanda-t-elle.

— Mais bien sûr ! répondit le chef des prud'hommes.

— Je vous sers un peu de bière ! dit Attina.

Elle passa à la cuisine et revint rapidement avec cinq verres et cinq petites bouteilles dont elle fit sauter les bouchons avant d'en tendre une à chacun des quatre hommes.

— Fabre, dit le chef des prud'hommes, vous êtes donc libéré de votre tâche de geôlier.

Le Berger se contenta de lancer à Attina un regard entendu.

Celle-ci se mordilla le bout d'un doigt pendant quelques secondes.

— Profitons de l'occasion, commença-t-elle, la voix émue, pour vous annoncer que monsieur Fabre Escallier, dit le Berger comme vous dites, s'installera ici à demeure.

Le chef des prud'hommes, qui venait tout juste de prendre sa première gorgée de bière, s'étouffa sec.

— Je comprends que cela vous surprenne, dit le Berger en tapant dans le dos du chef des prud'hommes, mais après les longues journées que nous avons partagées, madame Niquet et moi, nous avons décidé de poursuivre notre…

Attina lui lança un regard ému.

— Nous nous aimons, dit-elle, catégorique.

— Eh bien, fit le chef des prud'hommes en reprenant son souffle, buvons à votre bonheur !

Étendu sur son lit sur ordre de Casimir qui lui trouvait le teint pâle, Julius regardait Pierre sans parler.

— Maintenant, nous sommes seuls, dit-il au bout de ce qui se sembla à Pierre une éternité.

Le silence occupait la pièce comme un mauvais invité. Pierre eut le sentiment que sa vie se jouait dans l'instant, qu'il saurait quelques secondes plus tard s'il pourrait rentrer chez lui un jour, ou s'il allait être condamné à passer là le reste de son existence. Il y avait pensé tant et tant de fois que, d'une certaine manière, il était parfois parvenu à y réfléchir dans une vague indifférence.

Maintenant qu'il était devant ce grand Magistère silencieux, il avait peur.

— Tu ne dis rien, laissa tomber Julius.

Pierre se mordillait la lèvre inférieure.

— Si vous renvoyez votre cousin Hermas chez lui demain, ça veut dire que Blaise et moi, on n'y va plus ?

— Tu as bien compris, murmura Julius.

— Mais le sablier ? Comment on fera pour aller le chercher ? Je n'ai pas envie de me faire transpercer à coups de fourche !

Pierre s'échauffait vite. Il parlait à toute allure, fâché, déçu, fatigué de mener toutes ces recherches qui n'aboutissaient jamais à rien. Il s'assit au pied du lit de Julius, la tête entre les mains.

— Il serait inutile d'aller chez Hermas, et pour une raison très simple : le sablier qu'il possède n'est pas le bon.

— Comment ça, pas le bon ? fit Pierre entre ses dents.

— C'est une copie qu'il a faite lui-même.

— Il vous l'a dit ?

— Dans ses mots, mais oui, c'est ce qu'il a dit.

— Mais pour faire une copie, il lui a fallu l'original ! Il sait où il est, l'original ?

Le grand Magistère se contenta de sourire.

— Dites quelque chose, Julius !

— Hermas connaît depuis longtemps les triangles de la Grande Pierre. Il les a mesurés, il a taillé un morceau de granit qui s'y ajustait parfaitement.

— Et ça n'a pas marché ?

— Non. Il n'a jamais réussi à déclencher l'ouverture du passage. L'original a des vertus particulières, il semble être fait d'un alliage, Hermas a parlé de métaux qui vibrent. Moi, de mon côté, j'avais pensé à faire un…

Julius se mordit la lèvre.

— Un quoi ?

— Un moulage. En terre. Comme les petits personnages que tu as vus dans la chambre de Blaise…

Pierre resta un moment interdit.

— Ah, c'est pour ça ! s'exclama-t-il. Quand vous aviez les ongles sales, quand j'ai pensé que vous aviez gratté vos blessures, c'était de la terre !

Julius eut un sourire d'enfant pris en défaut.

— Mais ça n'aurait pas plus fonctionné que le modèle d'Hermas. C'est l'original qu'il nous faut.

Pierre eut une moue de déception.

— L'original, dit Julius, il serait tout près d'ici. Hermas l'a dit.

— Où ? cria Pierre, en se levant d'un bond.

— Si j'en crois cette longue confession d'Hermas, celui qui détient la clé, ce serait Morbanville.

Pierre frappa du poing dans le matelas.

— Mais on le sait, ça ! Ça crève les yeux, Julius ! Les deux « M », Julius ! Vous n'avez jamais pensé que…

— Il semblerait qu'il existe deux sabliers, coupa Julius. Écoute-moi bien, petit. Ce que je pense, c'est que l'un serait en possession de Morbanville. L'autre appartiendrait à une dame que Morbanville attend souvent là-haut, à la Grande Pierre.

Parfois, elle vient déposer une lettre dans une cache. Hermas l'appelle la chauve-souris rouge. Morbanville, si c'est lui...

— C'est évident que c'est lui, Julius ! Les deux « M » ! Réveillez-vous un peu !

— Laisse-moi douter tant qu'on n'aura pas tout découvert. Morbanville, donc, serait ce qu'Hermas appelle la chauve-souris noire, géante comme la rouge, sauf que la noire n'a parfois pas de tête et à d'autres moments porte de grandes lunettes noires. Les chauves-souris apparaissent et disparaissent près de la Grande Pierre.

— La chauve-souris noire, dit Pierre, c'est Morbanville, il n'a pas de tête, il porte son voile...

— ... et, enchaîna Julius, quand il ne porte pas son voile, il a de grandes lunettes noires pour cacher une partie de son visage !

Le grand Magistère éclata d'un rire victorieux.

— Quant à la chauve-souris rouge, elle a une tête de femme...

Une femme ! En rouge !

Pierre bondit sur ses pieds. Les pièces de l'énorme casse-tête qui voguaient dans sa tête depuis des jours arrivaient enfin à se mettre en place. Tant pis pour le doute de Julius. La Dame à la jupe rouge !

Cette dame-là vivait dans son monde à lui autant que dans celui du Montnoir !

— La chauve-souris rouge, dit Pierre, la voix sourde, c'est Madeleine. Elle signe « M » ses lettres à Morbanville. « M » et « M », Julius ! Morbanville et Madeleine. Les triangles, le sablier ! La chauve-souris rouge, c'est la mère de Simon le gros, je suis sûr que c'est elle, Julius.

— Qu'est-ce que tu racontes ? fit Julius en se redressant vivement.

— Il me l'a dit. Je mettrais ma main au feu, cria Pierre, que la dame, la chauve-souris rouge, c'est la mère de Simon le gros. Rouge et rouge ! Alors, il n'aurait pas tort, le gros, quand il dit que nous avons beaucoup en commun. Il viendrait…

— Tu perds la tête, petit ! Arrête tout de suite !

— Non et non, Julius ! La Dame à la jupe rouge, c'est ma grand-mère qui en parle et…

— Encore des légendes ! Nous n'en sortirons jamais !

— Ce n'est pas une légende ! Ma grand-mère, elle parle tout le temps de la Dame à la jupe rouge. Elle l'intrigue, cette femme.

— Qu'est-ce qu'elle raconte, ta grand-mère ?

— Que cette dame se promenait dans la forêt avec un très vieil homme qui portait des lunettes fumées même la nuit, vous voyez bien ! Qu'elle prenait souvent le sentier de la pierre fendue… Que ça l'inquiète, ma grand-mère, parce qu'avant la dame menait une vie tranquille et que, un jour, ce monsieur-là est revenu…

— Des histoires ! Elle connaît son nom, ta grand-mère ?

Pierre hésita.

— Des fois, elle l'appelle madame Jo. Elle dit plus souvent « la Dame en rouge » ou « la Dame à la jupe rouge »…

— Qu'est-ce que ça prouve ? fit Julius, haussant les sourcils.

— Mais moi, je l'ai vue ! cria Pierre, énervé. Juste avant de me perdre, Julius ! Juste avant que je traverse la pierre fendue, je l'ai vue, j'ai vu quelqu'un disparaître ou se cacher. J'ai pensé voir la Dame à la jupe rouge…

— Ah ! Tu as pensé la voir ! Des faits, Pierre, pas des suppositions.

— Mais, Julius, explosa Pierre, vous passez vos journées à en faire, des suppositions ! Moi, je vous dis qu'elle existe, la

Dame et que c'est la mère de Simon le gros. La chauve-souris rouge, c'est pareil ! Il m'a dit plein de choses, Simon, et…

— Pierre ! tonna Julius. Tu t'égares. Non, Simon ne vient pas de ton monde, ni sa mère, m'entends-tu ? Elle est née ici, Madeleine Jocquard, je l'ai connue toute petite.

En une fraction de seconde, Pierre passa de la colère à la joie. Il ouvrit la bouche, la referma, puis se mit à sautiller sur place.

— Julius, Julius ! J'ai dit madame Jo ! Comprenez-vous ? Madame Jo ! Pas Jo pour Joséphine ou pour Joëlle ! Madame Jo pour Jocquard ! Vous vous rendez compte, Julius, on y arrive !

— Madame Jo…, murmura Julius.

— C'est elle, chuchota Pierre. La mère du gros Simon.

Il se pencha vers Julius et lui plaqua un baiser sonore sur la joue. Pour un peu, il l'aurait fait danser dans son lit.

— Vous restez couché ?

— Je vais dormir un peu, tu m'épuises, petit. Ne réfléchis pas dans tous les sens. Tu as raison, nous arrivons à quelque chose. Concentre-toi.

— Je ne fais que ça, Julius !

Pierre referma la porte de la chambre et fit une pirouette extravagante qui étonna Casimir.

— Tiens, tu as reçu ça, dit celui-ci en lui tendant un papier plié.

— Juste là, maintenant ?

— C'est Matricule qui est passé. Il va de mieux en mieux.

Pierre déplia le feuillet : Bérangère lui donnait rendez-vous à cinq heures sur les remparts. Il ne put retenir un rire qui résonna dans la pièce, clair comme un matin de fin d'été.

Dans la pénombre de son grand salon, Attina expliquait à Fabre Escallier les changements qu'elle prévoyait effectuer. Après le départ du prud'homme, ils avaient fait le tour de la maison en imaginant les travaux qu'ils entreprendraient.

— Il faut que cette maison soit la nôtre, pas celle de l'ancienne Attina ! déclara-t-elle en éclatant d'un joli rire.

— Tu me laisses décider de l'aménagement de la cuisine, précisa le Berger.

— La cuisine, c'est à toi. Le reste, nous en déciderons à deux. Tu vois, je veux que cette maison ne garde rien de ce qu'elle a été avant nous.

— Pas même un petit bout ? demanda le Berger.

— Pas même.

— Dis-moi, tous ces livres, là-haut, dans la tourelle…

— Tu les as remarqués, fit-elle, l'œil coquin.

— Ce sont des trésors de famille ?

— D'*une* famille, pas de la mienne.

— Explique-moi, demanda-t-il en passant son bras autour de la taille d'Attina.

— Sais-tu pourquoi j'en connais un peu, moi, de l'histoire de notre pays ?

Le Berger pencha la tête, perplexe.

— À cause de ces livres… qui viennent des Morbanville.

— Non !

— Oui, oui, confirma-t-elle avec le plus grand naturel. À l'occasion, je me faufile dans les caves du château et j'en rapporte un ou deux livres. Si tu savais ce qu'il y a là-dedans, c'est passionnant ! Bientôt, nous irons ensemble, mais de nuit, seulement !

Pierre faisait les cent pas sur les remparts. Viendrait-elle ? Bérangère n'était jamais en retard. Pierre avait emballé son cadeau dans une enveloppe qu'il avait fabriquée lui-même avec un très beau papier que lui avait fourni Blaise. L'écharpe n'était pas assez longue à son goût, mais il y avait mis tout son cœur et, surtout, avait réussi à la terminer en deux jours. « Et une demi-nuit ! » précisa-t-il.

Il s'accouda pour observer le rythme des vagues : trois vagues courtes, une longue, un temps de suspension, trois courtes…

— Bam ! fit Bérangère dans son dos.

Pierre sursauta.

— Ne te retourne pas, continue à regarder la mer.

— Pourquoi ? demanda Pierre en riant.

— Parce que je me suis raté la tête.

Elle eut beau s'appuyer contre lui très fort pour l'empêcher de se retourner, il fut plus fort qu'elle et parvint, malgré l'enveloppe, à se défaire aisément des deux bras.

Il éclata de rire.

— Qu'est-ce qu'elle a, ta tête ? Moi, je l'aime comme ça.

Elle n'y était pas allée de main morte et avait joué allégrement du couteau. Ses cheveux se dressaient en courts épis, on aurait dit un champ après la récolte lorsqu'il ne reste que les chaumes. Jamais Pierre ne l'avait trouvée aussi belle. Elle portait au cou, attaché par un très fin lacet de cuir, le mince rouleau offert par la vieille Romaine.

— Tu aurais dû voir la tête de Marin !

— Si moi, je t'aime comme ça, on oublie Marin ?

Le regard de Bérangère se couvrit un instant.

Il suffisait d'un mot, d'un seul, pour qu'elle se mure, se renfrogne, se sauve en courant ou disparaisse tout simplement.

— Ferme les yeux et donne tes mains, ordonna-t-il gentiment.

Bérangère obéit avec un léger soupir. Il déposa l'enveloppe entre ses mains tendues, et elle ouvrit les yeux.

— Qu'est-ce que c'est ?

— Un cadeau, qu'est-ce que tu veux que ce soit ?

Bérangère planta ses yeux dans ceux de Pierre.

— Pourquoi ?

— Bérangère ! insista-t-il, impatienté.

Elle le regardait sans ciller, sans sourire, sans parler.

— Ouvre !

Avec précaution, comme si le cadeau allait exploser, elle dénoua le fil blanc et tenta de voir à l'intérieur. Puis, avec une légère hésitation, elle ouvrit enfin l'enveloppe.

Elle en sortit l'écharpe de laine fine, la déroula doucement, la faisant glisser entre ses mains comme un nuage.

Pierre la regardait en souriant.

— C'est pour moi ?

— Mais non, c'est pour mon arrière-grand-mère ! fit-il, moqueur.

— C'est Romaine qui l'a tricotée ?

— Non.

— Tu l'as trouvée ?

— Non, mademoiselle Canet, je l'ai tricotée moi-même. Pour toi.

Pierre ne savait pas si elle allait éclater de rire, lancer l'écharpe par-dessus les remparts ou se mettre à pleurer. Bérangère bafouillait, ses lèvres tremblaient.

— Pierre !

— Je tricote, oui, oui, je tricote.

Était-ce la fierté d'avoir réussi à terminer aussi rapidement l'écharpe trop courte, était-ce la douceur de l'air, le bruissement des vagues, le soleil qui lui chauffait le dos ? Pierre se sentait merveilleusement bien, léger comme l'écharpe, une bulle portée par la brise.

— Comme ça, quand je serai parti, il te restera un cadeau de moi.

Bérangère enroula l'écharpe autour de son cou, la remontant jusque sous son nez.

— Elle a pris ton odeur, murmura-t-elle.

— Tu l'aimes ? demanda Pierre.

— Oui.

Le regard de Bérangère se posa sur la mer, par-dessus l'épaule de Pierre.

— Tu vois, dit-elle comme si elle se parlait à elle-même, j'essaie chaque jour de faire comme si tu n'étais plus là. J'ai voulu voir ce que ça faisait comme effet. J'ai voulu savoir si tu t'inquiétais. Parce que…

Pierre attendait la suite, qui sembla ne jamais vouloir venir.

— Parce que, quand tu seras parti…

Elle se mordit la lèvre inférieure.

— Parce que, répéta-t-elle très vite, quand tu seras parti, j'aurai toujours envie que tu reviennes. Et ça, on ne sait pas si c'est possible.

Tout à coup, Pierre fut parcouru d'un long frisson. Au plus creux de son ventre, au fond de sa gorge, tout tremblotait, un étrange plaisir. « Et si tu venais avec moi ? fut-il sur le point de demander. Si tu traversais la pierre avec moi ? »

Il posa les deux mains sur les épaules de Bérangère et chercha son regard. Il avait la bouche sèche, la langue comme un bout de carton, le souffle court.

— Et si, Bérangère… Et si tu venais avec moi ?

Bérangère resta pétrifiée. Tout, dans sa tête, se bousculait à une vitesse inouïe. Partir avec Pierre, passer dans le monde de Pierre, vivre dans la famille de Pierre? Il en avait tant parlé, de sa famille. Le mur des remparts lui sembla chavirer vers la mer.

— Non. Non ! répéta-t-elle.

Déjà, Pierre imaginait Bérangère chez lui, courant vers le lac au réveil ; Bérangère courant dans les sentiers de la forêt ; Bérangère dans le potager en train de cueillir les poireaux avec Bibi… Bérangère à l'école ? Bérangère en voiture ?

— Comment veux-tu ? dit-elle.

— On va y penser, murmura Pierre à son oreille.

— Je peux te dire une chose ?

Pierre lui sourit, passa le bras autour de ses épaules et la serra contre lui.

— À part ceci, fit-elle en caressant le cylindre suspendu à son cou, jamais, depuis la mort de mes parents, jamais personne ne m'a fait de cadeau.

VENDREDI

La maison de Julius respirait la bonne humeur malgré le ciel couvert et le crachin qui flottait depuis l'aube de ce vendredi matin.

Simon était passé vers sept heures, pressé de quitter la maison de Morbanville et de revoir le petit Moulin.

Pierre était ravi d'avoir désormais son allié dans la place.

Simon multiplia les courbettes devant Julius.

— J'espère que vous allez mieux, monsieur le grand Magistère, lui dit-il gentiment. On dirait que vous vous êtes fait battre.

— C'est bête, j'ai marché sur un râteau, dit Julius.

— Comme vous dites, c'est bête, dit Simon en riant, c'est même la chose la plus bête qui puisse nous arriver.

Maintenant que Julius pouvait marcher sans trop de peine et que son œil avait beaucoup désenflé, il avait l'air presque normal. Sa joue cicatrisait bien.

— Qu'est-ce que je dois faire? demanda Simon.

— Oh, vous pouvez faire ce que bon vous semble, aller vous promener. Nous avons cependant décidé de nous attaquer au grand ménage de la maison, au très grand ménage, celui que j'aurais dû faire depuis des années. Une chambre après l'autre, et à fond…

— Pas la mienne ! lança Mathias.

— Tu le feras toi-même, ton ménage, mais tu le feras ! répondit Julius.

— Par laquelle commence-t-on ? demanda Simon.

— Par la mienne ! répondit Julius.

Pierre écoutait sans dire un mot.

— Mais, d'abord, Pierre va vous faire faire le tour de la maison, n'est-ce pas, petit ?

— Avec grand plaisir, fit Pierre, faussement cérémonieux. Veuillez me suivre. Vous voulez voir ma chambre ?

Simon lui répondit par un clin d'œil.

Ils traversèrent la cuisine, passèrent au jardin où Pierre lui montra la baignoire, puis entrèrent dans la chambre de Pierre.

— Voici, lui dit Simon à voix basse. Je t'ai apporté les quelques documents que j'ai copiés. Je pense qu'ils sont très importants pour toi, et pour moi. Cache-les vite, et continuons notre tour. Il y en avait un tellement vieux que j'ai pensé qu'il allait se pulvériser entre mes doigts… À celui-là, il manque des bouts, c'est sûr. C'était difficile à lire.

Pierre mourait d'impatience de consulter les papiers de Simon, mais il lui fit visiter toute la maison avant que, finalement, tout le monde se mette au ménage de la chambre de Julius.

— Comprends-tu exactement ce que je fais ici ? demanda le gros homme.

— Pas vraiment, mentit Pierre, mais ça nous arrange, non ?

Bérangère avait averti Marin, la veille, avant de descendre à la ville : elle ne remonterait pas coucher au campement. D'abord, elle devait voir Pierre, puis elle voulait passer la soirée avec Romaine et Matricule.

— Tu coucheras chez ma mère ? avait demandé Marin-le-long.

— Non, avait répondu Bérangère, je coucherai chez moi, dans ma maison.

Pour Marin, c'était bon et mauvais à la fois. Est-ce qu'elle s'enfermait chez elle pour cultiver son malheur et s'en satisfaire ? Elle apprenait peut-être à apprivoiser la maison où elle avait vu mourir ses parents.

Bérangère était assez grande pour savoir ce qu'elle avait à faire. Marin lui laissait de plus en plus la bride sur le cou, sachant bien que la contraindre ne pouvait que la provoquer, la fâcher et, à la limite, la faire s'enfuir.

Elle s'éveilla donc, en ce vendredi matin, dans le grand lit de ses parents, pour lequel elle devrait tailler de nouveaux draps et tricoter des couvertures. Les rideaux étaient encore jolis, fines dentelles crochetées par sa mère. Il y en avait à toutes les fenêtres.

Jamais elle ne pourrait quitter ce pays, jamais elle n'oserait traverser la Grande Pierre. Elle avait beau retourner la question dans tous les sens, elle savait qu'il lui était impossible de franchir la Grande Pierre, d'aller vers l'autre monde. S'il existait !

Elle ne voulait pas d'un autre pays, fût-il celui de Pierre.

Pierre courut dans sa chambre afin de lire le document que le gros homme lui avait apporté. L'écriture maladroite de

Simon couvrait quelques pages de papier rugueux. *De Novembert à ses épouses…*

Il ne prit pas le temps de s'asseoir, ses mains tremblaient, il nageait dans le bonheur.

De Novembert à ses épouses

Un jour, ô mes chères épouses, je vous emmènerai courir dans les brouillards de l'aube, loin d'ici, loin de la tyrannie, loin du mensonge dans lequel nous tient notre affreux roi, comme les mouches prisonnières d'une énorme araignée.

Un jour, ô mes chères épouses, nous fuirons avec tous nos enfants. Je veillerai sur vous, je vous mettrai à l'abri pour toujours, personne ne pourra venir vous faire de mal, je vous le jure sur ma vie.

J'ai gaspillé toute ma sagesse au profit d'un homme mauvais. J'ai déposé mes connaissances à ses pieds, croyant agir pour le bien de notre peuple.

J'ai eu tort, je me suis trompé : il a trahi ma confiance.

Un jour, ô mes chères épouses, j'apparaîtrai devant vous lavé de toute souillure.

Et vous, mes enfants, pourrez me regarder dans les yeux sans y lire la trace de la honte.

Encore un peu de temps, et je vous ferai franchir le passage.

Je vous emmènerai chez les géants, car ces géants sont bons, quoi qu'en dise le tyran.

Ne croyez plus ces légendes horribles, n'écoutez plus sa voix semblable à celle du serpent.

Les Courons, ces géants, nous attendent chez eux, et je vous y mènerai.

Si la mort me prenait avant que j'y parvienne, voici ce qu'il vous faudra faire.

C'est à Mine et à Hamou, nos jumeaux aînés, que je confie le soin de vous faire passer chez les géants. Il faudra pour cela vous munir d'une clé sculptée en forme de sablier que vous trouverez, dans un sac de cuir fin, sous le coin nord-est du pilier de droite de la grille du château.

Au cas où l'une se briserait, j'ai fabriqué deux clés, prenez-les toutes les deux.

De là, vous monterez au lieu dit de la Grande Pierre, vous placerez la clé dans son réceptacle, taillé dans la paroi de la partie gauche de la Grande Pierre. La végétation s'affaissera et libérera le passage, autrement impossible à franchir.

Ne tentez pas d'abattre la végétation, de la couper ou de la brûler, ce serait inutile, elle repousserait, plus forte.

Une fois que vous aurez tous franchi le passage, Mine et Hamou récupéreront la clé, ils refermeront le passage et s'empresseront de vous rejoindre, ô mes chères épouses et vous tous, mes enfants.

Hâtez-vous, courez rejoindre les autres, mes chers aînés, sinon vous serez avalés par les ronces et les fougères.

Une fois arrivés au pays des géants, cherchez le vieux Moulain, il prendra soin de vous. Il me doit la vie, il vous racontera.

Votre Novembert bien-aimé, en ce vingt-sixième jour de l'an 31 du règne de Morbanville III

Suivait un plan du chemin menant du château à la pierre fendue.

Le vieux Moulain !

La tête de Pierre tournait, comme sous l'effet du vin de framboise. Le vieux Moulain au pays des géants ! Ce ne pouvait être que l'un de ses ancêtres.

Déjà, des siècles plus tôt, un homme du pays du Montnoir

connaissait l'un de ses aïeuls! La vie était étrange, le monde était petit, mais à ce point?

L'an 31 du règne de Morbanville III! C'était quand? Novembert n'avait jamais réussi à fuir, ni à faire s'enfuir sa famille. Les sabliers n'étaient jamais sortis du pays.

Hermas avait raison, l'un des deux était sans doute chez Morbanville, comme les papiers, comme tant de choses qu'il était urgent de retrouver. À moins que Morbanville les eût cachés ailleurs que chez lui, dans le château, dans la forêt, n'importe où…

Qu'était-il advenu de la famille du brillant physicien? Avaient-ils tous eu les mains coupées, ou la tête? S'étaient-ils soumis, en fin de compte?

Ah, ce Simon le gros! Jamais Pierre ne pourrait assez le remercier.

Il déplia un second document, un seul feuillet, deux phrases recopiées également par Simon, sans signature :

À trois pas, ouest-nord-ouest, de l'entrée du passage, des tessons, chère M. À trois pas, ouest-nord-ouest des tessons, les messages, les tiens et les miens. Nous nous entendrons ainsi à l'avenir.

Puis un troisième feuillet, qui se lisait ainsi :

dorénavant formellement interdit de tracer les chemins du pays. Toutes les représentations géographiques ont été détruites par le feu, sous mes yeux et je

Chère M. Pierre exultait.
Dans le jardin, un grillon chantait.

Le repas de midi se déroula dans une étrange atmosphère. Mathias était franchement odieux, Pierre muet comme une carpe. Blaise et Casimir parlaient pour ne rien dire, et Julius faisait semblant de rien.

Simon s'était jeté dans le ménage avec une telle ardeur que Julius se demandait déjà comment il pourrait l'occuper durant des semaines s'il décidait de passer tout son temps avec eux.

— Il y a toujours beaucoup à faire dans une maison, fit remarquer le gros.

Mathias le fixait sans ciller, espérant le faire craquer.

— Je voudrais vous dire une chose, monsieur Mathias, commença Simon.

Blaise leva la tête, Casimir se tortilla sur sa chaise. Mathias ne broncha pas.

— L'histoire de la flèche, commença Simon, l'histoire de la flèche, eh bien, comment vous dire…

— La flèche? Quelle flèche? demanda Mathias, cynique. Je ne vois pas de quoi vous voulez parler.

Le front de Simon se couvrit de sueur. Il laissa tomber son couteau.

— Ne vous moquez pas, monsieur Mathias. La flèche, c'était une erreur. Je tiens à ce que vous le sachiez. Lamentable, vous n'avez pas besoin de me le dire…

Mathias continuait de le fixer avec dédain comme si le gros était contagieux.

— Je sais que vous m'en voudrez toute la vie, articula péniblement Simon. Mais je veux quand même vous dire à tous, et à vous, monsieur le grand Magistère, que je n'ai jamais, jamais voulu assassiner, ou même blesser monsieur Mathias.

Le silence se fit, les fourchettes restèrent suspendues au-dessus des assiettes.

— Cessez de m'appeler *monsieur*! cria Mathias.

Simon se racla la gorge.

— J'ai raconté toutes sortes de choses. À mon patron comme à tout le monde, au moment de l'interrogatoire. Quand je vous dis que c'était une erreur, c'est vrai.

— Pourquoi est-ce que je vous croirais? demanda Mathias.

Simon passa une main molle dans ses cheveux grisonnants.

— Toute ma vie, le patron m'a écrasé, comme on tape sur une mouche qui agace. Il m'a tout appris, c'est certain, j'ai passé ma vie à le lui dire. Mais il m'a surtout enseigné que j'étais un gros inutile qu'il avait pris sous son aile par bonté pour ma mère…

Julius voulut parler, mais Mathias lui fit signe de se taire.

— Un soir, poursuivit Simon le gros, j'ai eu envie de me venger, de montrer à tout le monde, et à lui surtout, que j'étais bon à quelque chose. Je voulais rentrer de la battue avec un gros sanglier sur les épaules, fier de moi, enfin reconnu par les vaillants, comme vous, ceux qui savez chasser.

Mathias cligna des yeux.

— J'ai vraiment cru viser un sanglier, je vous le jure. Mais c'était vous, monsieur Mathias. Quand j'ai vu que je vous avais touché, j'ai détalé comme un lièvre, j'ai eu des visions, je me suis égaré dans cette forêt que je connais mal, j'ai perdu conscience. Finalement, j'ai réussi à retrouver le chemin de la maison. Et puis je me suis tu. Comme un coupable.

Simon ferma les yeux un instant.

— Mais je ne l'étais pas, coupable. En mon âme et conscience, j'étais innocent puisque je n'avais pas voulu vous atteindre.

Mathias ne le lâchait pas des yeux. Pierre souhaitait que Simon déballe vite tout ce qu'il avait à dire.

— Pendant des nuits, continua Simon, j'ai cherché comment me sortir de ce pétrin. Aux yeux de tous, j'ai toujours été un gros escargot. Un jour, comprenez-moi, on n'en peut plus. Alors, on décide de faire un geste d'éclat, ou d'en finir avec la vie. J'ai voulu faire les deux, mais ça n'a rien donné.

Casimir était ému, Julius regardait Simon avec un immense respect, Pierre était fier de son complice, Blaise écoutait sans qu'on pût deviner ce qu'il pensait.

— Et puis, poursuivit le gros Simon, j'ai compris que, en m'accusant, j'étais certain d'être fait prisonnier. Et ça, c'était merveilleux !

Simon eut un pauvre sourire.

— C'était merveilleux, reprit-il, parce qu'une fois prisonnier j'échappais à Morbanville… Comprenez-vous, monsieur Mathias, comprenez-vous ?

Mathias n'avait pas quitté Simon des yeux, il triturait sa serviette et serrait nerveusement les mâchoires.

Il se leva si subitement que Pierre crut qu'il allait renverser la table.

— Simon Jocquard, vous allez m'écouter !

Le gros homme rentra la tête dans les épaules. Julius tendit la main vers Mathias.

— Un escargot, lança Mathias, l'image est juste, c'est celle que vous avez donnée toute votre vie. Quand nous étions petits, nous vous appelions comme ça, l'escargot. Mais aujourd'hui…

Tous levèrent les yeux vers lui. Mathias posa ses deux paumes bien à plat sur la table et baissa la tête un instant.

— Aujourd'hui, dit-il, la voix tout à coup changée, je tiens à vous assurer que vous avez bien fait de vouloir vous affranchir. Si j'étais mort à cause de cela, je ne serais pas ici pour vous le dire. Oublions tout puisque je suis vivant. On ne peut pas passer toute une vie sous la houlette d'un être aussi vil que le Prince. Vous avez bien fait, monsieur l'escargot.

Il se rassit sans quitter Simon des yeux.

— Vin de framboise, ordonna Julius.

— Merci, murmura Simon. Merci, monsieur Mathias. Je n'oublierai jamais.

En fin d'après-midi, Pierre demanda à Julius s'il pouvait lui « emprunter » Simon pour une demi-heure.

— Bien sûr, petit, bien sûr. Tout le temps que tu veux.

Dès qu'ils furent tous les deux dans la chambre de jardin, Pierre fit asseoir Simon.

— Écoutez-moi bien, Simon. Il y a une chose qu'il faut qu'on fasse absolument.

— Toi et moi ?

— Plutôt vous. Il faut que vous écriviez à votre mère. Je sais où il faut aller déposer la lettre. Vous n'avez rien à perdre. Ou bien elle viendra la chercher et elle vous répondra, ou bien elle ne viendra pas et elle ne vous répondra pas non plus, ce qui ne changera rien à votre vie actuelle.

— Qu'est-ce que je vais lui écrire ? demanda Simon, troublé.

— C'est vous qui le savez. Et *vous* le savez très bien, dit Pierre d'un ton sans réplique.

— Je lui écrirais…

— Ne rêvez pas, prenez ma plume et ce papier. Allez-y.

Simon baissa sagement la tête, approcha son tabouret de la table et trempa la plume dans l'encrier.

Chère maman,

C'est ton fils Simon qui t'écrit. Je ne te connais pas. Je veux te retrouver. C'est tout. Le reste, tout ce qu'il y a à dire, je veux qu'on se le dise ensemble, c'est trop compliqué. Si tu veux me voir, viens vite me voir…

— C'est tout mal écrit, fit Simon.

— Non, non, c'est comme ça qu'il faut dire les choses. Mais ajoutez quelques détails.

— Lesquels?

— Je ne sais pas! Dites-lui que Morbanville vous a toujours dit qu'elle était morte, que vous êtes certain que c'est faux, parlez-lui de votre fameuse intuition… Et fixez-lui un rendez-vous!

— Quand?

— Je ne sais pas.

— Demain.

— Ça ne vous laisse pas beaucoup de marge!

— Mais je veux la voir! Si je le lui demande, elle viendra.

— Allez-y! dit Pierre, que plus rien n'étonnait. Mais si j'étais vous, je lui donnerais rendez-vous après-demain. Ça me donnerait à moi le temps d'aller la porter, votre lettre, parce que c'est un peu loin, vous savez. Remarquez que, si je pars tout de suite…

Simon reprit sa lettre, ajouta les détails que Pierre lui avait suggérés. Tout à coup, il fronça les sourcils, l'air méfiant.

— Où tu vas la laisser, ma lettre?

— Près du passage.

— Tu sais où c'est?

— Oui. C'est écrit dans les papiers que vous m'avez apportés. Vous l'avez lu vous aussi! *À trois pas, ouest-nord-ouest, de l'entrée du passage, des tessons…* On essaie, Simon, ou on n'essaie pas?

Simon baissa la tête. Il avait peur. Les questions couraient dans sa tête comme des souris impossibles à attraper.

Est-ce que Madeleine Jocquard venait chaque jour chercher le « courrier » que lui adressait Morbanville ? Serait-elle là demain ? Simplement parce que Simon lui adressait une lettre ?

Il décida de donner rendez-vous à sa mère le lendemain, à midi, et tous les autres jours, à midi aussi.

Pierre et lui s'arrangeraient pour aller lever le courrier tant qu'elle n'aurait pas répondu, tant qu'elle ne serait pas venue.

— Mais où vit-elle ? demanda tout à coup Simon.

— Vous n'avez pas deviné ? Vous les avez bien lus, les papiers !

— Je crois que j'ai peur…

Elle avait beau tourner et retourner dans sa tête la proposition de Pierre, Bérangère n'arrivait pas à s'imaginer vivant ailleurs qu'au pays du Montnoir.

Sa décision était prise, elle resterait. Elle souhaitait seulement savoir si, une fois la Grande Pierre traversée, Pierre pourrait revenir aussi souvent qu'ils le souhaitaient tous les deux.

Si, à l'instant même, elle avait eu le courage de s'y rendre, à la Grande Pierre, elle l'aurait vu, lui, Pierre Moulin, déposer à quelques pas des énormes blocs, dans une cache recouverte de branches de pin séchées, la lettre de Simon le gros à sa mère.

Elle aurait pu voir aussi le gros caillou rosé qu'il posait sur les branches.

Mat appela les jumeaux, qui accoururent aussitôt.

— Vous iriez me chercher Zénon? Il doit être sur la Grand-Place.

— On va le chercher pour quoi faire?

— Pour rien du tout. Allez, ne posez pas de questions.

Les jumeaux ne se le firent pas dire deux fois : Mat avait une manière si douce d'imposer son autorité !

Elle n'en pouvait plus d'attendre et, malgré toutes ses bonnes résolutions, avait décidé qu'il n'y avait pas de bons ou de mauvais moments. Il faisait beau, Zénon allait mieux et semblait ne plus rêver de loups, le docteur Méran avait fait des merveilles en une seule séance d'une sorte de sommeil réparateur.

— C'est l'une de mes découvertes, une nouvelle méthode pour soigner les craintes et bien d'autres choses, avait-il expliqué.

Il avait eu raison. Zénon avait retrouvé sa forme.

Tout allait bien, Mat allait pouvoir lui dire ce qui lui réjouissait tant le cœur : les jumeaux allaient avoir un petit frère ou une petite sœur et, à sentir comment se passaient les choses, Mat aurait juré que ce serait encore une fois des jumeaux.

Morbanville sentit son œil s'éteindre. « Comme une torche mal alimentée… », se dit-il. Il n'y avait rien à faire, les gouttes ne faisaient plus aucun effet. Le mal venait de derrière le globe oculaire, comme si une force terrible poussait l'œil en dehors de son orbite.

Sa tête éclaterait bientôt, le cerveau jaillirait.

Le Prince s'étendit sur son lit, puis avala d'un coup et sans eau le contenu de son flacon de gouttes.

SAMEDI

1

La lettre avait été déposée la veille, Pierre avait fait l'aller retour en un temps record ! « Il va se passer quelque chose », ne cessait de se répéter Simon. Il ne tenait plus en place.

Il arriva chez Julius vers six heures du matin, nettoya sans bruit la cuisine, alluma le feu, prépara le lait, passa chez Laredon. Quand la famille du Montnoir s'éveilla, tout était prêt.

— Nous deviendrons vite paresseux, signala Casimir.

La veille, ce n'est qu'à la nuit tombée que Simon était rentré chez Morbanville par la porte du jardin. Il était monté directement à sa chambre et avait tout fait pour ne pas rencontrer le patron. Morbanville avait glissé un mot sous sa porte ; Simon ne l'avait même pas lu et l'avait déchiré en tout petits morceaux.

Il s'était endormi en répétant : « maman ».

Convaincre Julius de s'absenter au cours de la journée ne fut pas bien difficile, mais Simon tenait à obtenir sa permission. Julius ne voulut même pas en connaître la raison. Le gros Simon lui faisait peine à voir et, de parvenir à le rendre heureux rien qu'en l'accueillant dans sa maison procurait à Julius le plus grand des plaisirs.

— J'irai avec lui, dit Pierre à Julius. Je vous le ramènerai sans faute.

Deux fois en deux jours à la pierre fendue ! Pierre connaissait le chemin par cœur, il le faisait au pas de course et, chaque fois, il avait le sentiment de se rapprocher de chez lui.

Ils partirent à onze heures.

— Vous savez, Simon, j'ai déposé un gros caillou rose. Ça va l'intriguer. Non ?

Simon n'ouvrit pas la bouche. Le pauvre gros avait peine à le suivre.

— Ce n'est pas tous les jours qu'on fait pareille chose, se contenta-t-il de dire.

Pierre respecta son silence jusqu'à leur destination.

Lorsqu'ils arrivèrent en vue de la pierre, ils ralentirent le pas, tous deux anxieux de ce qui allait ou n'allait pas se passer.

Le soleil était haut, le vent frais, des parfums de résine embaumaient l'air. Des oiseaux passaient au-dessus de leurs têtes, piaillant, chantant, lançant des appels joyeux. Simon ralentit le pas, leva la tête.

— Elle est énorme ! souffla-t-il.

— C'est le passage, Simon. Et la cache, elle est par là.

Pierre eut tout à coup le souffle coupé. Le gros caillou rose n'était plus là ! La lettre de Simon non plus.

— C'est difficile, tellement difficile, marmonna Simon.

Il fixait maintenant le sol, n'osant plus lever la tête.

— Quelle heure est-il ? demanda Pierre.

Simon ne répondit pas.

Tout à coup, Pierre saisit la main du gros homme. Là, entre les deux masses de roc, les fougères et les ronces ployaient comme sous le coup d'un vent énorme, elles se couchaient par terre, s'affaissaient comme une coulée de dominos.

— Simon ! murmura Pierre. Regardez !

Pour Simon, ce fut l'enchantement ; pour Pierre, une révélation.

Devant eux, la tête haute, sa jupe rouge gonflée par le vent, s'avançait lentement une géante aux cheveux blancs noués en deux tresses roulées au-dessus des oreilles.

Elle cligna des yeux, éblouie par le soleil, et se mit à rapetisser à vue d'œil. Ses cheveux blancs virèrent à l'acajou, ses quelques rides s'effacèrent.

Puis elle s'arrêta pour mieux voir. Elle plaça dans la paroi de la pierre un objet brillant en forme de sablier.

Simon eut un vif mouvement de recul. Ce n'était pas elle, ce ne pouvait pas être elle ! C'était une jeune fille d'à peine vingt ans qui s'avançait vers lui !

Elle ouvrit les bras et sourit étrangement.

Pour Pierre, ce fut comme si le temps s'arrêtait, comme si la planète cessait un moment de tourner.

La jeune fille ne bougeait plus, Simon le gros baissa la tête, le corps secoué de sanglots muets.

— C'est elle, Simon ! chuchota Pierre à son oreille.

Simon secoua la tête.

— Non ! gémit-il.

— Je vous jure que c'est elle, Simon. Ne posez aucune question.

Le gros homme tourna vers Pierre des yeux effrayés.

— Je vous expliquerai, Simon. N'ayez pas peur.

Le gros Simon releva la tête.

— Maman ? osa-t-il dire enfin.

La jeune fille hocha la tête et s'approcha d'eux.

Comme au ralenti, étrangement agile, Simon le gros courait vers cette merveilleuse apparition.

Elle était venue, Madeleine Jocquard était au rendez-vous.

La Dame à la jupe rouge… Pierre s'appuya contre le tronc d'un pin. Si elle n'avait que vingt ans de ce côté-ci du monde, c'était que la Fracture du Temps existait bel et bien. Il avait sa réponse, il était sauvé. Elle possédait un sablier, il repartirait avec elle.

Pendant un long moment, il resta à l'écart à les regarder s'apprivoiser, se toucher, rire et se parler, pleurer aussi, et rire encore.

Il était venu déposer le message hier en fin de journée et elle était là, aujourd'hui, à midi, comme Simon l'avait demandé.

Tout à coup, Simon chercha Pierre des yeux, affolé de ne plus le voir.

— Moulin ! cria-t-il d'une voix étranglée.

Pierre s'avança dans l'ombre du grand pin.

— Bonjour, madame, fit-il en lui tendant la main.

— Bonjour, dit-elle tout simplement.

— Je…, hésita Pierre. Je suis un ami de Simon et je viens de l'autre côté de…

Madeleine Jocquard ouvrit des yeux incrédules.

— C'est vrai, confirma Simon d'une voix sûre.

— Mais c'est secret ! ajouta Pierre.

— Comment…, bafouilla Simon, comment se fait-il que vous… que tu aies l'air aussi jeune ?

Madeleine eut un sourire énigmatique.

— Il y aura infiniment de choses à expliquer, à raconter. Nous prendrons le temps, Simon, ne t'en fais pas.

— Jurez-moi que vous êtes… que tu es vraiment ma mère, insista Simon, toujours sous le choc.

— Tu ressembles trop à ton père pour que j'en doute un instant.

Elle parlait d'une voix douce, de manière un peu retenue,

comme si elle ne savait pas par où commencer. Simon ferma les yeux un instant, c'était trop de bonheur, trop d'étonnement, trop de mystère.

Puis ce fut au tour de Madeleine de poser des questions à Simon et à Pierre. Il répondit la vérité, simplement : oui, il était entré par erreur au pays du Montnoir. Oui, il venait de l'autre côté de la Grande Pierre.

Il avait tellement envie de demander à Madeleine de lui faire franchir le passage, maintenant, tout de suite ! Jamais de sa vie, il n'avait ressenti pareille impatience.

Mais cela signifiait qu'il ne reverrait ni Julius, ni Bérangère, ni Simon, ni Pépin, ni personne, qu'il s'enfuirait comme un voleur, qu'il quitterait le pays du Montnoir alors qu'il lui restait tant de choses à comprendre. Si Madeleine était entrée, il allait pouvoir sortir, la Fracture du Temps n'était pas une invention. Il inspira profondément.

— Madame, dit Pierre, je voudrais vous demander quelque chose. Le sablier, comment... Comment on fait ?

— Le sablier ? Tu l'insères, à l'entrée, dans la cavité, et tu le retires aussitôt. Le passage s'ouvre. En sortant, tu fais la même chose, et le passage se referme.

— Comme une carte de guichet automatique ouvre la porte de la banque ?

— Exactement, répondit Madeleine.

Simon plissait les yeux sans comprendre.

— Une carte de quoi ? demanda-t-il timidement.

— Ça, dit Pierre, c'est de l'autre côté...

Puis il leur fallut bien se décider à descendre à la ville.

Madeleine Jocquard hésitait.

— J'ai peur, dit-elle.

— Je t'emmène chez Julius, dit Simon, optant pour le tutoiement, tu y seras en sécurité.

Elle sourit encore et les prit tous les deux par la main, Pierre à sa gauche, Simon à sa droite.

C'est elle qui leur indiqua un chemin beaucoup plus rapide que celui qu'empruntait Pierre et que celui qu'avait suivi Julius. Ils arrivèrent au fond de la plaine de Bagne et, de là, filèrent discrètement par un étroit sentier, puis par les ruelles. Le long du chemin, Madeleine répondit patiemment à toutes les questions de Pierre qui, devant pareille apparition, tentait de tout comprendre en même temps. Oui, elle passait par la Grande Pierre presque chaque jour, mais elle ne s'attardait jamais, quelques minutes, pas plus.

— Mais pourquoi ? s'étonna Pierre.

— Pour sentir un peu de ce pays qui est toujours le mien. Je viens regarder la mer, de loin… Parfois, je trouve dans la cache une lettre du Prince. Je n'y réponds jamais, sauf lorsqu'il tente de me faire chanter ou qu'il me parle de mariage. Ah, là ! Si vous saviez ce que je lui réponds !

— Et lui, le Prince, il y va souvent, chez vous ?

— Plus maintenant. Mais il m'a laissé un mot il n'y a pas si longtemps.

Simon jacassait comme une pie, commençait des phrases qu'il ne terminait pas, se retournait sans cesse vers Madeleine, lui souriant béatement.

Les morceaux du casse-tête continuaient à se mettre en place dans la tête de Pierre ; il essayait d'imaginer ce qu'il aurait fait s'il avait rencontré Madeleine Jocquard — ou encore Morbanville ! — lors de ses deux visites à la pierre fendue.

Pierre, Simon et Madeleine entrèrent chez Julius par la porte du jardin.

Pierre demanda aux deux autres de se faire discrets pour ne pas déranger le grand Magistère, expliquant à Madeleine que celui-ci avait eu un accident, qu'il était un peu amoché et qu'il avait besoin de beaucoup de repos. Mais le grand Magistère était là, dans la cuisine, à trancher le pain.

Il leva les yeux et devint blême comme un linge. Le couteau lui échappa des mains et vint se ficher à ses pieds.

— Non! cria-t-il en s'adossant au mur de la cuisine.

Les yeux exorbités, il regardait Madeleine comme s'il venait de voir une revenante.

— Ne crains rien, Julius…

— Madeleine! dit le grand Magistère dans un souffle. Mais… Mais comment…

— Qui est-ce? demanda Casimir à Simon.

— Vin de framboise! lança Pierre avec un sourire triomphant.

Blaise et Mathias fronçaient les sourcils.

Pierre vint se placer tout près de Julius.

— Vous ne comprenez pas, Julius? La Fracture du Temps! Madeleine a ici l'âge qu'elle avait quand…

Le grand Magistère sentit monter en lui un incroyable sentiment de paix. Il serra très fort la main de Pierre.

— Chers Julius, Mathias, Blaise, Casimir, fit Simon en essayant de bafouiller le moins possible, je vous présente… ma mère.

C'est Anatolie qui, envoyée par son père livrer un pain de son au prince de Morbanville, donna discrètement l'alerte.

Le plus jeune des prud'hommes fut aussitôt convoqué sur les lieux. Comme la maison du Prince restait muette malgré les coups de heurtoir, le jeune homme décida de l'enfoncer avec l'aide des voisins les plus costauds.

C'est lui, le pauvre petit prud'homme, qui découvrit Morbanville, étendu sur le dos dans son lit, un voile blanc lui couvrant entièrement le visage, une grande enveloppe entre les mains.

Il sortit rejoindre Anatolie et lui demanda d'aller avertir l'un des carillonneurs et de lui demander de sonner le glas. Il courut ensuite prévenir son chef, emportant dans son sac l'enveloppe du défunt Prince.

La lignée des Morbanville s'achevait dans le silence de la grande maison triste où le prince venait de s'éteindre.

Aussitôt qu'il fut informé par le jeune prud'homme du décès de Morbanville, Antonin se rua chez le grand Magistère, l'enveloppe serrée contre sa poitrine.

— Le patron est mort, murmura Simon, incrédule.

— La vie a le don de faire les choses de manière bizarre, dit Julius. Au moment où vous arrivez, Madeleine…

Il fit signe à ses fils de se retirer un moment.

— Les rares fois où je suis venue à la ville, déguisée, vous imaginez bien, dit Madeleine, il s'est passé quelque chose sans que j'y sois pour rien. C'est pourquoi j'ai hésité avant de répondre à la demande de Simon. J'ai eu peur de provoquer quelque malheur. Et voilà que…

Le chef des prud'hommes écoutait sans comprendre.

— Pourriez-vous me dire, monsieur le grand Magistère, qui est cette charmante jeune fille que vous semblez avoir oublié de me présenter…

— Mon cher Antonin, tu as devant toi Madeleine Jocquard, la mère de notre bon Simon.

Devant la mine ahurie du pauvre prud'homme, Julius se contenta de dire :

— Je vous expliquerai, Antonin. Ne posez surtout pas de questions maintenant.

— Avouez, souffla le chef des prud'hommes à l'oreille de Julius, que certaines femmes vieillissent moins rapidement que d'autres. Elles doivent utiliser des potions… Quelle beauté !

Le grand Magistère tapota gentiment l'épaule d'Antonin.

Plus jeune que Julius, le chef des prud'hommes ne gardait de Madeleine aucun souvenir.

Antonin aurait voulu tout savoir ; pourquoi ne s'était-elle jamais occupée de son fils ?

Julius lui répéta à l'oreille qu'il lui expliquerait tout, et qu'elle avait d'excellentes raisons d'avoir agi comme elle l'avait fait.

— J'ai vraiment hésité, disait Madeleine à son fils.

— Pas bien longtemps ! s'exclama Simon.

— Tout de même, répondit-elle, j'ai pesé le pour et le contre. Cela n'a pas été facile.

— Je n'arrive pas à y croire ! dit Simon.

— Mais c'est bien moi, murmura-t-elle.

— Non, corrigea Simon, je veux dire que… Je veux dire que je n'arrive pas à croire que le patron soit mort. Il est mort tout seul. C'est…

— C'est triste, dit-elle. Toute sa vie s'est passée sous le signe de la tristesse.

Madeleine Jocquard regardait son fils, elle lui parlait comme s'il avait toujours fait partie de sa vie, avec un naturel étonnant et une grande simplicité.

— Monsieur de Morbanville serait mort tôt ou tard, crut bon de préciser le chef des prud'hommes.

— Vous avez de ces phrases, Antonin ! s'exclama Julius. Vous aussi, vous allez mourir tôt ou tard !

— Je voulais dire que… Je…

— Qu'il était tout de même très vieux ?

Le chef des prud'hommes se tortillait, tirait sur sa barbichette, de plus en plus mal à l'aise. Il tenta de se reprendre :

— Monsieur le grand Magistère, comment allons-nous procéder ? Funérailles d'État ?

— Je ne crois pas que cela soit nécessaire, fit Julius, le menton dans la main. Personne n'y assisterait…

— Et puis, fit le chef des prud'hommes avec un petit rire timide, il suffit d'organiser des funérailles d'État pour que le défunt ressuscite ! Oh, pardon, monsieur le grand Magistère, je ne voulais pas… Je…

Julius éclata de rire.

— Antonin, vous vous laissez aller ! dit-il en se moquant légèrement de son collègue toujours tellement sérieux.

Madeleine tourna les yeux vers Simon, qui lui signifia discrètement qu'elle ne pouvait pas comprendre.

Antonin s'inclina devant elle, l'esprit confus, troublé par la grande beauté de cette dame qui n'avait pas vieilli.

— Je vous laisse, chère madame, dit-il, en vous souhaitant un bon séjour parmi nous malgré les événements.

— Ne vous en faites pas, dit-elle, Simon et moi, nous nous occuperons de tout.

Une fois le chef des prud'hommes sorti, Julius et Madeleine regardèrent Simon.

— C'est à toi, maintenant, lui dit Madeleine, de te retirer avec l'enveloppe que monsieur Antonin vient de t'apporter.

Simon eut tout à coup l'air affolé. Il battit l'air des deux mains comme s'il allait étouffer.

— Non, non, j'ai besoin de vous deux pour lire tout ça, j'en suis sûr. Ne riez pas de moi, mais j'ai peur de l'ouvrir…

Julius admirait la patience avec laquelle Madeleine Jocquard écoutait ce fils qu'elle n'avait jamais connu.

— Allons, dit-elle, nous restons avec toi, tu peux nous lire ce que le Prince t'a écrit.

Madeleine l'appelait le Prince, jamais Morbanville, jamais par ses prénoms non plus.

Simon défit le sceau marqué du grand « M ».

À monsieur Simon Jocquard,

Jusqu'au bout, nous nous serons heurtés jusque dans l'âme. Je ne t'ai jamais ménagé, Simon, et je ne cesserai pas. Le souffle me manque, mon œil s'est éteint, signe que la fin me guette.

Que te dire ? Que ta mère fut le seul et vrai amour de ma vie. Voilà ce qu'il fallait que tu saches.

À toi, faux fils de Prince, je laisse tout ce que je possède, sauf ce qui suit.

Le contenu de la cassette que je n'ai pas eu la force de sortir de sa cachette. Tu sais où la trouver, tu as fouillé par là, elle est tout au fond, sur la gauche. Je te charge de la confier à Julius, notre grand Magistère.

À Julius aussi, un rouleau de cuir que tu trouveras dans la cave aux chauves-souris : ce sont les cartes géographiques du pays.

À la famille d'adoption du vrai fils Morbanville, je lègue le château. Romaine s'occupera de tout.

La lettre ci-jointe, tu la déposeras dans une cache au pied de la Grande Pierre. Tu trouveras en annexe le chemin pour t'y rendre.

Le contenu du sachet de cuir noir que tu trouveras au fond de la niche à côté de mon lit, c'est à Pierre Moulin que tu dois le remettre. S'il est ici parmi nous, c'est uniquement par ma faute.

À Romaine, qui ne voudra rien accepter de ma part, tu trans-

mettras mes plus profonds remerciements et tu diras que, sans elle, je serais mort depuis longtemps.

À toi, le reste et les chauves-souris. C'est bien peu, et c'est assez pour toi. Le mérites-tu, toi qui n'es pas là pour m'aider à mourir ? Réponds toi-même à la question.

C'est ainsi que s'achève mon passage en ce monde.

Que la vie te protège et protège ta mère !

Charles-Éloi de Morbanville

— Même mort, il trouve le moyen de me faire mal, murmura Simon le gros.

Il tendit à sa mère l'enveloppe qui lui était destinée. Madeleine s'approcha de la cheminée et, sans l'ouvrir, la laissa tomber dans les cendres chaudes.

Lorsque Madeleine et Simon furent partis, les trois frères du Montnoir se mirent à harceler Julius et Pierre, cherchant à savoir, comme l'avait fait plus tôt le pauvre chef des prud'hommes, d'où sortait cette jeune fille qui prétendait être la mère de Simon le gros, débarquant comme par hasard juste à temps pour se faire annoncer la mort du Prince.

Pierre n'avait aucune idée de la sorte d'explication à fournir, il n'arrivait pas à tout ordonner — surtout pas ses mensonges et ses inventions. D'ailleurs, ce n'était pas à lui à répondre aux questions. Il craignait par-dessus tout que Julius ne se mette à raconter Dieu sait quelle histoire pour justifier la présence chez lui de Madeleine Jocquard, que personne n'avait jamais vue et qui semblait tomber du ciel.

Ce qui intriguait Blaise, et surtout lui, c'était l'espèce de connivence qu'il avait tout de suite flairée dans le regard que

Pierre portait sur Madeleine. Sans manquer de respect à madame Jocquard, Pierre lui avait toutefois parlé comme à une vieille amie.

— Mes enfants, dit enfin Julius, je lis bien dans vos yeux tout ce qui vous intrigue. Ce que je puis vous dire pour l'instant, c'est que Madeleine Jocquard est une amie d'enfance et que…

— Tu savais que c'était la mère de Simon ? demanda Casimir.

— Mensonges ! s'écria Blaise, qui s'emportait rarement. Elle est beaucoup trop jeune ! Elle a l'air de sa fille !

— Pourquoi l'a-t-elle laissé se faire élever par Morbanville ? enchaîna Mathias.

— Allez-vous vous taire, garnements ! lança Julius. Madeleine Jocquard est revenue, c'est ce qui compte !

— Revenue d'où ? demandèrent d'une seule voix Mathias et Casimir.

Julius hésita un bref instant, juste assez pour que Pierre le devance.

— Moi, je vais vous le dire, commença-t-il.

Julius ouvrit la bouche et la referma aussitôt. Avec son œil violacé et ses lèvres subitement très pâles, il avait l'air d'un fantôme fatigué.

— Oui, je vais vous le dire, répéta Pierre. Madeleine Jocquard vient de chez moi. Et chez moi, c'est un monde qui ressemble au vôtre, mais qui n'est pas tout à fait le même. Chez moi, si j'en crois ce que dit Julius, c'est le monde des géants des légendes qu'on vous a racontées toute votre vie.

Les frères du Montnoir restèrent pétrifiés, tandis que Julius retenait son souffle.

« Qu'oses-tu faire là, petit ? Que *dis*-tu là ? » aurait-il voulu lui demander.

— Un Couron! souffla Mathias, épouvanté, d'une voix tellement faible que personne ne l'entendit.

Calme, avec une sérénité qu'on lui avait rarement vue, Pierre continua :

— Pour aller chez moi, il faut franchir ce que vous appelez la Grande Pierre, qu'on appelle chez moi tout simplement la pierre fendue. C'est le passage qu'il faut emprunter pour aller de mon monde au vôtre et du vôtre au mien. Si on pouvait le voir de chez moi, votre pays tiendrait sur une toute petite surface…

— Un géant! fit Casimir, les yeux sortis de la tête.

— Un Couron! murmura Mathias, les deux mains sur les joues, reculant de quelques pas.

— Un quoi? dit Pierre.

— Mais pourquoi as-tu la même taille que nous? demanda Casimir. Ce n'est pas normal. Les Courons sont des géants! Julius! Julius, qu'est-ce qu'il fait ici?

Les questions fusaient de toute part, traîtresses, accusatrices.

— Taisez-vous! tonna Julius.

Le silence se fit, comme au lendemain d'un cataclysme.

— Tout ce que je peux vous dire, reprit Pierre, c'est que je suis arrivé chez vous par erreur. Vraiment par erreur… J'ai voulu traverser la pierre parce que j'avais treize ans ce jour-là et que j'avais envie de faire une chose que je n'avais jamais faite, et…

— Et je l'ai trouvé dans la forêt, enchaîna Julius, en pleine nuit, perdu chez nous. Pauvre petit!

Julius reprenait des couleurs.

— Je ne pouvais rien faire d'autre que de le ramener à la maison, non? Et puis, vous n'étiez pas là…

— Mais moi, je suis revenu, dit Mathias. Quand tu as parlé de pierre fendue, Pierre, j'ai cru que je vivais un cauchemar.

Plus rien ne faisait peur à Julius, mais Blaise, Casimir et Mathias regardaient maintenant Pierre d'un air très craintif. Ils devaient tous les trois faire un énorme effort pour admettre que ce garçon était bien un Couron, mais à échelle réduite.

On n'entendait plus que leurs cinq respirations.

— Nous avons beaucoup cherché, dit Julius.

— Cherché quoi ? lança spontanément Casimir.

Julius lui jeta un regard sévère. Pesant ses mots, il répondit :

— Cherché à faire en sorte que Pierre puisse rentrer chez lui.

— C'était donc ça, vos conciliabules, vos mystères et vos secrets, marmonna Mathias.

— Certains soirs, dit Casimir, nous nous disions que tu venais d'une région de demeurés…

— C'est Morbanville qui détenait le secret du passage, dit doucement Julius. Et Madeleine, que nous avons crue disparue depuis quarante ans.

— Elle vient de chez les Courons, elle aussi ! s'exclamèrent les trois frères d'une même voix.

— C'est là qu'elle a choisi de vivre, précisa Julius. Mais elle est de chez nous.

Les frères du Montnoir ne quittaient pas leur père du regard.

— Et maintenant, hésita Blaise, tu vas rentrer chez toi ?

— Tu vas nous manquer, soupira Mathias, rassuré. Oh oui, tu vas nous manquer. Couron ou pas Couron.

— Mais, fit Julius, puisque nous connaissons maintenant le secret du passage… Au fait, vous savez qu'Hermas en connaissait un sacré bout là-dessus ! Donc, puisque nous connaissons le secret du passage…

— Vous pourrez tous venir chez moi ! lança Pierre.

— Pas chez les Courons ! murmura Mathias.

— Pourquoi vous dites les « Courons » ? demanda Pierre.

— C'est une longue histoire, dit Mathias.

— Une légende, précisa Julius. Et cela restera du domaine de la légende, mes enfants ! Tout ce qui vient de se dire ici, tout ce qui concerne Madeleine, Simon et le Prince, tout cela doit rester absolument confidentiel. Si jamais j'apprends…

— Secret d'État ! dit Blaise.

— Et Madeleine Jocquard, demanda Casimir, comment va-t-elle expliquer son « retour » ? Elle a l'air si jeune !

— Elle trouvera bien quelque chose, dit Julius, mais si j'étais elle, je me contenterais de dire que j'ai fui Morbanville et que je me suis réfugiée au fond des bois. Les gens comprendraient…

— Et, ajouta Pierre, comme personne dans ce pays ne semble jamais chercher plus loin que le bout de son nez…

— Le vilain ! s'exclama Mathias. Oh, le vilain ! Attends qu'on te règle ton sort.

Et, ainsi qu'ils avaient fait à Julius le soir du retour de la battue aux sangliers, ils entreprirent de chatouiller Pierre jusqu'à ce qu'il crie grâce.

— Vous n'avez plus peur ? demanda-t-il, tentant de reprendre son souffle.

C'est Blaise qui parla le premier.

— Moi, je n'ai plus peur.

2

Madeleine et Simon revinrent de chez Morbanville avec la cassette et le sachet de cuir noir, qu'ils remirent respectivement à Julius et à Pierre.

Ils repartirent aussitôt. Ils avaient fort à faire dans la maison du Prince, et beaucoup à se raconter.

Ils marchèrent longtemps et s'arrêtèrent au bord de la mer.

Assis l'un en face de l'autre sur les pierres plates de la crique aux Ânes, ils n'arrivaient pas encore à croire à ce qui leur arrivait.

— Pourquoi est-ce que tu n'es jamais venue me chercher ?

Madeleine s'interrompit un moment, leva les yeux vers le ciel et observa le vol d'une petite buse qui tournoyait au-dessus de leurs têtes.

— Tu veux vraiment connaître la réponse ?

Simon ravala trois fois sa salive et hocha la tête.

— Je ne suis pas…, commença-t-elle, je ne suis pas venue te chercher parce que… parce que je ne savais pas que tu existais.

Simon ouvrit de grands yeux effarés.

— Mais tu devais bien savoir que j'étais né ? On ne doit pas oublier ça, il me semble, ajouta-t-il, songeur.

Alors, Madeleine lui raconta comment, dès qu'elle avait su qu'elle était enceinte, elle avait éprouvé de grandes craintes, car le père de Simon venait de l'autre côté de la Grande Pierre.

— Je suis le fils d'un Couron ?

— Les Courons, comme on les appelle ici, n'existent que dans nos légendes, Simon. Les gens qui vivent de l'autre côté de la Grande Pierre sont simplement plus grands que nous et ne connaissent même pas ce nom. Ils ne se doutent même pas de notre existence. Le pays du Montnoir, cela ne signifie absolument rien pour eux.

— Comment était-il venu ici, mon père ? Comment l'avais-tu rencontré ? Ici, ou là-bas ?

— Sans que personne le sache, le Prince allait souvent de l'autre côté de la Pierre, très régulièrement même à l'époque, surtout pour vérifier que les « Courons », comme il les appelait encore, ne fomentaient rien contre nous, ceux du pays du Montnoir. C'était son privilège, il était le seul à avoir la clé du passage, héritage des Morbanville. Là-bas, il lisait les journaux, écoutait les infos…

— Les quoi ? demanda Simon.

— Il s'informait, si tu veux. Mais personne ne parlait jamais des gens du pays du Montnoir. Alors, le Prince rentrait rassuré. Parfois, il m'y emmenait. À cette époque, j'y croyais encore, à l'existence des Courons. Le Prince me faisait franchir la Grande Pierre pour que je sois loin de tout, loin d'ici, loin de ce que je connaissais, et cela dans l'intention de me faire un jour sa proposition : celle de m'épouser. Il m'aimait comme personne au monde, j'étais la seule, l'unique femme de sa vie, disait-il ! Jamais, Simon, jamais je n'aurais pu l'épouser, jamais je n'aurais osé voir ce qu'il cachait sous son voile.

— Je te comprends, maman.

Il disait « maman » comme s'il l'avait dit toute sa vie.

— Le Prince, pour moi, c'était une sorte de protecteur, un homme extrêmement intelligent qui me faisait découvrir des choses et, surtout, ce pays dont je n'avais jamais soupçonné l'existence. Je ne l'aimais pas, le Prince, mais je l'admirais, car il était très différent des autres. Il connaissait tant de choses ! J'étais tout juste majeure et il me faisait découvrir un monde auquel, ici, personne n'avait accès. J'en venais parfois à me demander si tout cela était réel.

— Ça ne me dit pas comment mon père…

— Ton père, c'était un homme extraordinaire, beau, tu as un peu ses traits, d'ailleurs. Tu maigrirais un peu et tu lui ressemblerais vraiment beaucoup, dit Madeleine en souriant.

Simon écarquilla les yeux : il avait les traits de son père qui était beau !

— Là-bas, chez les Courons dirais-tu, dans une auberge où le Prince m'invitait à dîner, ton père m'a remarquée et il a décidé de me suivre. Il se moquait bien de l'homme qui m'accompagnait, il croyait que c'était mon père.

— Nous, ici, nous sommes tous habitués à le voir avec son voile. Mais chez les Courons…

— Là-bas, il portait de grandes lunettes noires. Voilà donc que ton père nous suit discrètement à travers la forêt sans que nous nous doutions de rien, et qu'il entre au pays du Montnoir en même temps que nous, passant par la Grande Pierre sans savoir ce qui lui arriverait.

— Il est passé par la Grande Pierre sans se douter de rien ?

— Comment voulais-tu qu'il se doute de quelque chose ? Ces gens-là ne savent rien de nous, je te l'ai dit. Lorsque le Prince s'est retourné pour déposer le sablier dans la pierre, nous étions trois. Je te passe les détails, mais tu peux imaginer la scène : l'étonnement de ton père, la fureur du Prince, et mon désarroi. Ils se sont battus, on aurait dit la fin du monde. Ton père a terrassé le Prince, et nous nous sommes enfuis dans la forêt pendant qu'il reprenait ses esprits.

— Mon père a terrassé le patron ! s'écria Simon, fier de cet homme qu'il ne connaissait pas.

Madeleine lui sourit tendrement.

— Nous avons décidé de nous cacher, là-haut dans la montagne. En voyant ton père, j'avais été frappée par la foudre, je ne voyais que lui, c'était lui pour toujours.

— Attends, maman, interrompit Simon. Tu traverses la Grande Pierre, tu aperçois un inconnu et tu… et tu…

— Et je l'aime. Ça arrive.

Simon posa sur sa mère un regard éperdu d'admiration. Madeleine continua de sa voix douce.

— Le Prince s'est mis à notre recherche, il ne nous a pas trouvés. C'est ainsi que nous avons vécu dans la forêt pendant quelques semaines.

— Sans maison ? demanda Simon, étonné. Sans rien ? Mon… père s'est retrouvé ici avec ses vêtements sur le dos et rien d'autre ?

— Les vêtements qu'il avait sur le dos, comme tu dis. Et le grand sac de cuir dans lequel il transportait ses livres, des livres étonnants. Il m'a beaucoup appris.

— Il ne pouvait pas repartir chez lui…

— Il nous aurait fallu le sablier.

— Alors ?

— Ton père nous avait construit un abri très confortable, et puis il faisait beau, c'était l'été.

— Et moi, dans tout ça ?

— Inévitablement, je suis tombée enceinte. Ton père ne pouvait pas rester ici, personne ne l'aurait accepté. Essaie juste un instant de m'imaginer en train d'expliquer à des gens qui pensent être les seuls habitants de la planète que, non, il y a d'autres peuples, des plus grands, des plus petits, des peuples voisins. C'était impossible.

Le gros Simon se mit à ronger l'ongle de son index.

— Pas facile, en tout cas, dit-il, songeur. Même Julius…

— Même Julius. Sauf qu'à cette époque c'était son père, Paulus, qui était grand Magistère. C'était un homme très bon, son père, mais… difficile. Et puis j'étais jeune… Nous avons décidé d'aller vivre dans le monde de ton père, et de t'y élever.

— J'aurais été élevé chez les Courons ! s'exclama Simon.

Madeleine s'arrêta un moment et soupira.

— Le problème, c'était le sablier !

— Tu l'as demandé au Prince ? Tu es allée le voir ?

— Il a bien fallu. Je lui ai tout dit. De toute façon, il voyait bien que j'étais grosse. Jamais le Prince n'a voulu nous prêter le sablier. J'ai eu beau le supplier, rien à faire.

— Il a dû essayer de te suivre pour découvrir où tu habitais !

— Il avait bien senti que ton père était plus fort que lui. Et plus jeune ! Il n'aurait pas voulu être humilié une deuxième fois.

Simon buvait les paroles de sa mère.

— Chaque semaine, j'allais le harceler. Ce n'est qu'après l'accouchement qu'il a décidé de nous faire une faveur. Nous étions à sa merci, tu comprends ?

Simon écoutait sans parler, fasciné.

— Nous avons été bien naïfs ! Le Prince m'a proposé d'aller m'installer avec ton père dans l'autre monde, comme nous le désirions. Il a offert de nous faire traverser. Il te garderait quinze jours, le temps que je refasse mes forces, car j'étais épuisée après ta naissance, l'accouchement avait été très difficile. Le Prince était tout à coup si gentil que j'aurais dû me douter de quelque chose. Il m'a même promis qu'il aurait l'aide de la mère de Romaine.

— C'était ça ou rien ? demanda Simon, sévère.

Madeleine Jocquard soupira douloureusement.

— Ça, ou rien, répéta-t-elle. Et c'est lui qui avait le

contrôle du passage ! Nous allions le franchir sous sa surveillance, il allait le refermer ensuite, et le rouvrir à une certaine
date.

— Le monstre ! s'écria Simon.

— Est-ce qu'il a voulu faire de toi l'héritier qu'il n'aurait
sans doute jamais ? Il t'a gardé comme promis mais, lorsque je
suis revenue te chercher à la date fixée, il m'a remis une mèche
de tes cheveux : tu n'avais pas survécu à une crise de déshydra-
tation aiguë.

— C'est terrible ! s'écria Simon. Toutes ces années-là, tu as
cru que j'étais mort ?

— Ç'a été sa façon de se venger de notre bonheur. Il fran-
chissait régulièrement le passage, il me guettait, rôdait autour
de la maison qu'il avait finalement réussi à trouver, ne me
demande pas comment ! Il venait me voir quand j'étais toute
seule, j'avais horreur de cela, mais je n'y pouvais rien. Après la
mort de ton père dans un stupide accident, il m'a cédé l'un des
deux sabliers. Pour m'inciter à rentrer enfin dans mon vrai
pays…

— Pourquoi n'es-tu pas revenue ?

— J'avais peur, Simon, tellement peur. Oui, je souhaitais
de tout mon cœur rentrer dans mon pays à moi. Mais je ne faisais pas partie de la liste de recensement… Ici, je n'étais plus
personne.

— Ça se serait arrangé ! répliqua Simon.

Madeleine haussa les épaules.

— Nous avons décidé de communiquer par lettres. Grâce
au sablier, je pouvais venir déposer à son intention une lettre
dans une cache au pied de la Grande Pierre. Moi, j'espérais
encore qu'il m'aiderait au nom de sa prétendue amitié, qu'il
invoquait toujours comme l'une des choses les plus précieuses
au monde.

— Tu y croyais, à son amitié ?

— J'ai failli y croire, malgré ses moments de méchanceté. De temps à autre, je déposais une lettre, lui demandant d'intercéder pour moi auprès du grand Magistère afin que je puisse reprendre ma place au pays. Il ne l'a jamais fait. Il m'écrivait toutes sortes de mensonges, me faisait espérer l'impossible. Au fond, il ne désirait qu'une chose : parvenir à m'épouser. Son amitié n'existait pas. Le seul sentiment qui l'animait, c'était une passion pleine de hargne.

— Vous vous rendez compte, Julius ? Nous avons tout !

Julius contemplait les papiers, certains jaunis, d'autres grisâtres et rongés par endroits.

Pierre, lui, tenait entre ses mains le sablier des Morbanville, brillant, on aurait dit de l'or.

— C'est fou, dit Julius, terriblement déçu.

— Souriez, Julius ! Pourquoi est-ce que vous faites cette tête-là ?

Le grand Magistère leva sur Pierre un regard plein de découragement.

— Au moment où tu avais Simon comme allié, où il te confiait la lettre d'adieu de Novembert, au moment où Hermas me racontait certaines choses que tu sais…

Julius s'emporta.

— Je me disais, poursuivit-il d'une voix aiguë, que nous allions y arriver bientôt. J'étais fier, petit, tellement fier de pouvoir t'offrir en cadeau ce curieux assemblage d'éléments qui allaient te permettre de rentrer chez toi. Nous y étions presque ! soupira-t-il. Et c'est ce… c'est ce… Il m'a gâché tout mon plaisir. Jusque dans la mort, il nous coupe l'herbe sous le pied, il…

— Ne vous faites pas de mauvais sang, Julius !

— C'est tout de même ridicule que ce soit ce vieux fou de Morbanville qui te permette de franchir le passage de la Grande Pierre !

— Pas seulement lui, Julius. À partir du moment où Madeleine est entrée ici, je peux repartir avec elle !

Julius secoua tristement la tête.

— Tout de même, c'est ridicule, plus que ridicule, c'est odieux ! ajouta-t-il en frappant du plat de la main sur la table de la grande pièce où ils étaient installés autour de leur « héritage ». Je suis outré, Pierre, c'est le mot ! Outré, fâché, déçu, insulté même, oui, insulté !

Le sablier entre les mains, Pierre cherchait un moyen d'apaiser le grand Magistère.

— C'était moi qui travaillais à te faire sortir d'ici ! tonna Julius. Et c'est lui, ce fou, c'est lui qui… c'est lui qui…

— Ne vous fâchez pas comme ça !

— Je me fâcherai si je veux ! C'était à moi, à moi ! de te libérer, de te ramener chez toi. Pas à ce…

Les yeux de Julius lançaient des éclairs.

Pierre lui posa la main sur l'épaule et lui demanda calmement :

— Pourquoi est-ce que c'est à moi que Morbanville cède le sablier ? Vous y comprenez quelque chose ?

— Ce que je vois dans ce geste, petit, c'est ceci : Morbanville n'a pas de descendant officiel à qui léguer le sablier. Il devait savoir depuis le début que tu venais du pays des géants puisqu'il y est allé souvent. Il a finalement compris que tu ne nous voulais pas de mal. Il dit assez clairement dans sa lettre à Simon que, si tu es ici, c'est à cause de lui. Il a dû oublier de refermer le passage après être allé rôder autour de chez Madeleine. C'est comme ça que tu as pu entrer. Peut-être qu'il savait être bon, parfois, ou qu'il s'est senti terriblement coupable. Je ne sais pas.

— Moi non plus. Vous savez ce qui me fait le plus plaisir, Julius ?

— Dis-moi…

— C'est de pouvoir revenir chez vous quand je veux. Venir vous voir, venir manger à la maison, ici, je veux dire, sans que personne s'aperçoive, chez moi, de mon absence. Écoutez, si Madeleine a un sablier, je peux le lui emprunter quand je veux et vous laisser le mien, non ? Vous pourrez venir me voir quand vous voudrez.

Julius courba la tête.

— Je n'oserais jamais.

— Julius, ce serait super, non ?

— Non, pas vraiment, murmura le grand Magistère.

— Super ! fit la voix de Blaise qui venait d'entrer. Il s'en passe des choses dans ta vie, mon Pierre !

Pierre ouvrit les mains devant lui, comme pour dire : « Je n'y peux rien ! »

— Il faut que je te parle, tu te souviens ? dit Blaise.

— Oui, mais j'avais oublié. Tu veux qu'on fasse ça maintenant ?

— Ce sera peut-être long… Allons dans ta chambre.

Pierre se demandait bien pour quelle raison Blaise voulait lui parler.

Ils traversèrent le jardin et s'installèrent, l'un en face de l'autre, dans la chambre de Pierre. Blaise entra immédiatement dans le vif du sujet qui le préoccupait.

— Julius m'a dit que tu lui prouverais que la Terre est ronde et qu'elle tourne sur elle-même. C'est vrai ?

— C'est vrai, répondit Pierre, soulagé qu'il s'agisse d'une chose aussi simple. Et elle tourne autour du Soleil.

Blaise saisit vivement les mains de Pierre.

— Tu ne peux pas savoir combien cela me ferait plaisir que tu m'expliques. Comment sais-tu ça ? Depuis que je suis tout petit, j'ai cette intuition. Les bords qui s'effritent, c'est parfaitement ridicule. Mais affirmer une chose pareille ici, ce serait une hérésie, il faut y aller avec ménagement ou, carrément, être en mesure de le prouver.

— Je te jure, Blaise, c'est facile. Je te jure que ça se prouve. Quand je reviendrai, je t'apporterai quelque chose qui t'étonnera.

— Tu vas vraiment partir ? demanda Blaise.

— Ce soir, je vais tout vous expliquer. En attendant, il faut que je monte chez Marin.

Bérangère prévint la bande au grand complet qu'elle recevait Pierre pour le repas du midi, dans sa propre maison. Elle ne voulait surtout pas que l'un ou l'autre vienne le chercher pour lui proposer une partie de tambourin ou pour écouter une de ses fabuleuses histoires.

Tous comprirent que c'était sérieux et que Bérangère ne tolérerait pas qu'on enfreigne son ordre.

Pierre arriva vers onze heures, prit le temps de saluer tout le monde et d'aller bavarder un moment avec Marin.

— Tu repars pour de bon ? fit celui-ci, au comble de l'étonnement. Comme ça, sans prévenir ?

— C'est justement ce que je viens faire, te prévenir ! répondit Pierre en riant.

— Mais tu reviendras ?

— Oui.

— Ainsi, tes parents ont enfin terminé leur mission ! Ils

viennent te chercher à la ville ? On pourra faire leur connaissance ?

— Non, je rentre directement à la maison.

— Et Bérangère, elle le sait ? chuchota Marin.

— Elle s'en doute…

Marin plongea ses yeux dans ceux de Pierre.

— Tâche qu'elle n'ait pas trop de peine.

— Rassure-toi.

Bérangère était dans son arbre et l'attendait, appuyée contre une branche, en haut de l'échelle de corde.

— Je monte ? demanda Pierre.

D'un mouvement de tête, elle acquiesça.

Tout était joliment disposé, des fleurs partout, même dans les cheveux trop courts de Bérangère, la table mise comme pour recevoir un monarque.

Des petites truites qu'elle avait pêchées elle-même en haut du ruisseau, une laitue de son potager, une omelette à l'oseille, des pois tout frais avec du beurre dessus, et des galettes aux noix.

Ils mangèrent presque en silence. De temps à autre, une question de Bérangère, un commentaire de Pierre, à propos de rien.

— Quand tu reviendras, j'habiterai en bas, dit-elle tout à coup.

— En bas ?

— Tu reviendras, c'est juré ?

— Juré. En bas, c'est où, à la ville ?

— Dans la maison de mes parents.

— Avant ta majorité ?

— Marin accepte de me laisser vivre en bas, près de Romaine, près de Julius, près de Matricule, qui sera bien heureux de me voir tous les jours.

— Et les jumelles, elle vont perdre leur professeur ?

— Ne t'en fais pas. Nora se chargera d'elles, en tout cas pour les mathématiques.

— Tu viens avec moi, demain ?

Bérangère leva sur lui de grands yeux tristes.

— Je t'ai déjà dit que non, n'en parle plus.

— Je ne parle pas de venir chez moi, Bérangère. Je te demande si tu m'accompagnes à la pierre, demain, que je puisse te dire au revoir une dernière fois.

— Qui sera là ?

— Personne, sauf Julius. Et toi, si tu veux.

— Je ne sais pas, Pierre.

— Mais puisque je reviendrai souvent !

— Pourquoi est-ce que ça fonctionnerait cette fois-ci ? Si la Grande Pierre se refermait sur toi ? Si toi, tu devenais de pierre ? J'y ai pensé, tu sais.

Il se leva, contourna Bérangère et la prit par le cou. Les lèvres collées contre son oreille, il murmura :

— Tu t'en fais autant que ça ?

Elle haussa les épaules, sans répondre.

— Il n'arrivera rien, dit-il. Je sais comment faire, nous avons trouvé. Mais c'est un secret, s'empressa-t-il d'ajouter.

Bérangère marqua une pause, se retourna et le fixa longuement.

— Pourquoi pars-tu demain ? demanda-t-elle enfin. Pierre, demain ou un autre jour, ça ne fait pas de différence ! La Fracture du Temps, tu me l'as assez expliquée ! Ça ne change rien que tu restes encore un peu…

— C'est vrai, dit Pierre.

Elle lui sauta au cou. Il referma les mains sur sa taille, encore plus fine qu'il n'y paraissait, laissa son front retomber sur l'épaule de la jeune fille et, à coups de baisers bien appuyés,

remonta du creux de son cou jusqu'à ses lèvres qui l'attendaient, patientes.

Blaise savait maintenant comment prouver au pays tout
entier que la Terre était ronde comme une pomme et qu'elle
tournait. Pierre lui avait dessiné sommairement le système
solaire, et avait ensuite expliqué comment fabriquer un pendule géant comme celui de Foucault, ce qui prouverait que la
Terre tournait bel et bien. Il apporterait un jour les photogra-
phies de la NASA, ce serait tout un choc. À l'école, le grand
Damien avait tout le matériel, les photos, les dessins de Foucault, tout.

Blaise promit qu'il ferait installer un pendule dans les
locaux du Trésor, selon les « instructions » de Foucault. La hauteur du plafond le permettait.

— Ce sera… super ! s'était exclamé Blaise, dans un état
d'excitation que Pierre ne lui avait jamais vu.

Il en fut ému.

— Tu laisses ta chambre comme elle est, dit Blaise. Tu y
seras toujours le bienvenu. Je pense que nous irons souvent
nous y asseoir, le soir, avec Julius, pour penser à toi.

— Mais en attendant, si elle peut servir à quelqu'un…

— Si tu es d'accord, moi, je m'y installerai pour faire mes
recherches. Oh, je n'en ferai pas un laboratoire ! Ce sera juste
plus pratique que dans ma chambre. Dès que tu reviens, je
range tout, ne t'inquiète pas.

En lui-même, Pierre se dit que Blaise venait de lui faire un
grand plaisir en disant simplement : « Dès que tu reviens… »

3

— Vous savez, Julius, ce qui m'est arrivé ici de plus étrange ?

— Il en est arrivé tant et tant, de choses étranges, répondit Julius avec un sourire.

Ils étaient tous les deux dans la chambre de jardin en train de préparer un petit bagage pour Pierre. Julius, parmi toutes sortes de cadeaux faciles à transporter en forêt, lui avait offert un sac en toile rouge huilée, et ils y rangeaient les vêtements fournis par Julius, le chandail tricoté par Romaine, les sandales offertes par Mathias, sans oublier le collier en cuir tressé par Zeph.

— La chose la plus étrange, c'était le deuxième jour quand j'ai pensé que Bérangère était un garçon.

Julius sourit encore.

— Oh, ajouta subitement Pierre en se tapant le front, il y a une chose que j'ai complètement oublié de vous dire ! Vous savez, le message de menace ? C'était Simon le gros !

— Qu'est-ce que tu racontes ?

— Vous lui demanderez, il vous le dira. Il avait senti que je venais d'ailleurs et il voulait me mettre en garde.

— Mais les mots, *ces mots-là,* il les a pris où ?

— À la Bibliothèque ! Simon a une manie : déchiffrer les textes imprimés à l'envers sur les buvards. À la Bibliothèque, il s'amuse à ça parce qu'il n'aime pas les livres et que Morbanville le forçait à y aller régulièrement. Quand Marin-le-long a eu terminé de copier sa traduction, Simon est passé derrière lui lire le buvard. Il collectionne les phrases depuis des années, pour rien, juste parce qu'il les trouve intéressantes. Il a choisi celle-là en espérant que je comprendrais !

— Que tu comprendrais quoi ?

— Que nous avions des choses en commun, lui et moi, que je devais me taire en attendant qu'il découvre comment sortir d'ici avec moi… En gros, c'est ça.

— Il nous a drôlement compliqué la vie ! fit Julius.

Il observait Pierre, qui rangeait méticuleusement ses affaires dans le sac de toile rouge.

— Dis-moi, petit, qu'est-ce qu'ils vont dire, tes parents, quand ils te verront rentrer avec ce sac plein de choses nouvelles ?

— J'y pense depuis des jours…

— Et la réponse ?

— Je l'ai trouvée.

— Alors ? fit Julius, impatient de la connaître, cette réponse.

— Je dirai que ce sont des cadeaux de la Dame à la jupe rouge. Quand ils la verront, Madeleine se fera un plaisir de leur dire que c'est vrai, que nous nous connaissons bien, que nous nous rencontrons souvent dans la forêt…

— Tu dis n'importe quoi !

— Pas du tout ! Elle dira qu'elle a décidé de se débarrasser de certaines choses et… Et puis, oh ! Ne vous tracassez pas comme ça, Julius ! Je rentre chez moi le jour de mes treize ans ! Le gigot est au four, le gâteau est prêt, les cadeaux m'attendent. Vous savez ce qu'il m'a donné, Bibi, le matin de mes treize ans… en fait, ce matin, oh ! il va falloir que je m'habitue !

— Qu'est-ce qu'il t'a donné ?

— Un rasoir !

Julius éclata d'un rire clair et franc.

— Un rasoir ! Tu n'as même pas de barbe ! Avec le cuir et le bol, et tout ?

Pierre ne répondit pas tout de suite. Le cuir, le bol, qu'est-ce que c'était, exactement ?

— Je viendrai vous montrer comment sont faits les rasoirs, chez moi.

— Et tes parents, ils t'ont offert quoi ?

Pierre rit à son tour.

— Un ordinateur.

— Un ordinateur, répéta Julius. C'est pour faire de l'ordre, je suppose.

— Pas seulement ça, mais oui, ça peut faire de l'ordre. Ça, vous viendrez le voir chez moi.

Julius fronça les sourcils et passa la main sur son crâne.

— Et le téléchose du Trésor, le… téléphone, tu pourras m'expliquer comment ça fonctionne ?

Le téléphone ! Pierre n'avait toujours pas découvert ni comment ni pourquoi il se trouvait au Trésor.

Pépin avait bien fait les choses. Au parc des Après, tout était installé, des tables et des chaises, des guirlandes de fleurs et de branches. Il savait que Pierre ignorait à quelle vitesse s'était répandue la nouvelle de son départ. Qui avait vendu la mèche ?

Personne ne le sut jamais. Mais Pierre soupçonna longtemps Mathias d'avoir parlé à Dufrénoy, qui avait dû aviser le père de Pépin, qui avait confié la chose à Pépin sous le sceau du secret.

Avec Xavier et Gaston, avec l'aide de Zénon, de Mat et de

Méthode, Pépin avait organisé une grande fête-surprise pour le départ de Pierre.

C'est Gaston qui, mine de rien, passa chez Julius et demanda à Pierre de venir les rejoindre au manège. Pierre ne se doutait de rien, Julius non plus, mais ils remarquèrent tous les deux le clin d'œil peu discret que Gaston faisait à Mathias. Ce dernier était chargé de les suivre avec Julius, Blaise et Casimir.

Lorsqu'ils arrivèrent en vue du parc des Après, Pierre comprit qu'il se tramait quelque chose. Ce n'était certainement pas pour les funérailles de Morbanville qu'on avait décoré la place. Des fleurs tressées dans sa crinière, l'âne de Méthode faisait tourner le manège ; Marinette chantait, souriante. La musique donnait envie de danser.

> *Tournez, tournez, le monde est à vous,*
> *Rêvez, rêvez, le jour est pour nous,*
> *Mon petit âne*
> *Sait ce qu'il dit*
> *Lorsqu'il nous chante*
> *Que la vie tourne en rond.*
> *Tournez, tournez, le monde est à nous*
> *Et tant pis si ça tourne à l'envers*
> *Tant pis, tant pis si ça tourne à l'envers…*

Bérangère vint à la rencontre de Pierre, plus jolie que jamais, des baies rouges piquées dans ses cheveux, sa nouvelle écharpe autour du cou. Sans dire un mot, elle détacha le lacet qui retenait le petit cylindre offert par Romaine.

Sans parler non plus, Pierre détacha le sien, le déposa au creux de la main de Bérangère et pressa sa propre main par-dessus.

Romaine était déjà là avec Matricule, Laredon avec sa

femme et Anatolie ; Marin-le-long suivit avec sa marmaille et ses vieux ; Zénon, Mat et les jumeaux ; Méthode… Tout le monde y était.

Simon arriva avec Madeleine, que les plus vieux reconnurent, médusés. On chuchotait, on murmurait, on s'étonnait.

La musique se fit plus forte, Mat prit la main de Pierre et l'entraîna dans une valse joyeuse. Zénon fit danser Bérangère. Anatolie tournait dans les bras de Marin.

Arrivèrent ensuite Julius et ses fils. Bientôt, la place fut noire de monde.

Fabre Escallier tenait par la main la longue et maigre Attina, qui surprit tout le monde par son élégance. Dans leur dos, les commentaires allaient bon train.

— Ça tourne vraiment à l'envers ! fit une voix. Elle a bien raison, la Marinette ! La Niquet au bras d'Escallier et Madeleine Jocquard qui n'a pas une ride !

— Pas juste !

— Pas juste ? Pas normal, plutôt ! Il faut lui demander sa recette.

Attina se retourna brusquement.

— Aussi bien en profiter pendant qu'on parle dans mon dos ! Marinette, silence ! ordonna-t-elle.

Marinette rentra la tête dans les épaules et s'arrêta au milieu de la chanson.

— Rassurez-vous tous ! lança Attina en haussant la voix. J'ai été merveilleusement soignée par notre extraordinaire docteur Méran que j'aperçois là-bas…

Elle lui fit un petit signe de la main.

— Complètement guérie, oui, puisque j'étais malade. Vous ne le saviez pas ? Eh bien, moi non plus !

Pépin s'énervait. La Niquet allait-elle ruiner la fête ? La petite foule, curieuse, s'approchait d'Attina qui parlait toujours.

— Si vous voulez potiner, dit-elle, je vais vous donner de quoi le faire ! Mettons les choses au clair.

Fabre Escallier souriait, ravi, pas inquiet le moins du monde. Attina prit une longue inspiration.

— Sachez que notre grand Magistère m'a rendu ma liberté, dit-elle, que Fabre Escallier partagera désormais ma vie, et que je n'enlèverai plus jamais personne. Est-ce clair ? Oui, oui, pour ceux qui en doutent encore, c'était moi ! Et je le regrette infiniment. Pierre Moulin est un brave garçon à qui je fais toutes mes excuses, il va enfin retrouver ses parents que nous souhaitons tous connaître le plus tôt possible. Quoi d'autre… Mon projet d'École ? C'était une erreur. Qui n'en fait pas ?

Fabre lui prit le bras.

— N'en mets pas trop, lui souffla-t-il à l'oreille.

Elle adressa à son public un sourire de reine.

— L'École, il faut la faire à tous ceux que l'on aime, leur faire aimer ce que l'on aime…

— Et comme j'aime madame Niquet…, commença le Berger dans l'espoir de la faire taire.

— Il sera mon meilleur élève ! s'exclama-t-elle en riant avant de l'embrasser furieusement.

De la main, Fabre Escallier fit signe à Marinette de reprendre sa chanson.

Certains applaudirent, d'autres éclatèrent de rire : Attina les étonnerait toujours.

Vint enfin Antonin et ses assitants, Anne l'Ancien appuyé sur son bâton, les gardes du Parlement.

La danse reprit, et Pépin retrouva son calme.

Au bout d'un moment, il monta, debout, sur le plus grand des chevaux du manège.

— Mesdames, messieurs, fit-il en s'inclinant solennelle-

ment, monsieur le grand Magistère, monsieur le chef des pru-
d'hommes, mon cher Pierre. Si je vous ai réunis aujourd'hui,
c'est que mon ami va nous quitter. Il retourne dans sa famille, il
repart vers les siens… Ses parents ont achevé leur mission.
Alors, pour qu'il ne nous oublie pas…

Tout à coup, sa voix craqua. Plus un son ne sortait de sa
bouche. Pépin tentait de sourire, mais il ne réussit qu'à laisser
couler un incontrôlable flot de larmes.

Aussitôt, Pierre monta à ses côtés sur le manège.

— C'est vrai, je repars chez mes parents. Je veux remercier
chacun de vous pour tout ce que vous avez fait pour moi pendant que j'étais ici. À commencer par Julius et ses fils, et Zénon,
et Pépin qui…

À son tour incapable de continuer, il fit signe à Méthode de
faire tourner le manège, et l'âne Molin se mit au travail. Marinette reprit sa chanson juste au moment où l'Ange faisait son
apparition, dansant comme un faune fou.

Pierre et Pépin tournaient, debout sur leurs chevaux.
Bérangère vint les rejoindre, puis Xavier et Gaston. Tous les
cinq riaient comme des enfants.

Julius essuya quelques larmes.

— Il va me manquer, le petit, souffla-t-il à Blaise.

Pendant que le manège tournait de plus en plus vite, on vit
Julius demander à Attina Niquet de lui accorder la prochaine
bourrée. Lorsqu'ils s'inclinèrent l'un devant l'autre, les applau-
dissements fusèrent de partout.

La danse terminée, Attina vint tendre la main à Pierre.

— La prochaine, c'est pour moi ! lui dit-elle.

Les deux mains croisées derrière le cou de Pierre, Attina
menait le bal, souriante. Ils tournaient tous les deux, les yeux
dans les yeux.

— Jeune homme, murmura-t-elle, j'ai un cadeau pour toi.

Un cadeau ! De celle qui l'avait kidnappé !

— Juste avant de venir, je l'ai déposé devant chez Julius. Dans une enveloppe à ton nom.

Au même instant, les cloches de la ville se mirent à sonner, et du toit des maisons tombèrent des pluies de pétales de toutes les couleurs.

Souriante, Romaine s'approcha de Pierre et l'embrassa sur les deux joues.

— Vous m'aviez demandé, commença-t-il, de vous dire d'où je…

Elle posa doucement sa vieille main sur la bouche de Pierre.

— Je ne crois pas que ce soit vraiment nécessaire, murmura-t-elle. L'important, c'est que toi, tu le saches.

Ému, il la serra très fort entre ses bras.

L'enveloppe l'attendait sur le muret de pierre devant la maison.

— Il me faudra d'autres sacs ! s'exclama Pierre en rentrant, des cadeaux plein les bras. Ce sera difficile d'expliquer à mes parents que c'est Madeleine qui m'offre tout ça !

— Tu peux toujours en laisser un peu ici, tu viendras les chercher plus tard, répondit Julius avec un petit rire qui en disait long. Attends-moi un instant. Ces vêtements officiels me gênent horriblement.

Pendant que Julius passait dans sa chambre, Pierre ouvrit l'enveloppe déposée par Attina.

Pour toi, Pierre Moulin, avec mes excuses et mon respect, ces quelques feuillets qui te raconteront l'histoire de notre pays.

Tu seras le premier, de tous nos enfants, à apprendre vraiment d'où nous venons. J'aurais pu t'offrir un chou, ces feuilles-ci auront meilleur goût. Là-bas, dans ta montagne, tu sauras peut-être me pardonner.

Il resta un moment songeur. Là-bas dans sa montagne…

— Julius, vous croyez vraiment que je vais pouvoir revenir ?

— Pierre Moulin ! Où as-tu la tête ? Si tu continues, je vais croire que le bonheur ne te va pas ! Morbanville t'a légué un sablier ! Qu'est-ce qu'il te faut de plus ?

— Je ne sais pas, Julius, je ne sais plus.

— Mon petit…

— Vous avez raison, Julius. Les cadeaux, je reviendrai les chercher.

Julius prit son temps avant de demander :

— Tu as fixé le jour et l'heure ?

— Oui.

— Alors ?

— Je partirai demain, à midi. Pour voir de là-haut toute la plaine et la ville en plein soleil.

Il s'interrompit tout à coup.

— Julius, si je pars à midi, est-ce que j'arrive à midi ? Parce que, le jour de mon anniversaire, je suis parti de la maison vers cinq heures…

— Tu devrais arriver à l'heure où tu as franchi la Grande Pierre.

— Alors, je partirai à midi et j'arriverai à cinq heures.

— Ce sera ton anniversaire, dit doucement Julius. Tu l'as dit cent fois, le gigot est au four… Et puis il y a ton rasoir, ajouta-t-il en éclatant de rire.

— Et mon ordinateur, dit Pierre en riant aussi.

— Pour faire de l'ordre ! Ça, c'est fort, c'est très fort !

Ils entendirent entrer Simon et Madeleine.

— Monsieur le grand Magistère, vous êtes là ? fit la voix moqueuse de Madeleine. J'apporte à manger pour tout le monde !

Julius et Pierre traversèrent le jardin et vinrent rejoindre Simon et sa mère dans la grande pièce. Julius s'empressa de déboucher une bouteille.

— Attention, dit-il à Pierre, un verre, pas plus, tu pourrais mordre !

— Monsieur Julius ! s'écria Simon. Vous n'êtes pas drôle du tout.

— Mes excuses, Simon. Et vous, Madeleine, vous vous y retrouvez un peu, dans la ville ?

Ils prirent place tous les quatre autour de la grande table.

— Tant de choses ont changé ! Je suis passée voir Romaine, dit Madeleine, elle au moins, elle n'a pas changé. Vous savez que nous étions très amies, à l'époque ? Maintenant, j'ai l'air d'être sa fille.

— Et celle de Simon aussi, dit Pierre.

— Vous savez qu'elle n'a jamais réussi à oublier Noé, dit Julius.

— Pas plus que je n'ai réussi à oublier le père de Simon, fit Madeleine.

Il y eut un silence.

— J'ai… J'ai toujours cru que j'étais en partie responsable de la mort de Noé.

— Toi ? s'exclama Julius.

Pierre se rapprocha de Madeleine.

— Tu l'as tué ? hasarda Simon, estomaqué.

Elle prit le temps de les observer tous.

— Non, Simon, je n'ai pas tué Noé. Mais il s'est passé une

chose bien triste. Je ne sais pas si je devrais vous raconter tout ça, dit-elle en passant une main dans ses cheveux.

Elle regarda Julius droit dans les yeux et commença :

— Je ne voudrais pas accuser le défunt Prince, mais je considère qu'il est grandement responsable de cet accident.

— On n'en finira jamais avec lui ! soupira Simon.

Madeleine lui fit signe de se taire.

— J'étais venue le supplier, par écrit, de me laisser tranquille, de ne plus me harceler, de ne plus venir me chercher de l'autre côté de la Grande Pierre. Mais au moment où j'allais déposer ma lettre dans la cache, voilà qu'il apparaît et qu'il me convainc de l'accompagner au château, prétextant qu'il doit me montrer quelque chose qui changera ma vie. Ma vie, elle était en miettes. Et lui, il était comme fou.

— Il ne te laissait jamais tranquille ! s'exclama le gros Simon.

Madeleine ne prit pas la peine de répondre.

— Je l'ai accompagné jusqu'en haut des falaises du Nord, et quand j'ai compris qu'il voulait m'enfermer au château, je me suis enfuie, j'ai couru, le Prince sur mes talons. J'avais beau courir plus vite que lui, il m'a rattrapée en haut de la crique où l'on a retrouvé Noé. Je ne pouvais pas aller plus loin sans risquer de me casser le cou.

Visiblement troublée, elle se tut un moment avant de poursuivre.

— Il rentrait de la pêche, Noé. Il avait l'air épuisé, il soufflait comme un bœuf. Quand il m'a aperçue, me débattant contre la poigne du Prince qui me secouait comme un prunier, il s'est mis à crier.

— Il a dû penser voir une apparition ! dit le gros Simon.

— Moi, je n'entendais rien à cause du vent. Noé semblait souffrir, il avait l'air désespéré. Je pense qu'il appelait au secours. Le Prince m'a écrit plus tard qu'il lui criait de me lâcher, mais je ne l'ai jamais cru. On ne le saura jamais. J'ai perdu pied sous les coups du Prince, je suis tombée juste au bord de la falaise, mon sac s'est ouvert, des papiers se sont envolés et mon téléphone est tombé juste devant Noé. C'est là qu'en tombant, il s'est mis à sonner. Il faudrait que je vous explique ce qu'est un téléphone…

— Non, non, je le sais très bien, dit fièrement Julius. Pierre m'a expliqué.

— En entendant l'objet sonner, Noé s'est jeté dessus comme s'il avait à terrasser un monstre. La sonnerie l'affolait, il essayait d'attraper les papiers, le téléphone n'arrêtait pas de sonner. Il a porté la main à son cœur et il est tombé de tout son long, le dos dans le sable, les yeux grands ouverts.

Pierre écoutait, médusé : enfin, le mystère du téléphone était éclairci.

— Le Prince m'a emmenée, me tirant violemment par la main sans que j'arrive à lui échapper. Et puis… Et puis, j'avais tellement peur de me faire enfermer au château que je lui ai donné un coup de tête, comme ça, fit-elle, en mimant la chose. Il a perdu l'équilibre un moment et j'ai pu m'enfuir. J'avais mon sablier dans ma poche, grâce au ciel, il n'était pas tombé.

Madeleine se tut. Simon la prit tendrement par l'épaule.

— Nous n'avions jamais su, dit Julius. Si vous saviez ce que nous avons imaginé ! Maintenant, nous savons. Et cela restera entre nous, je ne voudrais pas que tout le monde croie que le trésor du Trésor a contribué à la mort de Noé.

— Vous ne pourriez pas l'enlever de là ? suggéra doucement Simon.

— Pas question, il faudrait expliquer pourquoi, répondit Julius. Je ne vois pas sous quel prétexte je le retirerais de sa vitrine.

— Vous n'avez pas faim ? demanda Madeleine.

— Oh, que oui !

— Vos fils ne sont pas là ?

— Je les attends d'une minute à l'autre, répondit Julius.

Pierre prit Simon à l'écart.

— Simon, le message pour la sortie, c'était vous. Mais j'en ai reçu un autre.

Simon était mal à l'aise, cela sautait aux yeux.

— Le radeau, Simon ?

Le gros homme eut un sourire piteux.

— J'espérais que tu ne le découvrirais jamais. J'en avais déjà assez fait comme ça ! Je ne voulais pas que tu partes sans moi, comprends-tu ? Je n'avais que toi, Pierre, que toi pour me sortir des griffes de Morbanville, que toi pour découvrir la vérité, que toi pour retrouver ma mère !

— Je ne vous en veux pas Simon. Vous, au moins, vous aviez compris que je voulais m'évader par voie d'eau…

Simon posa sa main sur l'épaule de Pierre.

— Depuis le début, je savais que c'était toi, mon sauveur.

— À quoi vous aviez compris ça, Simon ? demanda Pierre.

— J'avais compris que le Prince avait flairé quelque chose.

DIMANCHE

Ce matin-là, c'est Zénon qui ouvrit les festivités, entraînant à sa suite la foule de musiciens la plus joyeuse qu'on eût vu depuis longtemps dans la ville.

Il était trop heureux de la nouvelle que lui avait annoncée Mat avant de s'endormir ; si c'était un fils, il s'appellerait Pierre, si c'était une fille aussi, d'ailleurs. Mat et Zénon ne voyaient pas pourquoi Pierre ne serait pas un joli nom pour une fille ; si c'étaient des jumeaux, ils s'appelleraient Pierre et Moulin, ou Pierre et Mouline.

Les carillonneurs s'en donnèrent à cœur joie, comme la veille.

— Ce n'est pas parce qu'on a fait de la musique hier qu'on ne va pas en faire aujourd'hui ! s'exclama Méthode, son violon sur l'épaule.

Pierre tint à participer à la fête une fois de plus, mais comme s'il faisait partie de leur vie, plutôt que comme quelqu'un qui doit faire ses adieux.

— C'est bien d'avoir fait la fête hier, glissa-t-il à l'oreille de Pépin. Comme ça, aujourd'hui, je me sens normal.

— Tu pars à quelle heure ?

— Midi. Ça fait une heure juste, comme un chiffre rond.

— Rond ?

— On dit ça, chez nous. Des chiffres ronds. Midi, c'est l'heure parfaite.

Ils firent le tour de la ville, Bérangère vint se joindre à eux et ils allèrent terminer la parade devant la maison de Julius, comme ils en avaient l'habitude.

Vers onze heures, Pierre rentra chez Julius, la main dans celle de Bérangère. Chacun était venu lui dire un dernier au revoir.

Pépin lui avait offert un tout petit personnage en bois sculpté, un Pierre miniature, très ressemblant.

— On y va, petit ? demanda le grand Magistère.

— On y va.

— Madeleine est passée te dire qu'elle te rejoindra dans deux jours. Tiens, regarde ça : elle a tracé le plan de son bout de forêt pour que tu puisses aller la voir chez elle.

Pierre se pencha sur le morceau de papier. Tout de suite, il comprit par quel sentier il fallait passer pour se rendre à la maison de la Dame à la jupe rouge. Deviendrait-elle, un jour, l'amie de sa grand-mère ?

À voir le tracé des sentiers et les repères bien dessinés, il avait l'impression d'être déjà chez lui, tout près de la maison. C'était vrai, la maison était en fait toute proche.

La porte s'ouvrit : c'était Simon, ruisselant de sueur, il avait dû courir pour ne pas rater le départ de Pierre.

— Tu m'attendras, mon Pierre ? J'irai te voir ! Avec Madeleine…

— Moi aussi, je reviendrai vous voir !

— Et bravo à tes parents, pour leur mission ! dit Simon avec un clin d'œil entendu.

Julius éclata de rire.

— Simon, si jamais vous parlez de tout ça, commença-t-il, faussement menaçant.

— Muet comme le mustiflet, monsieur le grand Magistère ! répondit le gros homme avec un large sourire.

Pierre prit son bagage d'une main et, de l'autre, la main de Bérangère.

— Blaise n'est pas là ? Et Casimir ? Et Mathias ? demanda Pierre, inquiet tout à coup.

Là-haut, au campement, Marin avait réuni tout son monde.

— Je veux dire un dernier au revoir à Pierre Moulin. Il retourne dans sa montagne et il passera près de chez nous. Cela vous dirait de venir avec moi ?

La réponse fut unanime.

Devant la maison de Julius, une petite foule attendait en silence. Les voisins, bien sûr, la famille Procope au grand complet, et puis Pépin, Xavier, Gaston, Dufrénoy, Blaise, Mathias et Casimir, Mat et Zénon, les jumeaux, Attina et le Berger, Antonin et Anne l'Ancien, Laredon et toute sa famille, Simon et Madeleine, comme la veille, ils étaient tous là, on aurait dit au garde-à-vous.

Lorsque Julius ouvrit la porte pour laisser passer Pierre et Bérangère, il sentit monter en lui une vague de bonheur. Il les aimait, ses gens, et il savait qu'il avait raison de le faire.

L'un après l'autre, ils vinrent embrasser Pierre sur les deux joues.

— Tu reviens quand ? demandait chacun.

— Bientôt, bientôt, répondait Pierre, trop ému pour en dire plus.

— La Terre est ronde, elle tourne sur elle-même autour du Soleil, lui chuchota Blaise à l'oreille.

Pierre lui sourit sans répondre.

Et ils se mirent en route.

Les roses embaumaient, le vent était doux, on entendait au loin la mer enfler doucement comme pour un dernier hommage.

— Il y aura une petite tempête ce soir, fit remarquer Julius.

Ils marchèrent en silence tout le long de la montée. Lorsque Julius vit apparaître Marin et sa bande au détour du chemin, il éprouva un grand bonheur. Ces deux-là avaient su se réconcilier, c'était bien.

Les petits accoururent, les jumelles en tête ; derrière elles Arno et Nora. Ils s'alignèrent de part et d'autre du chemin, ils portaient tous de longues branches de saule qu'ils tinrent à bout de bras au-dessus de leur tête, formant une arche verte sous laquelle Pierre, Bérangère et Julius passèrent l'un après l'autre. Marin vint serrer Pierre entre ses bras, sans un mot.

Puis ils entonnèrent un chant qui émut Pierre jusqu'aux larmes.

Après avoir quitté Marin et sa bande, ils continuèrent leur route en silence jusqu'à la Grande Pierre. L'air sentait la fougère, la résine et l'écorce de bouleau. Les oiseaux s'étaient mis de la partie, on aurait dit qu'ils avaient flairé quelque chose.

Une petite buse tournoyait dans le ciel, poussant son cri aigu, déchirant, un adieu.

— Voilà, fit simplement Julius.

Il prit Pierre contre lui.

— Va, mon petit.

Il hésita un moment avant de répéter :

— Va, mon fils d'ici…

Pierre embrassa Bérangère doucement, longuement. Il la serra très fort entre ses bras et ferma les yeux. Le parfum de fumée, la douceur de ses lèvres…

Et puis, tout se passa très vite.

Pierre sortit le sablier de sa poche, marcha vers la pierre fendue, mit en place le sablier et le retira.

Les fougères et les ronces mollirent comme sous un violent coup de chaleur. Pierre se retourna un court instant et disparut entre les deux énormes blocs.

Devant lui, le monde se transformait, les fougères rapetissaient, les parois de roc diminuaient à vue d'œil, il passa la main le long du tronc de l'arbre solitaire et leva la tête : tout avait repris sa taille normale.

Il repéra rapidement les deux autres triangles taillés dans la paroi de la pierre et y glissa rapidement le sablier : le passage se referma derrière lui. Le petit pays du Montnoir était maintenant à l'abri des intrus. Pierre remit le sablier dans sa poche et prit le temps d'observer *sa* forêt.

La pierre moussue lui apparut en contrebas, il put distinguer le large sentier couvert de feuilles mortes, le pont de racines, là-bas.

Un coup de vertige, le cœur qui bat à tout rompre…

Il y était, il était rentré chez lui !

La lumière dorée envahissait la forêt comme du côté de chez Julius, quelques instants auparavant.

Il fit le tour de la pierre fendue sur la pointe des pieds pour voir s'il n'apercevrait pas, quelque part dans les mousses, à la hauteur des champignons, un minuscule homme chauve et une fille à l'allure de garçon. Il porta la main à son cou et fit tourner entre ses doigts le petit cylindre.

Aucun signe de vie, personne.

Juste au cas où Julius et Bérangère auraient pu encore le voir, il agita la main.

Il avait treize ans aujourd'hui, le gigot l'attendait…

Tout à coup, des branches craquèrent; il sursauta. On marchait tout près, des voix chuchotaient.

— Il ne se doute même pas qu'on le suit, entendit-il tout à coup. Vite, cachez-vous, il approche!

Cette petite voix claire, c'était celle de Bibi.

Fin

ÉPILOGUE

On a fait au Prince de Morbanville de discrètes funérailles.

Lorsque la famille Rabiault a emménagé au château des Morbanville, tout le monde a compris qui était véritablement leur fils. Toutefois, personne ne s'est acharné à deviner qui était la mère. Quelques-uns ont tout de même deviné et ont pleuré Marie Chesnevert, quarante ans plus tard.

En juin, Mat a accouché d'un garçon qui a été prénommé Pierre.

Fabre Escallier et Attina Niquet se sont mis à la fabrication d'une excellente bière.

Le père Rabiault et ses amis ont passé des mois à restaurer le château. On peut aujourd'hui le visiter, on peut également y louer une chambre et venir y manger : la cuisine de madame Rabiault est remarquable. Il faut goûter à son mustiflet fumé.

Délivrée de son secret, Romaine a rajeuni de dix ans, et Matricule lui a fait une cour si soutenue qu'elle a décidé de vieillir avec lui.

Zénon a développé son réseau et a assuré la formation de plusieurs « gens de lettres », chargés de déposer le courrier dans des boîtes de plus en plus nombreuses à travers le pays. Il a acheté cinq ânes, et ses gens circulent maintenant à dos de baudet.

Vers la fin de l'hiver suivant, Marin-le-long a découvert la beauté, l'audace et la douceur d'Anatolie Laredon. Il a récemment demandé sa main. Anatolie prévoit déjà agrandir la maison dans l'arbre de Marin.

Dans sa maison de la ville où elle dépose chaque semaine un grand bouquet de fleurs devant chacune des fenêtres, Bérangère attend le retour de Pierre Moulin.

Remerciements

Je tiens à remercier le Conseil des Arts et des Lettres du Québec, le Conseil des Arts du Canada ainsi que la mairie de la ville d'Antibes. Je remercie tout particulièrement Éric, Christophe et Raphaël Daudelin.

C. D.

Ce livre a été imprimé sur du papier 100% postconsommation
(traité sans chlore, certifié Éco-Logo et fabriqué
dans une usine fonctionnant au biogaz).

MISE EN PAGES ET TYPOGRAPHIE :
LES ÉDITIONS DU BORÉAL

ACHEVÉ D'IMPRIMER EN MARS 2008
SUR LES PRESSES DE MARQUIS IMPRIMEUR
À CAP-SAINT-IGNACE (QUÉBEC).